Kat Yeh

Mein Weg aus unsichtbarer Tinte

Für meine Mom …

Kat Yeh

MEIN WEG AUS UNSICHTBARER TINTE

Aus dem Englischen von
Sandra Knuffinke und Jessika Komina

magellan

Wenn ich mir ein Haiku ausdenke, lege ich meine rechte Hand aufs Herz wie bei einem Schwur. Die erste Zeile eines Haikus hat fünf Silben, und für jede klopfe ich mir einmal mit dem Finger auf die Brust, angefangen mit dem kleinen und dann so weiter.

eins, zwei, drei, vier, fünf

Wenn mein Daumen die letzte Silbe gleichzeitig mit meinem Herzen *(fünf)* klopft, weiß ich, dass es perfekt ist.

Ein Haiku besteht aus drei Zeilen.

Die erste hat fünf
die zweite sieben Silben
und die letzte fünf.

(Fünf, sieben, fünf)

Haikus sind kein bisschen wie die Gedichte, die ich früher geschrieben habe. Das waren freie Verse und genauso hörten sie sich auch an. Lose, flatternd, frei. Verse, die man singt oder schreit oder an seine Zimmerwände malt. Mit freien Versen kann man so ziemlich alles machen, was man will.

Haikus sind anders. Eine falsche Entscheidung und man muss wieder von vorne anfangen.

Aber eigentlich ist es ganz egal, wie anders sie sind, weil nämlich alle Gedichte den gleichen Ursprung haben: ein Gefühl. Zum Beispiel, wenn einen der Klang eines bestimmten Worts fesselt. Oder wenn man traurig darüber ist, in einem wichtigen Moment allein zu sein.

Oder wenn man Angst hat.

Ein Gedicht kann an einem Abend entstehen, an dem man sich so klein und verloren fühlt, dass das Letzte, woran man denken würde, ist, ein Gedicht zu schreiben. Aber manchmal kommen die Worte trotzdem, ob man will oder nicht, und plötzlich sitzt man da, die Hand über dem Herzen, und zählt Silben.

Ich finde den Weg nicht

Bis einem der Extraklopfer *(sechs)* verrät, dass etwas nicht stimmt. Nur dass es diesmal nicht um ein Haiku geht – sondern um das wahre Leben. Und im wahren Leben kann man nicht wieder von vorne anfangen.

KAPITEL 1

Es gibt Dinge, die man laut aussprechen kann, und Dinge, die man besser nur denken sollte. Das weiß jeder.

Bis auf Mr Clarke vielleicht.

Der offizielle Name seines Fachs lautet »Sozialkunde: Völker des Altertums«, aber er spricht den Doppelpunkt immer mit aus.

Zum Beispiel sagt er: »Guten Morgen und herzlich willkommen zu Sozialkunde *Doppelpunkt* Völker des Altertums!«

Das macht er jeden Tag, als wäre es der Witz des Jahrhunderts. Als wüsste er nicht, wie seltsam das rüberkommt. Aber Mr Clarke weiß so einiges nicht. Also er weiß eine Menge über Sozialkunde, aber er weiß nicht, dass er nicht einfach nach den Sommerferien mit einem Vollbart zurückkommen kann, den er dann nach und nach stutzt, und deshalb jede Woche anders aussieht. Die Schule hat vor einem Monat wieder angefangen und bis jetzt hatte er einen Nikolausbart, einen geflochtenen Wikinger, einen Ziegenbart mit gewachster Spitze und seit Neuestem: buschige Koteletten.

Wie immer in letzter Zeit bin ich auch heute spät dran. Ganz vorsichtig schiebe ich die Tür zum Klassenzimmer auf, um unbemerkt reinzuschlüpfen, doch gerade, als ich den Kopf durch den

Spalt stecke, ertönt schon Mr Clarkes Stimme: »Na, wen haben wir denn da? Wenn das nicht Miss Beatrix *Harper* Lee ist!«

Mr Clarke versucht seit Anfang des Schuljahrs, meinen zweiten Vornamen zu erraten. Natürlich weiß ich, dass das nur Spaß ist, aber muss er denn immer gleich so einen Wirbel machen? Das hier ist mein einziger Kurs zusammen mit S, und alles, was ich will, ist, es so unauffällig wie möglich durch die Stunde zu schaffen. Ich will nicht reden, ich will nicht aufgerufen werden und schon gar nicht will ich Teil von irgendeinem Wirbel sein.

Bis jetzt allerdings fühle ich mich in Mr Clarkes Kurs wie beim Jenga-Spielen, wo jeder der Reihe nach einen Stein aus einem Turm zieht, so lange, bis er in sich zusammenstürzt. Egal, wie sehr man sich anstrengt, der Turm fällt jedes Mal um.

»Jetzt aber dalli, Beatrix!«

Mit gesenktem Blick betrete ich den Raum und schiebe mir dabei die Kopfhörer in den Nacken. Dann taste ich nach meinem Handy und dem Dual-Adapter. Den habe ich mir diesen Sommer in Taiwan gekauft. Die meisten Adapter sind total langweilig, aber der hier hat die Form eines grinsenden Hasengesichts. Wenn man ihn in die Kopfhörerbuchse steckt, kann man an jedes Häschenohr ein Paar Kopfhörer anschließen und so zu zweit Musik hören. Ich habe ihn noch kein einziges Mal benutzt.

Der Rest der Klasse hat sich bereits um einen großen Tisch vor der Tafel versammelt. Ich suche mir einen Platz gegenüber von S, die zusammen mit L, L und A auf der anderen Seite steht.

Aus dem Augenwinkel sehe ich helles Haar und überlege, ob S vielleicht in meine Richtung guckt, aber als ich mich zu ihr umdrehen will, höre ich ein »Aua!« und mir wird klar, dass ich den Jungen neben mir mit meinem Rucksack angerempelt habe.

Wie heißt der noch mal? Justin Irgendwas? Ich drehe mich zurück und versuche, den Rucksack abzustreifen, aber in dem Moment – »Mann, ey!« – stoße ich gegen Kirsten Henry auf der anderen Seite. Sie wirft mir einen bösen Blick zu. Eigentlich kenne ich Kirsten kaum, denn sie ist nicht mit mir zur Grundschule gegangen.

Die Ersten gucken schon neugierig, was bei uns los ist. Also umklammere ich die Riemen meines Rucksacks und blicke stur geradeaus. Dann bewege ich mich eben die nächste Stunde über gar nicht. Und wenn Kirsten und Justin auf eine Entschuldigung hoffen, können sie lange warten. Ich habe dieses Jahr noch kein einziges Mal im Unterricht den Mund aufgemacht und auch nicht vor, das jetzt zu ändern. Stattdessen versuche ich, mich auf das zu konzentrieren, was vor uns auf dem Tisch aufgebaut ist.

Ein großer Irrgarten aus Holz.

Dahinter steht Mr Clarke mit Dan Ross.

Er räuspert sich. »Dan hat sich für sein heutiges Referat das Thema ›Politik im antiken Griechenland‹ ausgesucht. Ich wäre euch sehr verbunden, wenn ihr ihm jetzt eure volle Aufmerksamkeit schenken würdet.«

Dan grinst. »Also damals im alten Griechenland hat König Minos, der Sohn des allmächtigen Zeus, ein Labyrinth bauen lassen, in dem der Minotaurus, sein menschenfressendes Monster, leben sollte.«

Mr Clarke krault sich nachdenklich die Koteletten. »Sehr interessanter Einstieg, Dan. Aber bist du sicher, dass das kein Referat über griechische Mythologie wird?«

»Japp«, antwortet Dan. »Es geht um Politik bei den alten Griechen. Politik darum, weil in der Geschichte ein König vorkommt.«

»Soso.« Mr Clarke nickt. »Wo wir gerade beim Thema sind, Leute – Achtung, Bonuspunktebombe! Zeichnet mal Zeus' Familienstammbaum. Kleiner Tipp: Dabei helfen ein großes Blatt Papier und starke Nerven. Aber bitte, Dan, nur zu. Ich kann's kaum erwarten zu sehen, wo das hinführt.«

»Das Labyrinth von König Minos war ein gigantischer Irrgarten, in dem er seine Gefangenen einsperrte. Das hier hab ich von meinem Cousin bekommen. Meine Mom hat es ihm zum Geburtstag geschenkt, aber er wollte es nicht.« Dan zuckt mit den Schultern. »Mein Cousin ist ein bisschen komisch. Aber egal, heute zeige ich euch jedenfalls am Irrgarten von meinem komischen Cousin, was mit den Leuten passiert ist, die im Labyrinth von Minos gelandet sind!«

Ich habe ein bisschen Mitleid mit diesem Cousin, der das Pech hat, sein Leben lang mit Dan Ross verwandt zu sein. Dan hat es sich schon im Kindergarten auf seiner Geburtstagsparty mit mir verscherzt, als er versucht hat, mir weiszumachen, sein Labradormischling sei einer der Killerhunde vom Leland-Anwesen, der wegen übertriebener Blutrünstigkeit dort rausgeflogen sei. Ich bin sofort in Tränen ausgebrochen, weil ich schon immer Angst vor großen Hunden hatte, aber S hat ihn einfach am Halsband festgehalten und gestreichelt. Sie meinte, ich müsste nur so tun, als hätte ich keine Angst, dann würde mir auch nichts passieren. Aber wie bitte schön soll das denn gehen? So tun, als wäre man anders, als man ist? Wir schworen uns, nie wieder ein Wort mit Dan zu reden.

In diesem Moment höre ich klar und deutlich S' Stimme. »Yeah! Dan hat's drauf!«

»Ja, echt der Hammer, Dan!«, stimmt A sofort zu.

Mr Clarke stellt sich auf die Zehenspitzen und beäugt den Irrgarten prüfend von oben. »Mal abgesehen von dem unangemessenen Kommentar über deinen Cousin, muss ich sagen, dass das ein ziemlich beeindruckendes Exemplar ist, Dan. Und wenn ich mich nicht täusche … ja, tatsächlich, das ist ein perfekter Irrgarten.«

»Danke, danke!« Dan hebt die Hände und verbeugt sich. »Autogramme gibt's später.«

Mr Clarke klopft ihm auf den Rücken. »Das ›perfekt‹ bezog sich auf die spezielle Art von Irrgarten, die du uns hier mitgebracht hast. Ein perfekter Irrgarten zeichnet sich nämlich dadurch aus, dass man mit einem kleinen Trick relativ leicht einen Weg hinausfindet. Was mir gleich die nächste Bonuspunktebombe wert ist, wenn mir jemand erklären kann, wie dieser Trick funktioniert.«

Jetzt stelle auch ich mich auf die Zehenspitzen und versuche, den Irrgarten aus Mr Clarkes Perspektive zu betrachten. Es gefällt mir, dass alle Wände miteinander verbunden sind. Als würden sie sich gegenseitig stützen. Keine einzige Wand bleibt allein.

Ein perfekter Irrgarten

Darüber könnte man bestimmt ein gutes Gedicht schreiben.

Ich mache die Augen zu und alles wird klarer. Jetzt kann ich mir vorstellen, wie ein Gedicht über einen perfekten Irrgarten aussehen müsste. Die Zeilen würden sich über die Seite schlängeln, verziert mit Kringeln und Ranken, wie eine Kletterpflanze über einen verschlungenen Pfad, immer weiter und …

»Ja bitte, Beatrix?«

Erschrocken reiße ich die Augen auf, als um mich herum Gekicher ertönt. Meine Hand ist oben und malt Buchstaben in die Luft. Ich spüre, wie meine Wangen heiß werden. Mit einem hastigen Kopfschütteln vergrabe ich meine Hände in den Hosentaschen und nehme mir fest vor, sie für den Rest des Schuljahrs dort drin zu lassen.

Dan Ross schnaubt. »Egal, wie leicht der Weg zu finden ist, Mr Clarke«, sagt er. »Hammy schafft es trotzdem nicht.« Erst jetzt sehe ich die kleine Fellkugel in seinen Händen. Ein Hamster. »Dafür hat sie viel zu viel Schiss. Hier, gucken Sie mal – *Buh!*« Das flauschige Knäuel zuckt zusammen und er lacht. »Warten Sie nur ab, was passiert, wenn irgendwo der Weg nicht mehr weitergeht.«

»Zunächst mal, Dan, bezeichnet man so was als Sackgasse. Oder auch als totes Ende. Also ich würde jedenfalls sagen, gib der kleinen Hammy ruhig eine Chance. Sie kann das schaffen, ganz sicher, nur weiß sie es vielleicht selbst noch nicht.« Mr Clarke streckt die Hand aus und krault Hammy das Köpfchen.

»Das sagen Sie nur, weil Sie dem Minotaurus noch nicht begegnet sind!« Dan zieht eine Actionfigur mit mehreren Reihen spitzer Zähne und langem Peitschenschwanz aus der Tasche. »Das ist das Ridley-Scott-Alien von 1979.« Er wendet sich wieder an Mr Clarke. »Das stand in originalversiegelter Verpackung im Regal meines Dads.«

Mr Clarke runzelt die Stirn. »Hm, vielleicht solltest du es dann lieber wieder zurückstellen.«

Dan zuckt mit den Schultern. »Ein Labyrinth ist kein Labyrinth ohne ein Monster in der Mitte.«

Dann lässt er Hammy kopfüber hineinfallen.

Ich dränge mich nach vorn, während Hammy einen Purzelbaum schlägt und sich hastig aufrappelt. Ihre Flanken heben und senken sich vor Angst. Ich könnte schwören, ihr kleines Hamsterherz rasen zu hören. Zuerst rührt sie sich nicht. Sie weiß ja nicht mal, wo sie ist. Das ist so gemein.

Hammy guckt nach links, wo es zum Ausgang geht, dann nach rechts, wo der Weg in einer Sackgasse endet. Links … rechts … links …

Rechts!

Auf schlitternden Pfötchen rennt Hammy direkt in die Sackgasse.

Sie prallt gegen die Wand und dreht sich einmal um sich selbst. Bleibt stehen, dreht sich wieder. Eine Sekunde lang sitzt sie zitternd da, bevor sie anfängt, mit den Krallen in der Sackgasse zu scharren, als wolle sie sich durch die Holzwand graben.

Dan kichert. »Und jetzt mal alle aufgepasst …« Er lässt die Alienfigur durch den Gang auf Hammy zuschleichen.

»Dan …«, warnt Mr Clarke.

Ich sehe zu Mr Clarke. Dann zurück zu Hammy im Irrgarten. Ich will mir gar nicht vorstellen, wie viel Angst sie haben muss, eingesperrt in diesem Ding, ohne eine Möglichkeit zur Flucht – und dann noch Dan Ross mit seinem Alien! Er ist wirklich genauso wie früher. Unschuldige Leute – und Hamster! – zu erschrecken, einfach aus Spaß! Warum tut denn keiner was? Warum hält ihn niemand auf, diesen blöden, grinsenden –

Dan hebt lachend die Alienfigur hoch –

Bis jemand schreit: »NEIN!«

Moment mal.

Wer –

Ich schlage mir die Hand vor den Mund.

Sofort schnellt mein Blick zu A und L und L, die losprusten vor

Lachen. S starrt zu Boden. Wahrscheinlich hat sie Angst, jemand könnte sich daran erinnern, dass wir bis vor einem Monat noch beste Freundinnen waren.

Jenga.

Ich drehe mich um und renne aus dem Klassenzimmer.

KAPITEL 2

Ich stürme nach draußen, sprinte über das Fußballfeld, in den Wald und schließlich den Pfad entlang, der zu mir nach Hause führt. Erst als ich die Lichtung mit der Mauer erreiche, halte ich an.

Es ist, als würde ich eine Schutzzone betreten. Ich lasse mich auf den Boden plumpsen und versuche, wieder zu Atem zu kommen.

Niemand weiß, wer die Pfade angelegt hat, die sich in alle Richtungen durch den Wald schlängeln und in die Straßen unseres Wohngebiets münden. Sie waren einfach schon immer da. Vielleicht schon, seit hier auf Long Island die ersten Häuser gebaut wurden. Die Pfade verbinden meine Straße mit der von S und L und L und außerdem mit dem Hauptpfad, von dem man links zur Grundschule abbiegen kann, rechts zu unserer Schule und, noch weiter rechts, so ziemlich überall anders hin. Im Lauf der Jahre haben wir jeden Pfad bis auf den letzten Zentimeter erkundet, und unserer ist der einzige mit einer Steinmauer.

Als wir noch kleiner waren und zum ersten Mal auf die bröckelnde Mauer gestoßen sind, die uns damals vorkam wie ein versteinertes Monster, das auf der Lichtung kauerte, sind wir schreiend ins Atelier meiner Eltern geflüchtet: »Warum steht da eine Mauer im Wald? Was ist das? Wo kommt die her?«

Ohne auch nur den Kopf zu heben, schrie Dad zurück: »Das ist ein Portal ins Reich des Koboldkönigs!«, und zeichnete weiter seine Comics.

Von der anderen Seite des Ateliers rief Mom: »Nein, das ist ein Portal zur Unterwelt!«, und klatschte weiter schwarze Farbe auf ihre Leinwand.

Genauso schnell, wie wir hergerannt waren, rannten wir zurück, um die Mauer näher unter die Lupe zu nehmen.

Vielleicht war sie ja das Überbleibsel eines alten Herrenhauses. Oder eines Kerkertors. Oder eines geheimen Wachturms. Aber eigentlich spielte das keine Rolle, denn jetzt war es *unsere* Mauer. Und das Beste an ihr: Sie hatte diese … *Öffnung*. Nichts Besonderes eigentlich. Bloß ein ganz normales kleines dunkles Loch, eins, in dem man höchstens Krabbeltiere findet, oder Moos. Aber das hier war anders. Denn wenn man sein Auge an die Öffnung hielt, konnte man sehen, dass sie weiter nach innen reichte als jedes gewöhnliche krabbeltier- und moosgefüllte Loch. Als wäre sie von innen größer als von außen.

Wir nannten sie das Portal.

Wir flüsterten unsere tiefsten Geheimnisse hinein. Wir stellten ihm unsere vertraulichsten Fragen. Wir konnten ihm alles erzählen. Das Innere des Portals war der sicherste Ort, den wir kannten.

Ein Zweig knackt. Ich zwinge mich, nicht hochzusehen. Denn wenn man darauf wartet, dass jemand auf dem Pfad auftaucht, fängt einfach jeder Zweig zu knacken und jeder Busch zu rascheln an, und trotzdem taucht nie jemand auf. Nie. Nicht morgens, wenn ich jeden Tag so lange hier stehe, bis ich zu spät zur Schule komme, und auch nicht jetzt.

Und dass S mir nach der Vorstellung gerade nachgelaufen kommt, ist wohl eher unwahrscheinlich.

Erst platze ich zu spät in die Stunde rein und ramme alle mit meinem Rucksack.

Dann kritzele ich vor der ganzen Klasse Sachen in die Luft.

Oh Mann. Und zur Krönung kreische ich auch noch »NEIN!«, als wäre ich in einem Horrorfilm und nicht beim Referat eines Mitschülers.

Warum denn nur?

Warum, warum, *warum* bin ich bloß immer so …

… wie ich bin?

Zum ersten Mal heute freue ich mich, dass ich meinen Rucksack noch aufhabe. Ich setze ihn ab, öffne das Frontfach und krame darin herum, bis meine Finger das ertasten, wonach ich gesucht habe. Ich mache die Augen zu und atme tief durch.

Jeder Mensch hat seine eigene Taktik, um sich zu beruhigen oder zu entspannen. Meine Mutter zum Beispiel nimmt eine frische Leinwand und fängt an zu malen. Mein Vater sucht online nach neuer Tusche und alten Zeichenfedern.

Ich schreibe Gedichte.

Meine Hand schließt sich um den Stapel aus kleinen quadratischen Zetteln, die ich mir extra zurechtgeschnitten habe, und ich spüre jetzt schon, wie sich mein Atem verlangsamt. Als Nächstes hole ich ein kleines Glasfläschchen heraus.

Der Saft einer halben Zitrone mit genau drei Tropfen Wasser. Unsichtbare Tinte.

Alles, was ich über unsichtbare Tinte weiß, haben S und L und L und ich in »Das große Geheimklub-Handbuch« gelernt, das wir damals in der Dritten in der Bibliothek entdeckt haben. Man findet alle möglichen Rezepte dafür, aber das beste ist Zitronensaft mit Wasser. Um die Tinte sichtbar zu machen, muss nur jemand ein Streichholz anzünden und es vorsichtig unter das Papier halten.

In dem Buch gibt es so einen Comicjungen, der einem alles erklärt. Am liebsten mag ich den Cartoon, in dem er hinter einem Baum hervorguckt und ein Mädchen beobachtet, das seinen unsichtbaren Brief in der Hand hält. In der Sprechblase über ihm steht: »Jetzt müsst ihr nur noch warten, bis euer Freund oder eure Freundin ein Streichholz anzündet und eure Nachricht liest!« Aber das Mädchen braucht so lange, um das Streichholz zum Brennen zu bringen, dass dem Jungen ein langer weißer Bart wächst. Er wird stinksauer, und am Ende sieht man, dass die Nachricht lautet: »Kannst du mir ein Sandwich mitbringen? Ich hab riesigen Hunger!«

Im Buch heißt es, man soll ein Wattestäbchen in den Zitronensaft tunken und damit schreiben, aber das kommt mir nicht sehr poetisch vor. Darum benutze ich lieber einen altmodischen Federhalter, den ich meinem Dad stibitzt habe. Die goldene Schreibfeder ist mit geschwungenen Linien verziert und hat eine winzige Kugel an der Spitze. Ich frage mich, ob er überhaupt bemerkt hat, dass sie verschwunden ist. In letzter Zeit fällt ihm jedenfalls nicht viel auf, weil er so viel zu tun hat.

Ich will etwas schreiben, weiß aber nicht genau, was, bis ich daran denke, was meine Mom immer sagt: »Gib dem Universum preis, was du in deinem Herzen fühlst.«

Gerade ist mein Herz noch mit Hammy und dem Irrgarten beschäftigt und damit, wie gemein es ist, wenn man denkt, ein Pfad würde irgendwohin führen, nur um dann plötzlich in einer Sackgasse zu landen.

Ich schließe die Augen, lege mir die Hand auf die Brust und zähle die Silben der Worte, die aus meinem Herzen kommen.

vom Irrgarten verschluckt … (sechs)

Noch mal von vorne.

endet vor dir jäh der Weg … (sieben)

Nein.

warum nur gibt es (fünf)
so viele tote Enden (sieben)
auf allen Wegen? (fünf)

Fünf, sieben, fünf.
Mein Daumen klopft die letzte Silbe.
Haiku.

Wenn ich etwas geschrieben habe, weiß ich, dass es perfekt ist, sobald ich mich damit wirklich verbunden fühle, anders als vorher. Dann ist es, als kämen die Worte und das Gefühl dahinter direkt aus meinem Herzen. Egal, ob sie fröhlich sind oder verträumt oder traurig, sie fühlen sich einfach richtig an, richtig und echt.

Ich tauche die Feder in die Geheimtinte und schreibe das Haiku auf. Die Zeilen aus Zitronenwasser und dem, was immer es ist, das die Gedichte aus meinem Herzen ins Freie strömen lässt, schimmern feucht und klar. Schnell mache ich die Augen wieder zu, bevor die Schrift unsichtbar wird.

Natürlich weiß ich, dass der ganze Sinn von Geheimtinte ist, Dinge verschwinden zu lassen, aber heute versetzt mir der Gedanke trotzdem einen kleinen Stich. Denn egal, wie lange ich hier draußen sitzen bleibe, egal, wie viele Zweige ich knacken oder Büsche ich rascheln höre, mir ist klar, dass niemand kommen und ein Streichholz anzünden wird, um meine Worte wieder sichtbar zu machen. Und dass ich nach all dem Grübeln und Fühlen und Schreiben allein bin, mit einem unsichtbaren Haiku, das nie jemand lesen wird.

Als ich die Augen diesmal wieder öffne, sehe ich das Portal.

Eine Sekunde lang starre ich darauf, dann rolle ich den kleinen Zettel so eng und fest zusammen, wie ich kann. Ich suche den Boden nach einem passenden Grashalm ab und reiße ihn aus. Einen breiten, stabilen, dem man ein langes, lautes Pfeifen entlocken kann, wenn man ihn sich zwischen die Daumen klemmt und pustet. Ich wickele den Halm zweimal um die Papierrolle und mache einen Knoten.

Wieder höre ich ein Rascheln im nahen Gebüsch und sehe mich um, aber ich bin immer noch allein.

Ich hole tief Luft.

Gucke ins Portal.

Und stecke mein unsichtbares Haiku hinein.

Hier ist es sicher.

Ich will gerade gehen, doch dann drehe ich mich noch einmal um und krame die Streichhölzer, mit denen ich immer meine Geheimtinte teste, aus dem Rucksack. Ich schiebe die Schachtel ebenfalls ins Portal.

Denn auch etwas Unsichtbares hat ein kleines bisschen Hoffnung verdient.

KAPITEL 3

Das einzige Mal, als S und ich in der Sechsten versucht haben, die Freiarbeitsstunde zu schwänzen, wurden wir prompt geschnappt. S meinte damals, das sei nur meine Schuld gewesen, weil ich meinen ausgeklügelten Plan vor lauter Panik mit einem Lachkrampf ruinieren musste. *»Bea, das Problem ist, du machst immer … viel zu viel Wirbel. Tu doch einfach mal so, als wäre nichts. Geh schnell, aber nicht zu schnell. Wenn du zu schnell gehst, weiß jeder sofort, dass irgendwas im Busch ist. Das Stichwort lautet ›unauffällig‹.«* Ich habe ihr natürlich geglaubt. Schließlich kannte sie sich durch ihren Bruder Jay, der ein Jahr älter ist als sie, bestens aus mit solchen Sachen.

Tja, wer hätte nach alldem ahnen können, dass ausgerechnet ich mich seit Anfang der siebten Klasse jeden Tag vom Schulgelände schleichen würde? Obwohl ich immerhin fast nie den Unterricht schwänze. Nur die Mittagspause. Ich komme jeden Tag zu unserer Mauer, um nicht in die Schulcafeteria zu müssen. Heute hier zu sein, während ich eigentlich in Mr Clarkes Kurs sitzen sollte, fühlt sich komisch an, und ich will zurück. Außerdem will ich auf keinen Fall, dass irgendein Lehrer böse auf mich ist.

Vorsichtig spähe ich hinter einem Baum hervor.

Auf dem Herweg bin ich mitten über das Fußballfeld gerannt. Aber um wieder zurückzukommen, habe ich nur eine Wahl: unauffällig bleiben. Also schleiche ich im Schutz der Bäume um den Rasen herum und schlüpfe unbemerkt ins Gebäude. Die erste Stunde hat gerade aufgehört. Auf den Gängen ist viel los. Jetzt muss ich mich nur noch unter die Schülermassen mischen. Und zwar möglichst unauffällig. Erleichtert seufze ich auf.

Morgen gehe ich zu Mr Clarke und sage ihm, dass ich ganz dringend an die frische Luft musste. Kann man es jemandem übel nehmen, dass er an die frische Luft musste? Ich behaupte einfach, ich hätte Kopfschmerzen oder so gehabt und dann beschlossen, direkt weiter zur Freiarbeitsstunde zu gehen. Warum sollte er mir das nicht glauben?

Doch in dem Moment fällt mir etwas ein. Ich reiße mein Handy aus der Tasche und werfe einen Blick auf das Display. Dienstag. Heute ist Dienstag. Und dienstags in der Freiarbeitsstunde muss ich –

»Beatrix?«

Oh nein.

»Bea?«

Unauffällig. Unauffällig. Unauffällig. Ich senke den Kopf und gehe schnell weiter. Aber vielleicht bin ich zu schnell, also werde ich langsamer. Wie schnell ist denn überhaupt schnell-aber-nicht-zu-schnell?

»Bea!«

Vor mir auf dem Boden erscheinen zwei neonfarbene Sneakers. An diesen Sneakers führt kein Weg vorbei.

Mrs Rodriguez, meine Lieblingsbibliothekarin, hält nicht viel von langweiligen Erwachsenenschuhen. Hauptsächlich weil sie keine langweilige Erwachsene ist. Wenn Mrs Rodriguez eine Superheldin wäre, dann wäre ihre Superkraft, jeden Schüler dazu zu bringen, sie heiß und innig zu lieben. Alle hier nennen sie nur den Rodriginator oder Roddy oder Mrs Rod. Soweit ich weiß, hat kein anderer Lehrer an dieser Schule einen Spitznamen. Heute sind ihre Sneakers leuchtend gelb mit pink- und lilafarbenen Streifen und zeigen direkt auf mich. Ich sehe hoch.

»Oh … hallo, Mrs Rod.«

Sie mustert mich mit einem »Ich weiß genau, dass du so getan hast, als hättest du mich nicht gehört, aber ich werde dich nicht darauf ansprechen«-*Blick*. Außerdem ist sie ein bisschen außer Puste, weil sie mir durch den Flur hinterhergejagt ist.

»Bea, ich hoffe, du hast nicht vergessen, dass dienstags –«

Ich weiß, was als Nächstes kommt, aber ich muss sie daran hindern, es auszusprechen. Ich muss in die entgegengesetzte Richtung von der fliehen, in die sie mich mitnehmen will. Also platze ich mit dem Ersten heraus, was mir in den Sinn kommt: »Ich habe Sozialkunde Doppelpunkt Völker des Altertums geschwänzt!«

Es funktioniert.

Mrs Rod bleibt wie angewurzelt stehen. »*Du* hast den Unterricht geschwänzt? Mr Clarkes Stunde? Beatrix!«

Ich hasse mich für das, was sie jetzt von mir denken muss, aber es steht nun mal Wichtigeres auf dem Spiel. »Tut mir leid, aber das war alles Hammys Schuld. Das heißt, nein – eigentlich war es Dan Ross' Schuld.«

»Jetzt mal langsam«, sagt Mrs Rod. »Tief Luft holen. Und dann von vorne. Was war denn los?«

Irgendwie muss ich sie vom anderen Ende des Flurs weglotsen. Ich mache einen Schritt und sie folgt mir. »Okay, also, Sie kennen doch Dan Ross? Als wir in der Zweiten waren, sind wir mal in der Pause vor ihm weggelaufen, und da haben Sie uns diese Geschichten über das Geschwisterpärchen zu lesen gegeben, das zusammen ein Baumhaus voller magischer Bücher gefunden hat.«

Mrs Rod nickt.

Als weitere Superkraft erinnert sie sich an wirklich jedes Buch, das sie einem irgendwann gegeben hat. Und außerdem ist sie im Moment der einzige Mensch an dieser Schule, der mir mehr als zwei Wörter am Stück entlocken kann. Immer wenn ich sie treffe, haben sich in meinem Mund schon so viele Wörter angestaut, dass sie springbrunnenartig aus mir raussprudeln.

»Jedenfalls hat Dan in Sozialkunde Doppelpunkt Völker des Altertums ein Referat gehalten, das überhaupt nichts mit Politik zu tun hatte, und dann hatte er so einen armen kleinen Hamster dabei und den Irrgarten von seinem Cousin mit ganz vielen Sackgassen, und das war so unfair, und irgendwie hab ich auf einmal geschrien, als wäre ich in einem Horrorfilm oder so, und das war so peinlich, dass ich rausgerannt bin. Aber ich will nicht nachsitzen oder vom Unterricht suspendiert werden oder irgend so was, also können Sie mich bitte, bitte … in *diese* Richtung hier gehen lassen, damit ich Mr Clarke alles erklären kann, der jetzt nämlich bestimmt total sauer auf mich ist?«

Mrs Rod schließt die Augen und hebt die Hand. »Okay, Bea. Stimmt, du musst sofort zu Mr Clarke gehen und dich bei ihm entschuldigen. Ich komme direkt mal mit, dann wird das schon wieder.«

Ich bleibe stehen. »Ach so, nein. Sie müssen nicht mitkommen«, lehne ich ab. »Das schaffe ich schon allein. Mir geht's auch viel besser!«

Doch sie deutet bloß den Flur hinunter und mir bleibt nichts anderes übrig, als mich wieder in Bewegung zu setzen.

Als wir vor Mr Clarkes Klassenzimmer ankommen, wartet Mrs Rod draußen vor der Tür. Denn während es ihre Superkraft ist, sich wunderbar mit Kindern und Jugendlichen zu verstehen, liegt ihr Kryptonit im Umgang mit anderen Erwachsenen. Ich kapiere das nicht. Es ist doch so viel leichter, mit Erwachsenen zu reden als mit Leuten in meinem Alter.

Sie gibt mir einen sanften Schubs.

Ich gehe hinein und Mr Clarke sieht von seinem Schreibtisch hoch.

Wie immer hat er sofort einen flotten Spruch auf den Lippen. »Na, hat sich da jemand vom Trauma der letzten Stunde erholt? Komm rein, Beatrix! Es wird dich bestimmt freuen zu erfahren, dass Hammy überlebt hat. Ich habe ihr kleines Date mit dem Minotaurus noch rechtzeitig verhindert.«

Er zeigt auf einen mit alten Zeitungen ausgelegten Käfig. Darin erkenne ich eins dieser Laufräder und einen kleinen Futternapf. Außen am Gitter klebt ein Zettel mit der Aufschrift EIGENTUHM VON MATTIE ROSS FINGER WECK (DAMIT BISST DU GEMEINT DAN!) in krakeligen Filzstiftbuchstaben.

Hammy kauert in einer Ecke hinter einer kleinen Pappwand. Sie wirkt unversehrt.

Ich überlege, was ich sagen soll, aber Mr Clarke lacht bloß. »Jetzt mach nicht so ein besorgtes Gesicht. Versuch einfach, das nächste Mal eine bessere Lösung zu finden, als wegzulaufen. Weißt du, es muss nämlich nur einer anfangen, dann rennt ein Zweiter hinterher, und bevor man versteht, was da gerade geschieht, ist die ganze Klasse leer, und wer soll sich dann noch meine interessanten Vorträge anhören?«

Als würde *mir* irgendwer hinterherlaufen.

Mr Clarke sieht mich prüfend an. »Hm. Hättest du vielleicht Lust, Hammy zu füttern? Ich habe hier einen kleinen Snack für sie.«

Er zieht eine Tüte mit Karottenscheiben aus der Tasche und hält sie mir hin. Hammy ist so niedlich, wie sie die Scheibe mümmelt, als hätte sie einen riesigen orangefarbenen Keks in den Pfoten. »Achtung, Bonuspunktebombe, wenn du mir drei Gründe nennen kannst, warum Karotten gesund sind.«

Am ersten Tag des Schuljahrs hat Mr Clarke uns erklärt, durch die Bonuspunktebomben würde er dafür sorgen, dass wir in seinem Unterricht viel mehr lernen als nur Sozialkunde Doppelpunkt Völker des Altertums. Denn Wissen sei Macht, betonte er. Egal, woher und welche Informationen man bekomme, sie könnten unser aller Leben verändern. Wie, wird allerdings wohl keiner von uns je herausfinden, weil niemand sich für seine Bonuspunktebomben interessiert. Man kriegt ja nicht mal wirklich Punkte dafür. Aber ich glaube, Mr Clarke ist das egal.

»So, nachdem wir uns vergewissert haben, dass Hammy sich beruhigt hat und gut versorgt ist, sehen wir beide uns wohl morgen wieder, Miss Beatrix *Potter*? Lee.«

Ich schüttele den Kopf, muss jedoch lächeln.

»Tja, dann … Ist das Ms Rodriguez, die da draußen wartet? Diese Sneakers würde ich überall erkennen! Kommen Sie doch rein!«

Mrs Rod steckt den Kopf durch die Tür. »Oh, ach, Entschuldigung.«

»Nicht doch, nicht doch. Sie sind hier jederzeit willkommen. Begleiten Sie unsere liebe Beatrix zu ihrem nächsten Kurs?«

In dem Moment fällt mir wieder ein, warum ich Mrs Rod entwischen wollte. Ich versuche, mich zu verdrücken, aber sie ist zu schnell. Mit ausgebreiteten Armen versperrt sie mir den Weg durch die Tür. Dann wirft sie Mr Clarke einen verlegenen Blick zu. »Äh, tut mir leid – es ist nur –, wir haben gleich ein ›Broadside‹-Treffen. Bea hat die ersten paar Termine verpasst, aber diesmal wollten wir auf Nummer sicher gehen. Großer Tag heute! Noch nie hat es eine Siebtklässlerin zur Lyrik-Redakteurin gebracht!«, verkündet sie mit einer guten Portion mehr Begeisterung in der Stimme als nötig und macht an Mr Clarke gewandt die Daumen-hoch-Geste. Dann zieht sie eine Grimasse und starrt auf ihren Daumen, als hätte der vollkommen eigenmächtig gehandelt, ohne sich vorher mit ihr abzusprechen.

Mr Clarke lacht. »Na, dann will ich Sie nicht länger aufhalten«, sagt er und hebt ebenfalls den Daumen. Erwachsene sind echt seltsam.

Mrs Rod stammelt noch irgendwas vor sich hin, bevor sie ihm kurz zuwinkt und mich aus dem Raum scheucht.

Auf dem Flur werfe ich ihr einen »Sie reden nicht gern mit anderen Erwachsenen und ich nicht gern mit anderen Jugendlichen, also können wir die Sache nicht einfach abblasen?«-*Blick* zu.

Es scheint nicht zu funktionieren, also versuchen meine Augen es mit: »Mit meiner allerbesten Freundin geht irgendwas Seltsames vor, also wie wär's, wenn wenigstens Sie mich in Frieden lassen?«

Und dann mit: »Vielleicht kennen Sie meine Mom, die weltberühmte Künstlerin Eve Lee? Die sagt immer, ich soll dem Universum preisgeben, was in meinem Herzen ist, aber ich will dem

Universum gerade nichts preisgeben und schon gar nicht meine Gedichte.«

Aber wie es aussieht, sind meine *Blicke* einfach nicht so vielsagend wie ihre, denn Mrs Rod legt mir bloß die Hand auf die Schulter und schiebt mich zurück in die Richtung, in die ich auf keinen Fall wollte.

KAPITEL 4

Wenn Mrs Rod keine *Blicke* austeilt, teilt sie Bücher aus. Und jetzt, als sie kurz neben mir im Flur stehen bleibt, tut sie beides.

Ihr *Blick* sagt: »Ich weiß, du hattest einen schwierigen Start ins Schuljahr, und ich weiß auch, warum.«

Das Buch ist leuchtend blau, mit einem grünen Strichmännchen beziehungsweise Strich*mädchen* und einem gelben Stern auf dem Cover.

Ich kann nicht anders, ich strecke die Hand aus und nehme es. Es fühlt sich kühl und glatt an.

Wie immer frage ich: »Worum geht es?«

Und wie immer antwortet Mrs Rod kurz und knapp. »Es geht ums Sein.«

»Ums Sein?«

Sie nickt. Mrs Rod erklärt nie, warum sie einem ein bestimmtes Buch gibt. Sie will, dass man es selbst rausfindet. Das war schon immer so. S und L und L und ich hatten unseren eigenen Buchklub, und sie hat uns jahrelang jedes Buch, das wir lesen wollten, viermal besorgt. Sie hat extra welche aus anderen Bibliotheken ausgeliehen, damit wir alle eins hatten. Am Ende des letzten Schuljahrs musste sie nur noch zwei besorgen.

Und jetzt … ist sowieso nur noch eins nötig.

Ich habe so eine Art Ritual, wenn ich mir eine Meinung über ein neues Buch bilden will. Ich warte ab, ob sich eine Verbindung herstellt. Ob ich dieses *Ba-bamm* in meiner Brust spüre. Zuerst sehe ich mir das Cover an. Wenn es mir gefällt, drehe ich das Buch um und lese den Text auf der Rückseite. Wenn er mir gefällt, schlage ich es auf und lese den ersten Satz. Dann den ersten Absatz, die erste Seite.

Das Cover gefällt mir.

Der erste Satz auch.

Und der Rest auch.

Die scharfen Kanten des Flurs um mich herum beginnen, ein wenig zu verschwimmen.

Ich lächele und lese weiter.

Es geht ums Sein …

Nach ein paar Seiten blicke ich hoch. »Was heißt das, ›es geht ums Sein‹? Ich meine … man *ist* doch einfach, oder?«

Mrs Rod lächelt nur. Und hält mir die Tür zur »Broadside«-Redaktion auf. Ich habe gar nicht gemerkt, dass wir dort gelandet sind. Mrs Rod hat mal gesagt, sie würde außer mir niemanden kennen, der im Gehen lesen kann, ohne irgendwo dagegenzulaufen.

Als ich wissen wollte, ob sie damit andeuten wolle, dass ich seltsam sei, hat sie verneint und erklärt, das würde lediglich heißen, dass irgendwas in mir immer den richtigen Weg finde, selbst wenn ich gar nicht hinguckte.

Ich starre auf die »Broadside«-Tür und zögere.

Wenn meine Mom davon redet, dem Universum preiszugeben, was in einem ist, dann denkt sie dabei an ihre eigenen Werke. Alle ihre Bilder sind groß und schön und mutig. Sie zeigen, wie es in ihr aussieht.

Aber in mir ist gerade nichts, was ich preisgeben will. Erst recht keine Gedichte, die die ganze Schule zu lesen bekommt.

Doch Mrs Rod hält mir noch immer die Tür auf.

Also bleibt mir wohl nichts anderes übrig, als reinzugehen. Ohne den leisesten Schimmer, was dabei rauskommen wird.

Kapitel 5

Es gibt Orte, an denen einfach irgendwas in der Luft liegt. Eine bestimmte Energie oder Stimmung, und egal, wie lange man nicht mehr dort war, man erinnert sich genau an das Gefühl beim ersten Mal. Wie an der Mauer auf unserem Pfad. Oder im Atelier meiner Eltern.

Oder hier. In der »Broadside«-Redaktion.

Schon das Licht ist anders. Nicht fies, hart und kopfschmerzgrell wie in den meisten Klassenzimmern. Ich sehe mich um. Die Deckenlampen sind ausgeschaltet. Stattdessen brennen kleine Stehleuchten auf den Tischen und in den Ecken. Über einem der Lichtschalter an der Wand hängt ein Zettel. Bitte nicht die Beleuchtung verändern steht darauf.

Die Einrichtung ist antik: ein Aktenschrank aus dunklem Holz mit Messinggriffen, eine altmodische Schreibmaschine samt Lederkoffer, und an der Wand hängt einer dieser Drucker-Setzkästen, in dessen Fächern noch die Buchstabenblöcke stehen, beschmiert mit uralter Tinte. Jeder Gegenstand in diesem Raum strahlt etwas Ruhiges, Warmes, Gemütliches, Abgenutztes aus. Als wäre er schon ewig hier.

»Schön, nicht?«

Ich nicke.

»Briggs hat das alles hergeschafft.« Mrs Rod lächelt in Richtung eines großen, schlaksigen Jungen am anderen Ende des Raums. Er trägt einen Hut, den er gerade ein Stück hochschiebt, um die Kante eines kleinen Holztischchens zu untersuchen. »Er und sein Großvater sind früher viel auf Flohmärkten gewesen und haben die Sachen, die sie dort gekauft haben, restauriert. Unbezahlbar, der Junge. Ich glaube, dem würde ich so ziemlich alles zum Reparieren anvertrauen. Er hat auch diese ganzen alten Lampen neu verkabelt.«

»Warum sind denn nur die kleinen Lampen eingeschaltet?«, frage ich.

»Na ja … wir möchten einfach, dass dieser Raum eine bestimmte Atmosphäre hat. Ein bestimmtes Gefühl vermittelt.« Ich nicke und weiß sofort, was sie meint. »Ich bin überzeugt, dass die meisten Menschen am kreativsten sind, wenn sie … es ruhig und entspannt und gemütlich haben. Ich stelle mir die ›Broadside‹-Redaktion immer gern als das Zen-Zentrum unserer Schule vor.«

Ich glaube ihr jedes Wort.

Dieser Ort scheint regelrecht … zu summen.

Er summt und vibriert auf eine Art, die sich lebendig und verlässlich und *echt* anfühlt. Anders kann ich es nicht beschreiben. Irgendetwas hier bringt mein Herz dazu, die Silben von Worten zu klopfen, von denen ich jetzt schon weiß, wie perfekt sie sein werden.

Ein Summen im Raum
Das kann nur eins bedeuten:
Kreativität

Fünf, sieben, fünf. Haiku. Zufrieden öffne ich die Augen. Ich stehe immer noch in der Tür, die Hand auf dem Herzen. Mrs Rod wartet geduldig ab, und bevor ich meine Hände zurück in die Hosentaschen schieben kann, lächelt sie mich an, und ihr *Blick* fragt: »Bereit?« Ich hole tief Luft und nicke, dann folge ich ihr hinein.

Die »Broadside«-Redaktion befindet sich in einem großen Klassenzimmer gleich neben dem Schatz, wo jeder sich mit seiner Arbeit ausbreiten kann. Das ist außerdem praktisch für Mrs Rod, die ja nicht nur die Zeitung betreut, sondern auch unsere Bibliothekarin ist. Schatz ist ihr Spitzname für die Bibliothek. Früher dachte ich, der Name käme daher, dass sie ihre Bücher so sehr liebt, und einmal habe ich sie gefragt, ob sie ihren Mann auch Schatz nennt. Aber sie hat erklärt, dass sie mehr den riesigen Schatz an Wissen im Sinn hatte. Kurz darauf habe ich erfahren, dass sie in Scheidung lebt, und hatte ein furchtbar schlechtes Gewissen, aber sie meinte, ich solle mir deswegen keinen Kopf machen. Das Ganze ist jetzt zwei Jahre her, aber trotzdem nennen sie alle immer noch Mrs Rod, obwohl sie gar keine Mrs mehr ist. Es ist schwer, solche Gewohnheiten loszuwerden.

»Briggs«, ruft Mrs Rod jetzt, doch er scheint sie nicht zu hören und geht weg. »Wenn er ein bisschen Zeit hat, stelle ich euch einander vor. Briggs ist nämlich unser Chefredakteur für die Ausgabe der Junior-High.«

»Wir teilen uns übrigens den Raum mit den Kids von der Highschool-Zeitung«, fährt sie dann fort. »Die haben mit Zen zwar nicht besonders viel am Hut, aber wir arbeiten dran. Und bis dahin versuchen wir, sie an den Tagen, wenn wir hier sind, möglichst draußen zu halten.« Mir fällt auf, dass ihr Blick zu einem wunderschönen alten Stahlschreibtisch in der Ecke schweift, an dem ein Junge in einem gestreiften Hemd sitzt. Ich frage mich, ob die älteren Schüler nicht vorsichtig genug mit den antiken Möbeln umgehen. »Die sind manchmal ein bisschen ungestüm und wir … legen hier großen Wert auf geregelte Arbeitsabläufe«, erklärt sie. »Das hat sich für uns bewährt. Okay, vielleicht drehen wir einfach mal eine Runde durch den Raum und ich stelle dich allen vor.«

Ich sehe mich um und erkenne niemanden. Die Leute hier sind nicht nur ausnahmslos Achtklässler, sondern scheinen auch noch alle auf die anderen Grundschulen in der Stadt gegangen zu sein. Ich streiche mir die Haare hinter die Ohren. Zupfe sie wieder hervor. Streiche sie wieder zurück. Ich kann nur hoffen, dass wenigstens keine Blätter darin hängen, nachdem ich vorhin an unserer Mauer im Gras gelegen habe.

Ein total hübsches dunkelhäutiges Mädchen lächelt, als wir auf es zukommen, und nimmt seine Kopfhörer ab. Es sind dicke, gut gepolsterte Kopfhörer, genau wie meine, aber ihre sind an den Seiten bemalt. Ob sie das selbst gemacht hat? Ihre Musik ist so laut, dass ich den Song erkenne, den S und ich rauf und runter gehört haben, als wir noch jünger waren. Wir haben ihn damals den Eisenbahnsong genannt, weil uns das »Tsch-tsch-tsch-tsch« darin immer an eine alte Dampflok erinnert hat.

»Bea, das hier ist Jaime. Sie und Briggs sind zusammen auf die Westside-Grundschule gegangen. Letztes Schuljahr war sie erst mal an der Hill-on-the-Harbor, darum sind wir jetzt umso glücklicher, sie bei uns zu haben.«

»Hi, Bea«, sagt Jaime.

In der Stadt sehe ich ständig Leute, die auf die Hill gehen, eine Privatschule. Sie müssen Blazer und die Mädchen karierte Faltenröcke tragen. Jetzt hat Jaime ein altes Band-T-Shirt zu Rock und coolen Boots an. Sie wirkt nicht unbedingt wie der Typ für eine Schuluniform.

»Jaime ist für unseren wöchentlich wechselnden Online-Cartoon zuständig. Anaya da drüben ist unsere Short-Story-Redakteurin, und die liebe Tami McGee hilft aus, wo immer sie gerade gebraucht wird. Außerdem sind sie alle bekennende Leseratten. Schaut mal, was ich gerade Beatrix in die Hand gedrückt habe, Mädels.« Sie deutet auf das Buch, das ich immer noch mit mir rumtrage.

Ich zwinge ein Lächeln auf mein Gesicht, obwohl mir absolut klar ist, was Mrs Rod vorhat. Am liebsten würde ich sie bitten, damit aufzuhören. Man kann eben nicht einfach einen … Buchklub … durch einen neuen ersetzen.

Ich will mich räuspern, aber nicht mal das bekomme ich raus. Also winke ich den anderen bloß kurz zu.

Die Mädchen nicken und sagen »Hi!«, bevor Jaime schwärmt: »Das Buch ist sooo toll. Volltreffer, Mrs Rod! Hey, Bea, was hörst du denn so?« Sie zeigt auf die Kopfhörer um meinen Hals. »Ich arbeite nämlich an einer Playlist mit den legendärsten Songs der Welt und bin immer dankbar für Vorschläge. Sag Bescheid, falls du mal reinhören willst.« Ich sehe, dass auch sie einen Dual-Adapter hat, wenn auch nicht in Häschenform wie ich.

Verstohlen schiebe ich mein Handy tiefer in die Hosentasche, damit niemand ihn entdeckt. Wie soll ich denn erklären, warum ich den ganzen Tag Kopfhörer trage, einen Häschen-Adapter und immer eine Playlist griffbereit habe, aber seit Anfang des Schuljahrs kein einziges Mal Musik gehört habe? Zum Glück läuft Mrs Rod schon weiter und ich rette mich in ein »Ach schade, vielleicht später«-Schulterzucken.

Im Gehen drehe ich mich noch mal um.

Manchmal wenn ich neue Leute kennenlerne, versuche ich, mir vorzustellen, wie mein Dad sie wohl als Superhelden darstellen würde. Die Heldin seiner neusten Graphic Novel ist eine total coole Taiwanesin, die er immer mit schwungvollen schwarzen Strichen und wehendem Haar zeichnet. Sie ist eine ziemlich exakte Mischung aus ihm und meiner Mom: herzensgut und ein bisschen trottelig wie er und gleichzeitig stark und mutig wie sie.

Jaime hat die Art von Haar, das aus Millionen Milliarden winziger Spiralen zu bestehen scheint. Ich weiß, dass Dad sie alle einzeln mit einer seiner ultradünnen Federn zeichnen würde. Ihre Augen sind so dunkel, dass er zu seinem alten Trick mit dem kleinen weißen Punkt in der Pupille greifen würde, damit sie richtig schön glänzen. Ihre Superkraft könnte sie aus ihren Kopfhörern ziehen. Oder vielleicht aus einem bestimmten Song. Welche Songs sie wohl auf ihrer Playlist hat? Ich wüsste jedenfalls einen absolut legendären. Vielleicht kennt sie ihn ja.

Erst jetzt wird mir bewusst, dass ich mich komplett umgedreht habe und wie die letzte Spinnerin zu ihr rüberstarre. Schnell wende ich mich ab.

Mrs Rod führt mich weiter herum. »Diese zwei sind für Grafik und Layout zuständig. Todd und Janey, das hier ist Bea, unsere neue Lyrik-Redakteurin.« Die beiden winken mir zu.

»Briggs!«, ruft sie dann leise.

Aber er sagt nur: »Moment, Mrs Rod«, und verschwindet.

Ich sehe mich um. Eine Person ist noch übrig, die ich noch nicht kennengelernt habe. Der Junge im Streifenhemd am Schreibtisch in der Ecke. Sein Arbeitsplatz wird durch eine Extrawand vom Rest des Raums abgetrennt. Der obere Teil der Wand ist aus Glas, wodurch es ein bisschen wirkt, als säße er in einem Aquarium. Er beugt sich konzentriert über die kompliziert aussehende Zeichnung, an der er gerade arbeitet. Sein Gesicht kann ich nicht erkennen, aber sein Haar ist mittelblond und kurz, und die Haut in seinem Nacken ein bisschen gerötet.

»Bea!«, ruft mich Mrs Rod zu sich, bevor ich mich entscheiden kann, ob er einen guten Superhelden abgeben würde. Sie steht schon am anderen Ende des Zimmers, wo Briggs endlich haltgemacht hat. Der Hut, den er aufhat, ist aus weichem Filz. So was tragen doch sonst nur alte Männer. Mein Dad würde Briggs wahrscheinlich irgendwie Clark-Kent-mäßig in einem Dreißigerjahre-Setting inszenieren. Außerdem sieht Briggs' Nase so kräftig und gerade aus, dass mein Dad ein Lineal bräuchte, um sie richtig hinzubekommen.

»Briggs ist vermutlich einer der nettesten Menschen, denen du je begegnen wirst«, flüstert Mrs Rod. »Diesen Jungen kann nichts vom Lächeln abhalten – Briggs! Das hier ist Bea.«

Briggs dreht sich zu mir um. Und sein Lächeln erlischt.

Der Stapel Papier, den er in der Hand hatte, fällt zu Boden.

Nur dass Papier streng genommen nicht *fällt*. Es trudelt und segelt und flattert, bis es sich im gesamten Raum verteilt hat. Fallendes Papier legt Wert auf einen dramatischen Abgang.

»Tut mir leid!«, sage ich.

Ich hocke mich hin und fange an, die Blätter aufzusammeln. Mrs Rod und Briggs machen mit.

Briggs sieht zu mir hoch. »Muss es nicht. Ist ja nicht deine Schuld. Ich war nur überrascht.«

»Tut mir –«, rutscht es mir schon wieder fast heraus. Aber er hat recht. Was soll ich auch falsch gemacht haben? Ich bin nicht sicher, aber leid tut es mir trotzdem. Dann denke ich: Moment mal. *Warum* war er denn so überrascht?

Die Leute um uns herum gucken neugierig, aber als sie sehen, dass nur Papier auf dem Boden liegt, wenden sie sich wieder ihrer Arbeit zu.

Nur eine einzige Person im Raum starrt uns weiter an. Der Junge im Streifenhemd beobachtet uns, als wären *wir* die Fische im Aquarium. Und zwar, seinem Gesichtsausdruck nach zu schließen, furchtbar langweilige.

Briggs mustert mich. »Warte, *wer* bist du?«

Wer bin ich?

Ich?

»Ich bin … bloß Bea.«

»Bea.« Briggs hält im Papiersammeln inne. »Beatrix Lee. Du hast doch diese Bildergedichte gemacht. Wie dieses eine mit den Spiralen und Wolken –« Er schließt die Augen und sagt in einem Rutsch:

»Wie der blaue Luftballon weiß
in den Himmel zu zischen
und der Welt zu entwischen
geschwind sich zu winden
um ganz zu verschwinden
und schließlich zu finden sich selbst
ist in schweifenden Schleifen
das Ich zu begreifen
ein Horten von Worten
an nah-fernen Orten
dreht man sich im Kreis
ist das doch der Preis
wie der blaue Luftballon weiß.«

Dann atmet er tief ein und wieder aus, bevor er mich angrinst.

Ich kann mich nicht bewegen. Hocke wie versteinert auf dem Boden und drücke mir einen Haufen Zettel an die Brust. Ist das gerade wirklich passiert? Hat gerade ein Achtklässler – ein Achtklässler, dem ich noch nie zuvor begegnet bin – eins meiner Gedichte aufgesagt?

Ich gucke Mrs Rod an und sie strahlt.

»Und du warst am letzten Wochenende in den Sommerferien auf dieser Poolparty, stimmt's?«

Oooh nein.

»Du bist das Mädchen, das –«

Abrupt springe ich auf und drehe mich zu Mrs Rod um. »Darf ich mal kurz zur Toilette?« Ich versuche, meine Hände am Zittern zu hindern, als ich ihr den Stapel Zettel hinhalte, den ich vom Boden aufgesammelt habe.

Sie nimmt ihn und mustert mich prüfend. »Natürlich, Bea. Ist – Ist alles in Ordnung?«

Ich nicke und zwinge mich zu einem Lächeln. »Mhm-hm. Bin gleich wieder da.«

Dann gehe ich. Schnell, aber nicht zu schnell.

Ich will gar nicht den *Blick* sehen, den sie mir hinterherwirft, und noch viel weniger will ich, dass sie meinen sieht, denn darin würde sie höchstwahrscheinlich Folgendes lesen:

»Nein, ich bin nicht das Mädchen von der Poolparty, weil ich nämlich seit diesem Tag nicht mehr derselbe Mensch bin.«

KAPITEL 6

Jedes Jahr, am letzten Samstag, bevor die Schule wieder losging, veranstalteten wir bei S zu Hause eine absolut geniale Endsommer-Poolparty. Nur S und L und L und ich. S' Mom besorgte immer Berge von Pizza und wir durften uns riesige Eisbecher zusammenstellen und konnten den ganzen Tag im Pool planschen und in der Sonne liegen. Das Beste daran war aber, dass jede von uns in einem selbst entworfenen Überraschungs-T-Shirt kam. Den ganzen Sommer lang haben wir uns auf diese Party gefreut.

Nur dass meine Mom und mein Dad letzten Sommer mit mir nach Taiwan zu meiner Lieblingstante und meinem Lieblingsonkel gefahren sind, die dort für ein Jahr als Lehrer arbeiteten. Meine Cousinen Tay und Lia sind erst neun und zehn, aber immer, wenn wir uns sehen, fühlt es sich an, als wären wir gleich alt. Meine Eltern und ich haben jeden Tag Städte erkundet und uns reihenweise Kunstausstellungen angesehen. Ich lernte, wo man auf den Nachtmärkten das beste Essen bekam. Und irgendwann hatte ich sogar raus, wie man das komplizierte U-Bahn-System benutzte.

Es war der beste Sommer meines Lebens.

Das Lustige ist, dass trotz all der unglaublichen Ausflüge, die wir unternahmen, und all der neuen Sachen, die ich zu sehen bekam, mein Lieblingstag der war, an dem wir einfach bloß gemütlich bei meiner Tante und meinem Onkel zu Hause blieben. Denn an diesem Tag brachten meine Eltern mir bei, wie man einen Kopfsprung machte.

Natürlich konnte ich schwimmen und hüpfte auch gern vom Sprungbrett, aber bis dahin kam es mir einfach zu unheimlich vor, zu verrückt und völlig unmöglich, mich mit dem Kopf voran ins Wasser zu stürzen.

Doch an diesem Tag waren wir alle am Pool, meine Tante und meine Mom ließen den Song laufen, den sie vor Jahren auf einem Konzert gehört, bei dem sie in der ersten Reihe gestanden hatten, und als wir so fröhlich vor uns hin tanzten und lachten und alberten, verkündete ich plötzlich, dass ich einen Kopfsprung lernen wolle.

Alle applaudierten und sprangen dann einer nach dem anderen ins Wasser, um mir zu zeigen, wie es ging. Als ich an der Reihe war, stellte ich mich an die äußerste Kante des Sprungbretts und blieb dort stehen, bis meine Mom mich vom tiefen Ende des Pools aus nass spritzte und rief: »So ist das im Leben, Trix! Du kannst am Rand bleiben oder du kannst dich kopfüber hineinstürzen!« Und mein Dad, der immer gern damit angab, wie gut er sich bloß durch Strampeln kerzengerade im Wasser halten konnte, breitete die Arme aus und schrie: »Du schaffst das! Los, los, los!«

Ich lachte. Das Wasser glitzerte blau. Mir war angenehm warm von all der Sonne und der Musik und dem Tanzen und meiner Familie um mich, also holte ich tief Luft und sprang. Es klappte nicht besonders gut. Ich bekam Wasser in die Nase, aber dann tauchte ich wieder auf und versuchte es gleich noch mal.

Und noch mal und noch mal.

Und es wurde besser und besser, bis ich gar nicht mehr damit aufhören wollte.

An diesem Abend summte ich glücklich vor mich hin, bis mir plötzlich auffiel, dass ich den ganzen Sommer über kaum mit S geredet hatte. Seit wir in Taiwan angekommen waren, hatte um mich herum ununterbrochen Trubel geherrscht, und S hat nur so ein hundert Jahre altes Klapphandy, mit dem sie fast nirgends Empfang hat. Gleich nach unserer Ankunft hatte ich ihr ein paar Postkarten geschrieben. Ein-, zweimal hatten wir uns gemailt, aber dann war sie mit L und L ins Ferienlager gefahren, und ich hatte andere Sachen im Kopf gehabt. Trotzdem war es ein komisches Gefühl, im besten Sommer meines Lebens kaum von ihr zu hören.

Ein paar Tage vor der Poolparty flogen wir wieder nach Hause. Ich wusste, dass L und L gegen Ende des letzten Schuljahrs angefangen hatten, öfter was mit A zu unternehmen, aber ich hatte mir nichts dabei gedacht. L und L waren beste Freundinnen. Genau wie S und ich. Wir vier machten so gut wie alles gemeinsam, auch wenn wir manchmal nur jeweils zu zweit unterwegs waren. Das hatte nichts zu bedeuten.

Ich wusste, dass wir unsere Poolparty feiern würden, genau wie jedes Jahr. Diese Poolparty waren *wir*.

Ich hatte niemandem erzählt, wann wir zurückkommen würden, weil ich sie überraschen wollte.

Einen ganzen Tag verbrachte ich damit, das beste Endsommerparty-T-Shirt aller Zeiten zu entwerfen, mit kleinen aufgenähten Geheimtaschen auf der Rückseite und dem Schriftzug FREE TO BE YOU AND ME! in Glitzerbuchstaben auf der Brust. Das war unser Lieblingslied im Kindergarten gewesen, das wir zu Beginn jeder unserer Partys in voller Lautstärke laufen ließen. Unsere Kindergärtnerin hatte es damals gespielt, als wir uns kennengelernt hatten, und seitdem war es untrennbar mit unserer Freundschaft verbunden.

Damit ein Song wichtig wird – wichtig und bedeutend und legendär –, muss er mehrere Voraussetzungen erfüllen. Er muss einen zum Lachen und Tanzen animieren, oder er muss einen berühren, sodass man vom ersten Takt an weiß – einfach *weiß* –, dass er einen verändern wird.

Am Tag der Party konnte ich es kaum erwarten. Ich rannte den Pfad zu S und L und Ls Straße hinunter, schlich auf Zehenspitzen um S' Haus herum und versteckte meine Flipflops am Gartenzaun. Von drinnen war kein Planschen zu hören, dafür aber Stimmen und Musik. Irgendeine blöde Playlist, die ich S nie einschalten ließ, wenn wir zusammen waren. Aber es war nicht schlimm, dass sie nicht unseren Song spielten, den brachte ja schließlich ich mit! Und so fing ich lauthals an zu singen und rannte los. Als ich durchs Gartentor stürmte, schmetterte ich aus voller Kehle den Refrain: »Free to beeeee you and MEEEEEEE!«

Über die Terrasse! Rauf aufs Sprungbrett! Anlauf und los! Das war nicht nur der erste Kopfsprung, den meine Freundinnen mich je machen sahen, sondern auch ansonsten ein denkwürdiger Anblick, denn als ich ins Wasser tauchte –

Rot!

Orange!

Gelb!

Grün!

Blau!

Lila!

Ein Regenbogen aus Farben breitete sich hinter mir aus wie

ein Paar riesiger Unterwasserflügel! Denn ich hatte die Geheimtaschen in meinem T-Shirt mit farbigen Badebomben gefüllt. Ich stürzte mich nicht nur kopfüber ins Leben, sondern auch in alles andere: Zwölf sein! Die siebte Klasse! Das Schuljahr, von dem wir immer geträumt hatten! Und während ich durchs Wasser glitt, erfüllte mich von meinen ausgestreckten Fingern bis hinunter in die Zehenspitzen die Gewissheit, dass ich noch nie so sehr ich selbst gewesen war wie in diesem Moment und dass ich nie wieder anders sein wollte.

Dann stieß ich mich vom Boden ab und schoss mit ausgebreiteten Armen aus dem Wasser.

»Da bin ich!«, schrie ich, während ich gleichzeitig versuchte, zu lachen und zu atmen.

Nichts. Nur dieselbe Musik wie vorher.

War denn keiner hier draußen? Hätte ich vielleicht erst mal die Lage checken sollen?

Ich wischte mir das Wasser aus den Augen und sah mich um.

Ich hätte definitiv die Lage checken sollen.

Ein Stück vom Pool entfernt stand eine riesige Traube aus Siebtklässlern und starrte mich an. Ich kannte nicht mal die Hälfte von ihnen. Es waren auch Achtklässler darunter. Freunde von S' Bruder, Jay. Und außerdem lauter Erwachsene. Ich sah S' Tante und Onkel aus Texas. Und ihre Großeltern. Was machten die denn alle hier?

S stand bei A und L und L. Keine von ihnen hatte ein Endsommer-T-Shirt an. Stattdessen trugen sie alle total schicke Kleider. S' Hände waren fest ineinander verknotet.

Ein paar Leute lachten ein bisschen und irgendwer klatschte, laut und lange. Dann redeten sie alle einfach weiter. Ich hatte keine Ahnung, was ich machen sollte. Also schwamm ich ins Flache und sah rüber zu S.

A fragte: »Wollte deine Mom, dass du sie einlädst?«

S antwortete nicht.

Sie fuhr nicht zu A herum und fauchte: »Hast du sie nicht mehr alle? Das da ist meine beste Freundin! Was willst *du* überhaupt hier?« Sie sagte nichts. Dann drehte sie sich um und ging ins Haus. Einen Moment lang stand ich unschlüssig da, bevor ich triefend hinter ihr herwatschelte.

Ein seltsames Schweigen breitete sich zwischen uns aus, als wir uns im Wohnzimmer gegenüberstanden.

»Du bist … wieder da«, murmelte sie.

Ich verschränkte die Arme und schlang sie fest um mich selbst. »Tut mir leid. Ich wollte euch überraschen. Was machen denn diese ganzen Leute auf unserer Party?«

S senkte den Kopf. »Das ist nicht *unsere* Party. Jay wollte ein paar Leute aus seinem Jahrgang einladen, und Mom meinte, ich sollte die Siebtklässler von der Westside und der Laurel Hollow fragen, die wir noch nicht kennen, und außerdem hat sie sich verlobt –«

»Verlobt?« Ich hüpfte ein paarmal auf der Stelle. Genau darauf hatten wir schon seit Ewigkeiten gehofft. Damit wir Brautjungfern sein konnten. Keine Blumenmädchen, sondern Brautjungfern. Mit zueinanderpassenden Kleidern und allem, was dazugehört. »Mit wem –«

Da hörte ich ein Geräusch und als ich hochsah, stand S' Mom im Zimmer.

Hand in Hand mit As Vater.

»Bea!« Sie eilte auf mich zu und umarmte mich fest. »Wie war dein Sommer? Ich kann es kaum erwarten zu hören, wie es in Taiwan war! Du hast uns so gefehlt!«

»Es war der beste Sommer meines Lebens!«, platzte es aus mir heraus. Ich sah S an und bekam ein schlechtes Gewissen, noch bevor ich den Satz beendet hatte. Aber es war nun mal die Wahrheit. »Herzlichen Glückwunsch zur Verlobung!« Ich umarmte sie gleich noch mal.

Dann trat A neben ihren Vater.

»Du hast da was«, sagte sie zu S' Mom.

S' Mutter hatte ein weißes Sommerkleid an, und mein T-Shirt hatte Farbspuren darauf hinterlassen, die sich nun zu einem Kotzbraun vermischten.

»Tut mir so leid!«, rief ich. »Aber die Farbe geht wieder raus – das waren nur Badebomben. Und dem Pool schadet es auch nicht, das habe ich extra vorher nachgelesen.«

S' Mom sah an sich herunter. »Mach dir keine Gedanken deswegen, ich bin sicher, das lässt sich ganz leicht rauswaschen – aber Bea, vielleicht solltest du lieber vom Teppich runterkommen.« Erst jetzt fiel mir auf, dass das Kotzbraun mir auch die Beine hinunterlief und sich auf dem Boden ausbreitete.

As Dad wich einen Schritt zurück, als sich ein kleines Rinnsal in Richtung seiner auf Hochglanz polierten Schuhe bewegte. Er murmelte etwas über ein Handtuch und verließ das Zimmer.

S' Mom legte mir die Hand auf die Schulter und sah mir in die Augen. »Weißt du, was? Ich habe sowieso viel zu viele Kleider. Und das hier ist der perfekte Vorwand, um mich noch mal umzuziehen und ein anderes vorzuführen. Okay?«

Ich nickte krampfhaft. Sie lächelte mich wieder an, dann drehte sie sich um und verschwand ebenfalls.

A musterte mich von Kopf bis Fuß und zuckte mit den Schultern. »Dann werde ich wohl mal sehen, ob ich helfen kann.« Und weg war sie.

S stand einfach bloß da.

Sie sagte nicht: »Mann, ist das ätzend, dass ich jetzt dauernd mit A rumhängen muss!«

Sie sagte nicht: »Ich hab dir so viel zu erzählen!«

Sie stand einfach bloß da und verknotete die Finger, bis A zurückkam. »Unsere Eltern brauchen uns. Sie wollen Fotos machen lassen, sobald deine Mom sich umgezogen hat.«

Ich hätte S so gern gefragt, was los war. Was das hier sollte. Ich spürte die Worte schon auf der Zunge, doch sie wollten einfach nicht über meine Lippen. Durch pure Willenskraft versuchte ich, A dazu zu bewegen, uns allein zu lassen. Aber sie dachte gar nicht daran.

S sagte: »Okay«, zu A …

… und dann, bereits im Gehen …

»… bis später«, zu mir.

Das Problem mit Äußerungen wie »Bis später« ist, dass man nie genau weiß, wie spät später sein wird.

Ich rief S am nächsten Tag nicht an. Dafür war ich viel zu beschäftigt damit, auf mein Handy zu starren und mich zu fragen, warum *sie* mich nicht anrief. In drei Tagen fing die Schule wieder an. Vielleicht sollte ich ihr einfach ein bisschen Zeit geben. Unsere Streits verliefen schon seit dem Kindergarten immer nach demselben Schema:

Funkstille, Funkstille, Funkstille, bis eine von uns der anderen ein Friedensangebot machte …

… und dann war es, als wäre nichts gewesen. Aber hatten wir überhaupt Streit? Kann man von Streit reden, wenn niemand ein Wort gesagt hat?

An dem Tag erstellte ich eine Playlist.

Mit Songs, deren Texte all das ausdrückten, was ich S sagen wollte. Über Freundschaft. Übers Glücklichsein. Über den Glauben an sich selbst.

Ich hätte ihr so gern den Girlpower-Song vorgespielt, den ich den ganzen Sommer lang zusammen mit meinen Cousinen gehört hatte. Wir hatten den Text auswendig gelernt und waren laut singend bis spät in die Nacht durch ihr Zimmer getanzt, bis unsere Eltern aufwachten und, anstatt uns auszuschimpfen, einfach mitmachten. Ich wollte, dass S jede einzelne Strophe hörte. Ich stellte mir vor, wie wir den Song zusammen über meinen Häschen-Adapter hörten und genauso in die Welt hinaussangen, wie meine Cousinen und ich es getan hatten. Ich wollte nicht, dass A S in jemand anders verwandelte. Sie war doch schon jemand. Sie war meine beste Freundin.

Aber dann kam der erste Schultag.

Und ich wartete.

Ich wartete auf unserem Pfad an der Mauer mit meinem Song und meinen Kopfhörern und meinem Häschen-Adapter. Jedes Mal, wenn ein Zweig knackte oder es im Gebüsch raschelte, zuckte ich zusammen. Aber es war nie S. Ich wartete so lange, dass ich an meinem ersten Tag in der siebten Klasse zu spät zur Schule kam.

Irgendwann schrieb ich ihr: **Wo bist du?**

Eine Ewigkeit lang kam keine Antwort und dann: **Schule, wurde mitgenommen.**

Als ich schließlich in Mr Clarkes Klassenzimmer stürzte, saß S bereits zwischen A und L und L, und der einzige noch freie Platz befand sich am anderen Ende des Raums, also ging ich dorthin. Im selben Moment, als Mr Clarke verkündete, wir sollten uns schon mal an die Sitzordnung gewöhnen, denn die würden wir das ganze Schuljahr über beibehalten. Als ich mich zu S umdrehte, hob sie nicht mal den Kopf.

Das ist unser einziger gemeinsamer Kurs. Seit diesem ersten Tag sind schon Wochen vergangen, aber ich kann einfach nicht anders. Jeden Morgen stehe ich an unserer Mauer und warte. Nur für alle Fälle. Und in mir sammeln sich immer mehr Worte und Fragen. Aber sie kommen nie heraus.

KAPITEL 7

Ich kehre der Redaktion und Briggs und den Zetteln auf dem Boden den Rücken. Mrs Rod denkt, dass ich zur Toilette muss, aber das stimmt nicht.

Was ich muss, ist hier weg.

Nach Hause.

Ich hätte direkt nach Sozialkunde Doppelpunkt Völker des Altertums wissen sollen, dass der Tag gelaufen war. Es war einfach zu viel. Dad macht gerade eine seiner Touren, aber das ist kein Problem – Mom schreibt mir sicher auch eine Entschuldigung, wenn ich sie darum bitte. Ich husche durch die Seitentür nach draußen und von da auf den Pfad hinter der Schule, dem ich so lange folge, bis ich den Durchgang zu unserem Garten erreiche. Ich bleibe keine Sekunde stehen, um zu Atem zu kommen, sondern marschiere direkt weiter über den Rasen zum Atelier meiner Eltern.

Das Gebäude war früher mal eine große, alte Scheune, bevor die beiden es in ihren perfekten Arbeitsplatz verwandelt haben. Den Hauptteil darin nehmen Moms Gemälde ein, die ziemlich groß sind, und damit meine ich *riesig*. An allen Wänden lehnen gigantische Leinwände und sie werden immer größer und größer. Darum verstehe ich auch, dass ich meine eigene kleine Ecke aufgeben musste – Mom braucht einfach jeden Quadratmeter. Dad macht das nichts aus. Er sagt, er benötigt nur seinen kleinen Schreibtisch, von dem aus er Mom sehen kann, wenn er hochguckt.

Die Graphic Novels meines Dads haben eine eingeschworene Fangemeinde. Auf Comic-Conventions stehen die Leute Schlange, um einen Blick auf ihn zu erhaschen, und verkleiden sich als Figuren aus seinen Büchern. Hauptsächlich als seine neue taiwanesische Superheldin mit ihrem Regenbogencape und den Armeestiefeln.

Als mein Dad sie sich ausgedacht hat, wollte er von Mom und mir wissen, was unserer Meinung nach die beste Superkraft sei. Und wie die dazugehörige Schwäche aussehe. So wie zum Beispiel Superman fliegen kann und extrem stark ist, aber mit Kryptonit besiegt werden kann.

Meine Mom meinte natürlich sofort, Kunst sei die beste Superkraft, weil sie die Fantasie eines Menschen Wirklichkeit werden lasse.

Dad hat zuerst gelacht, aber am Ende hat er ihre Idee tatsächlich benutzt.

Seine Heldin heißt Sky, und sie hat die Fähigkeit, Dinge zu malen und sie damit zum Leben zu erwecken. Wie zum Beispiel Waffen oder Schutzschilde oder einen Drachen, der sie auf seinen Rücken nimmt, oder auch witzige Sachen wie fliegende Hähnchenkeulen, die ihren Gegnern ins Gesicht klatschen.

Ich wünschte, ich hätte Dad damals geholfen. Ich hatte sogar alle möglichen Ideen, konnte mich aber für keine entscheiden, und außerdem wollte ich nichts Falsches sagen, damit meine Eltern nicht denken, ihre Tochter hätte ihr Kreativitätsgen nicht geerbt. Und Dad war sowieso dermaßen hin und weg von Moms

Antwort, dass sie anfingen, sich zu küssen und zu lachen, und ich lieber gegangen bin.

Skys Schwäche ist, dass sie ohne ihr Regenbogencape sofort all ihre Kräfte verliert. Nicht schlecht, aber ich glaube, wenn Dad mich heute fragen würde, würde ich sagen, ihr Kryptonit müsste unsichtbare Tinte sein. Denn wenn Sky die Fähigkeit hat, Dinge Wirklichkeit werden zu lassen, indem sie sie zeichnet, könnte Geheimtinte all ihre Ideen verschwinden lassen, bevor jemand sie auch nur zu Gesicht bekommt.

Vor Kurzem haben sich sogar Leute gemeldet, die Dads Buch verfilmen wollen, deshalb ist er im Moment viel unterwegs. Das ist alles total aufregend, aber ich habe auch das Gefühl, ihn seitdem kaum noch zu sehen.

Auf dem Weg durch den Garten schließe ich die Augen und versuche zu erraten, was ich hinter dem großen Fenster des Ateliers entdecken werde. Moms Rücken, ihre Schultern auf die typische Art gekrümmt, die mir sagt, dass sie nicht gestört werden will? Oder –

Ich höre ein Klopfen an der Scheibe, und mein Herz macht einen Satz, als sie mir fröhlich zuwinkt. Sie ist von oben bis unten voller Farbspritzer und wirkt so glücklich, dass sich in mir alles zusammenzieht.

Ich renne zur Tür. Bevor ich reingehe, hole ich tief Luft und versuche, meine Gesichtszüge zu ordnen, aber ich bin nicht ganz sicher, was wohin gehört. Mein Mund fühlt sich irgendwie falsch an. Und meine Nasenlöcher sind zu gebläht. Außerdem bin ich mir sicher, dass meine Augenbrauen zu eng zusammengezogen sind. Ich lege die Hand auf den Türgriff. Er ist alt und aus Messing und wie ein Drache geformt, der sich mit seinen Klauen ins Holz krallt. Man muss immer ein bisschen daran rütteln, aber dann geht die Tür auf.

Mom scheint einen ziemlich erfolgreichen Tag im Atelier gehabt zu haben. Das heißt, wohl eher einen erfolgreichen Tag, eine erfolgreiche Nacht und einen erfolgreichen Morgen. Ich glaube nicht, dass sie gestern Abend zurück ins Haus gekommen ist, was bedeutet, sie hat wahrscheinlich nicht geschlafen. Ihr fällt nicht mal auf, dass ich um diese Zeit eigentlich in der Schule sein sollte. Stattdessen winkt sie mich strahlend zu sich.

Sie hat keine Ahnung, dass sie auf der Stirn, die sie sich immer reibt, wenn sie angestrengt nachdenkt, einen dicken blauen Farbschmierer hat. Mein Dad bezeichnet ihre aktuelle Gemäldereihe als ihre »blaue Phase«.

Ich gehe schnurstracks auf sie zu und umarme sie. Entschlossen klammere ich mich in den Stoff ihres langen Rocks, während ich mich frage, wie viel Zeit mir wohl bleibt.

Sie drückt mich an sich, fest, dann noch fester, und ich stelle mir die Farben vor, mit denen ich verschmiert sein werde, wenn sie mich wieder loslässt. *Indigoblau. Stahlblau. Himmelblau.* Dann gibt sie mir einen dicken Kuss auf jede Wange. »Mhmmuah, mhmmuah. Wie war dein Tag, Trix? Irgendwas –« Sie legt sich die Hand auf die Brust und klopft sich leicht darauf, *ba-bamm, ba-bamm.*

Mein Herz liefert sich einen erbitterten Kampf mit meinem Gesicht. In Taiwan hatte ich jeden Tag *Ba-bamm*-Momente, von denen ich ihr erzählen konnte, aber seit die Schule wieder angefangen hat, nicht mehr. Zum Glück weiß ich genau, wie leicht sie abzulenken ist.

Ich zwinge mich zu einem kleinen Lachen. »Erzähl du zuerst von deinem Tag. Was für Farben hast du heute benutzt? Blau, Blau oder Blau?«

Es funktioniert.

Kichernd wuschelt sie mir durchs Haar. »Also …« Ihre Aufmerksamkeit schwenkt wie geplant auf das neue Thema um. Ohne eine Sekunde Verzögerung. »Tina aus der Galerie hat wieder angerufen, um zu fragen, wie ich vorankomme. Ich habe ihr immer noch nicht erzählt, dass ich nicht mehr abstrakt male, sondern mich an dieser Selbstporträt-Serie versuche. Du weißt ja, solche Bilder kann sie nicht ausstehen … Aber ich musste halt meiner Intuition folgen … Findest du dieses Blau nicht auch großartig?«

Ich betrachte das drei Meter hohe Porträt meiner blauen Mutter, die – nackt und von nichts bedeckt als ein, zwei Wölkchen – an einem eigenartigen Himmel voller Planeten und fliegender Fische schwebt. Ihr Babybauch ist rund und mit winzigen Sternen und glitzernden Vögeln gefüllt. Es sieht toll aus. Aber ich glaube, ich fände alles toll, was sie malt, einfach weil immer so viel von *ihr* darin steckt.

»Da fällt mir wieder ein: höchste Zweitnamenzeit! Wann verrätst du mir, wofür du dich entschieden hast? Die kleine Starling könnte schneller auf der Welt sein, als du denkst …«

Ich schlucke. Ich bin zwölf Jahre lang Einzelkind gewesen, während meine Eltern alles darangesetzt haben, noch ein Baby zu bekommen, darum weiß ich, was für eine Ehre es ist, dass sie mich den Zweitnamen aussuchen lassen. Aber was ist, wenn ich den falschen nehme?

Wieder kralle ich die Finger in Moms Rock. »Ich bin mir noch nicht ganz sicher, aber ich mag das Blau. Und …«

»Ich mag das Blau auch.« Sie schlingt noch einmal die Arme um mich. »Und dich mag ich auch.«

Wow.

… Ich mag das Blau auch
und dich mag ich auch …

Ich sage nichts, aber Mom weiß genau, was in meinem Kopf vor sich geht. Sie schiebt mich sanft zur Tür. »Dieses Gesicht kenne ich doch … Na los, lauf und schreib mir ein Gedicht, meine kleine Poetin. Ich hab dich lieb …«

Ich versuche, mich an ihrem Rock festzuhalten, doch der Stoff rutscht mir aus den Fingern, als sie sich umdreht. Und dann ist sie wieder voll und ganz in ihrem Blau versunken, und ich habe keine andere Wahl, als zu gehen.

Die Drachentür fällt mit einem Klicken hinter mir zu, und einen Moment lang bleibe ich draußen vor dem Atelier stehen, die Hand auf mein Herz gedrückt, und lasse meine Finger die Silben klopfen.

Ich mag das Blau auch
und dich mag ich auch … ich mag
Blau und ich mag dich …

Ich schließe die Augen und sehe die Zeilen vor mir, locker und schwungvoll in meiner indigofarbenen Tinte, verziert mit Sternchen. Doch als ich die Augen wieder öffne, ertappe ich meine Hand dabei, wie sie Kringel in die Luft malt, und nehme sie hastig herunter. Selbst wenn ich sofort losrennen würde, um Papier, meine Schreibfeder und Tinte zu holen, wäre Mom längst wieder in ihre blaue Welt abgetaucht, und ich weiß nicht, ob darin noch mal Platz für mich ist.

Ich lasse die Worte hinter mir in der Luft hängen und gehe zum Haus.

KAPITEL 8

Vor ein paar Jahren, als ich gerade in meinem Zimmer saß und ein Gedicht in die Luft malte, öffnete ich die Augen und sah, dass meine Mom im Türrahmen stand und mich grinsend beobachtete.

In der Hand hielt sie einen ihrer Filzmarker. Sie steckte ihn mir zwischen die noch erhobenen Finger und schob mich vorwärts, bis die Spitze des Stifts die Wand berührte.

Ein anderes Kind in einem anderen Haus hätte vielleicht nicht gewusst, was es tun sollte, aber das hier war ich, das hier war meine Mom, und das hier war unser Haus, also zögerte ich keine Sekunde. In großen, runden Buchstaben schrieb ich die Worte direkt an meine Zimmerwand. Ich ließ sie zu strudelnden Kringeln, zu Tieren und Vögeln und dann wieder zu Worten werden. Ich malte sie aus, füllte jede Lücke mit dem, was ich fühlte. Und wenn ich nicht sicher war, wie es weiterging, schloss ich einfach wieder die Augen und schrieb so lange in die Luft, bis ich es wusste.

Meine Mom brachte mir ihren gesamten Vorrat an Filzmarkern, und als sie später am Nachmittag meinen Dad in mein Zimmer schleifte, damit auch er mein Werk bewundern konnte, sagte er: »Also so sieht es in deinem Kopf aus.« Woraufhin meine Mom ihn umarmte und ihm ungefähr hundert Küsschen auf die Wangen gab, bis sie beide nicht mehr konnten vor Lachen, und dann hakten sie sich beieinander unter und gingen zusammen zurück in ihr Atelier.

Ich bekritzelte jeden Zentimeter meiner Wände, sogar die Innenseiten meines Kleiderschranks, die schmalen Kanten der Fensterbank und die gesamte Zimmerdecke. Von meinen Lieblingsstellen machte ich Fotos. Und diese Bilder habe ich letztes Frühjahr Mrs Rod geschickt, um mich für den Job als Lyrik-Redakteurin bei der »Broadside« zu bewerben. Eigentlich sind in der Redaktion nur Achtklässler, aber als ich so in meinem Zimmer stand, umgeben von Worten und Farben, hatte ich das Gefühl, alles erreichen zu können.

Gib dem Universum preis, was du in deinem Herzen fühlst.

Nach der ersten Schulwoche fühlte ich nichts in meinem Herzen, außer dass ich mein Zimmer neu streichen wollte.

Als ich meinen Eltern davon erzählte, sah Mom aus, als würde sie gleich in Tränen ausbrechen.

Ich hatte geahnt, dass sie so reagieren würde, und weiß noch, wie sehr ich an meinem Gesichtsausdruck für dieses Gespräch gefeilt hatte. Ich hatte ganz genau darüber nachgedacht, wie Mom gern Dinge präsentiert bekommt und von welchen Argumenten sie sich am besten überzeugen lässt.

»Ich habe schon alles abfotografiert«, erklärte ich und hielt mein Handy hoch. »Und außerdem dachte ich, dass das hier doch so was wie ein Neuanfang ist … ein ganz neuer Abschnitt in meinem Leben, und dass ich gerne völlig frei und unbeschwert … in die siebte Klasse starten würde, und wenn meine Wände wieder weiß wären, wäre das ein bisschen, wie eine leere Seite aufzuschlagen.«

Ich breitete sogar die Arme aus, um die Menge an Möglichkeiten zu verdeutlichen, die eine leere Seite zu bieten hatte.

Moms Augen begannen zu leuchten. Sie nahm meine Arme und wirbelte mich im Kreis, und wir tanzten eine Weile durchs Zimmer, bis wir beide lachten und ich fast vergessen hatte, worüber wir überhaupt geredet hatten.

»Du bist *so* was von meine Tochter«, sagte sie, umarmte mich und küsste mich dreimal auf jede Wange. In den nächsten Tagen brachte sie mir verschiedene weiße Farbproben. Manche wirkten wie strahlend weiß gebleichte Briefbögen. Manche wie rauer Leinenstoff. Manche wie grobes Zeichenpapier. Sie malte ein paar großzügige Teststreifen an die Wand und kritzelte neben jeden Farbton den Namen. Dann erklärte sie, ich solle darauf achten, was mit den Farben passiert, während das Licht sich verändert. Ich solle mir Zeit lassen und mich dann für das Weiß entscheiden, das mich am meisten anspreche.

Ich entschied mich für das Weiß, das mir am dicksten erschien.

Mom fuhr sofort in die Stadt und kaufte alles, was wir brauchten. Seit drei Wochen warten in meinem Zimmer nun zwei Eimer Farbe, eine Malerrolle und eine Abdeckplane. Aber ich konnte mich noch nicht dazu überwinden, anzufangen.

Bis heute.

Als Erstes breite ich sorgfältig die Plane auf dem Boden aus. Dann schäle ich den Deckel von einem der Eimer und rühre die Farbe durch.

Ich mag es, wie einem die Malerrolle die Arbeit erleichtert. Sie nimmt genau die richtige Menge Farbe auf und überstreicht genau das, was sie soll.

Ein letztes Mal betrachte ich meine Zimmerwände. Es sind nur Worte. Alles kein Weltuntergang.

Vielleicht ist es tatsächlich ein Neuanfang, eine leere Seite, und all das, was ich meiner Mom weismachen wollte, ist wirklich wahr.

Ich wette, nach den ersten fünf Farbbahnen geht es mir gleich besser.

Tief Luft holen.

Eins … Dann habe ich eben in Mr Clarkes Kurs ein bisschen für Wirbel gesorgt. Von jetzt an bin ich einfach so still, dass niemand auch nur merkt, dass ich da bin.

Zwei … Dann habe ich eben Briggs, das Reparaturgenie, dazu gebracht, seinen Papierstapel fallen zu lassen, der sich auf dem gesamten Boden der »Broadside«-Redaktion verteilt hat. Inzwischen sind bestimmt alle Blätter wieder eingesammelt.

Drei … Die Poolparty ist jetzt Wochen her. Und das Wasser sicher längst wieder klar.

Vier … Heute war heute und ab morgen wird alles anders.

Fünf … Ich fange das Schuljahr einfach noch mal ganz von vorne an.

Ich blinzele entschlossen und umfasse die Malerrolle fester. Warum eigentlich nicht? Das wird super. Richtig, richtig super. Denn wenn man mal darüber nachdenkt, ist das doch gerade das Tolle an leeren Seiten – dass darauf absolut alles passieren kann.

KAPITEL 9

Heute ist meine erste leere Seite.

Heute kann absolut alles passieren.

Nachdem ich gestern Abend mein komplettes Zimmer gestrichen hatte, roch es dort so stark nach Farbe, dass ich unten auf dem Sofa schlafen musste. Also hat der Tag sowieso schon mal anders angefangen als sonst.

Als ich an der Lichtung mit unserer Mauer vorbeikomme, gucke ich stur geradeaus und halte keine Sekunde lang an. Wenn ich einfach weitergehe, fange ich gar nicht erst an zu warten, und wenn ich nicht warte, komme ich auch nicht zu spät zu Sozialkunde Doppelpunkt Völker des Altertums. Und das wäre definitiv mal was Neues. Also: heute kein sinnloses Rumgestehe an Orten, an denen sowieso nie jemand auftaucht.

Aber manchmal haben Wege nun mal ihren eigenen Kopf. Und so lässt mich ein kleiner Farbschimmer, der im nächsten Moment um die Ecke verschwindet, stutzen. Denn ich kenne diese Farbe. Dieses orangige Rot würde ich überall erkennen. Es ist die Farbe von S' Lieblingspullover. Den haben wir letztes Jahr zusammen ausgesucht. Sie hat einen roten genommen. Und ich einen blauen.

Mein Herz hämmert, als ich schneller gehe. Noch schneller. Und schließlich zu rennen anfange.

Warte, warte, warte, warte –

»Warte!«, rufe ich, als ich um die Ecke biege.

Und um ein Haar mit Briggs zusammenstoße. »Oh! Hi, Bea!«

Ich sehe an ihm vorbei, erst links, dann rechts.

»Alles in Ordnung?«, erkundigt er sich.

Wir sind jetzt fast an der Schule, wo der Hauptpfad sich auch mit anderen Schülern zu füllen beginnt. Ich sehe mehrere orangig-rote Pullover und Jacken vorbeilaufen. Sogar Briggs' Rucksack hat diese Farbe.

Was hatte ich denn auch erwartet? Warum hätte S an unserer Mauer sein sollen, nachdem sie wochenlang nicht mit mir geredet hat? Und bestimmt nach wie vor jeden Morgen mit A zur Schule fährt?

»Bea?«

Briggs steht immer noch vor mir. Und guckt mich an.

»Ich …« Ich schüttele den Kopf. »… hab … was vergessen.« Nach einem winzigen Moment des Zögerns drehe ich mich um und mache mich auf den Weg zurück.

»Ach so, okay …«, höre ich ihn antworten. »Dann beeil dich besser! Sonst kommst du zu spät!«

Ich gehe weiter.

Und schon sieht die schöne leere Seite dieses Tages aus, als wäre sie mit allen möglichen Sachen bekritzelt, die ich nicht ändern kann. Denn die Wahrheit ist, dass man gar nicht von vorne anfangen kann. Man kann etwas nicht einfach zurücknehmen oder in was anderes verwandeln, nur weil es einem besser gefällt. So läuft das nicht im Leben. Wenn ich könnte, würde ich alles zurücknehmen. Alles. Jedes Körnchen Farbe in diesem blöden T-Shirt auf der Poolparty. Jede Sekunde meines albernen Kopfsprungs. Ich würde jeden Moment zurücknehmen, in dem ich so verrückt war, auch nur ein Fitzelchen von mir selbst raus in die Welt zu lassen. Wenn ich doch nur –

Ich renne zur Mauer.

Was ich zurücknehmen *kann*, ist mein unsichtbares Haiku. Ich weiß, dass das nichts helfen wird, aber mehr ist nun mal nicht drin. Es wird nichts daran ändern, dass aus S und L und L und mir plötzlich S und L und L und A geworden sind. Trotzdem. Ich muss es tun.

Ich presse mein Gesicht ans Portal, aber drinnen ist es so dunkel, dass ich nichts erkennen kann.

Ich probiere, die Hand in das Loch zu schieben, aber es ist zu klein.

Hastig suche ich den Boden nach einem Stöckchen ab, bis ich schließlich eins finde, das lang und dünn genug ist, um damit in der Öffnung zu stochern. Ich habe mich zwar bereit erklärt, dem Universum einen Blick in mein Herz preiszugeben, aber diese Entscheidung darf ich doch auch wieder rückgängig machen, oder? Es dauert ein paar Minuten, aber dann höre ich ein kaum vernehmbares Papierknistern, und es gelingt mir, den Zettel herauszuziehen.

Der verknotete Grashalm ist verschwunden. Er muss sich gelöst haben.

Ich rolle das Papier auseinander.

Und starre darauf.

Denn das hier ist nicht mein Gedicht. Nicht mein unsichtbares Haiku.

Keine fünf Wörter
(das heißt, natürlich Silben)
dann sieben, dann fünf

Stattdessen sieht es aus, als hätte mir jemand … geantwortet.

KAPITEL 10

Hi.

Ba-bamm. Ba-bamm. Ba-bamm.

Mein Herz klopft so laut, dass ich mich kurz umdrehe, um mich zu vergewissern, ob auch niemand da ist, der es bemerken könnte, aber ich höre kein Rascheln im Gebüsch, keine knackenden Zweige, und sehe auch keinen Farbschimmer an der Ecke. Auf der Lichtung sind nur die Mauer, das Portal und ich.

Danke, dass du die Streichhölzer dagelassen hast. Ich war mir erst nicht sicher, wozu, aber dann habe ich den leeren Zettel gefunden und mir ist aufgefallen, dass das Papier nicht ganz glatt war, und da hab ich's kapiert. Unsichtbare Tinte! Danach war ich ein bisschen verwirrt, weil ich statt »tote Enden« zuerst »tote Enten« gelesen und mich gewundert habe, welcher Weg denn damit vollliegen soll. Aber wahrscheinlich meinst du so was wie eine Sackgasse.

Jedenfalls hast du geschrieben, du würdest dich fragen, warum es so viele davon gibt. Ich weiß es.

Sackgassen sind ein Zeichen dafür, dass man in die falsche Richtung läuft. Sie sorgen dafür, dass man umkehrt und etwas anderes versucht. Etwas Besseres. Ich hoffe, du schreibst mal wieder. Es ist schön, von dir zu lesen.

Halt.

Das ist das Erste, was ich mir sage. Halt. Denn was ich denke, ist einfach zu groß und zu unmöglich und würde zu sehr wehtun, sollte es nicht stimmen.

Aber diese Antwort. *Diese Antwort.* Ich weiß in meinem Herzen und meinem Kopf und mit jeder Zelle meines Gehirns, dass diese Antwort von S kommt. Das ist ihre Art, den ersten Schritt auf mich zuzumachen. Sofort fange ich an, die Beweise dafür aufzulisten:

Ihr orangig-roter Pullover. Also habe ich sie wirklich gesehen. Sie war hier, weil sie mir eine Nachricht hinterlassen hat.

Sie weiß aus dem »Geheimklub-Handbuch«, wie die Tinte funktioniert.

Sie weiß, dass das Portal mehr ist als bloß ein krabbeltier- und moosgefülltes Loch. Und wer außer ihr sollte überhaupt auf die Idee kommen hineinzuschauen?

Diese Nachricht … ist ihre Antwort. Sie markiert das Ende unseres Streits oder wie auch immer man diese Stunden, Tage, Wochen, in denen wir nicht miteinander geredet haben, nennen will.

Das hier ist ihr Friedensangebot, was bedeutet, es ist endlich vorbei.

In der Ferne höre ich es zur ersten Stunde klingeln. S' Brief fest umklammert, renne ich los.

KAPITEL 11

Ich muss da sein, bevor es zum zweiten Mal klingelt. Ich muss es zu Sozialkunde Doppelpunkt Völker des Altertums schaffen, bevor der Unterricht losgeht. Ich muss S erzählen, dass ich ihr Friedensangebot gefunden habe und weiß, dass es von ihr ist, und dass jetzt alles wieder in Ordnung kommen wird und wir das Schuljahr zusammen noch mal ganz von vorne anfangen können.

Als ich um die letzte Kurve biege, höre ich das zweite Klingeln.

Zu spät.

Ich sprinte zum Haupteingang und drücke die schwere Tür auf. Warum müssen diese Flure bloß so lang sein? Erst als ich sehe, wie die Tür zu Mr Clarkes Klassenzimmer vor mir zufällt, wird mir klar, dass ich nicht einfach so, wie ich bin, in den Raum stürmen kann. Heute darf ich ausnahmsweise mal nicht wie eine Wahnsinnige wirken. Heute darf ich keinen Wirbel verursachen. Ich zwinge mich zum Anhalten, streiche mir übers Haar und hole tief Luft.

Dann öffne ich leise die Tür und schlüpfe hinein.

Als ich mich auf den Weg zu meinem Platz mache, springt Dan auf, greift sich theatralisch an die Kehle und tut so, als würde er in Tränen ausbrechen. »NEEEIN!«

»Schluss damit, Daniel-san«, ermahnt ihn Mr Clarke. »Setz

dich wieder hin. Wir haben heute einiges vor. Obwohl – Achtung, Bonuspunktebombe, wenn mir jemand sagen kann, aus welchem Achtzigerjahre-Kultfilm der Spitzname ›Daniel-san‹ stammt!« Er sieht zu mir rüber und nickt. »Und du solltest auch Platz nehmen, verehrte Beatrix … *Belden*? Lee.«

Dann fängt der Unterricht an. So viel dazu.

S und L und L und A sitzen auf ihren gewohnten Plätzen. S hat mir die ganze Zeit den Rücken zugewandt und dreht sich auch kein einziges Mal zu mir um, aber wenn sie es täte, würde sie sehen, dass ich ein Musterbeispiel für Unauffälligkeit bin. Rücken gerade. Ruhig und aufmerksam. Ohne jemanden anzurempeln oder Sachen in die Luft zu schreiben.

Nur dass ich kein einziges Wort von dem, was Mr Clarke sagt, mitbekomme, weil ich so angestrengt darüber nachgrübele, wie ich S am besten allein erwische. Ich beschließe, dass die Chancen wahrscheinlich in der Mittagspause am höchsten sind, wenn wir wirklich Zeit zum Reden haben. Dafür muss ich nach Mr Clarkes Stunde möglichst schnell den Raum verlassen, bevor Dan mich wieder in irgendeine peinliche Situation verwickeln kann. In S' Anwesenheit darf ich auf keinen Fall mehr in peinliche Situationen geraten. Und dann muss ich nur noch irgendwie die Stunden bis zur Mittagspause hinter mich bringen.

Heute werde ich mich nicht zur Mauer schleichen. Heute werde ich direkt in die Cafeteria marschieren und zu S gehen. Die ganze Zeit habe ich mir solche Sorgen gemacht, dass sie mich vielleicht nicht bei sich haben will, aber jetzt wird mir klar, dass ich ihr auch nie die Wahl gelassen habe. Stattdessen habe ich die Entscheidung für sie getroffen. Indem ich gar nicht erst aufgetaucht bin.

Aber das wird sich heute ändern.

Schon seit der zweiten Klasse haben wir uns ausgemalt, wie es sein würde, in dieser Cafeteria zu sitzen. Wie wir zum ersten Mal Pizza und Pommes kaufen würden, anstatt wie in der Grundschule nach einem elterlich genehmigten und im Voraus bezahlten Wochenplan zu essen.

Der Rest des Vormittags zieht wie in einem Nebel an mir vorbei.

Zu Beginn der Mittagspause bleibe ich einen Moment lang am Eingang der Cafeteria stehen, um Mut zu sammeln. Ich weiß genau, wo die vier sitzen werden. An dem runden Tisch unter dem großen Fenster. Dort ist es sonnig, und die Schlange vor der Essensausgabe ist weit genug weg, damit man sich unterhalten kann, ohne zu schreien. Einmal haben wir uns letztes Jahr extra hierhergeschlichen und sämtliche Tische durchprobiert, bevor wir uns für diesen entschieden haben. Ich gehe hinein. Obwohl es drinnen laut und voll ist, sehe ich sie sofort und halte den Blick die ganze Zeit auf S' Hinterkopf fixiert, während ich mir einen Weg zu ihrem Tisch bahne. Ich werde sie einfach fragen, ob ich kurz mit ihr reden kann. Ich kenne sie. Sie wird nicken und sofort aufspringen und dann ist der ganze schreckliche erste Monat des Schuljahrs Geschichte.

A sitzt mit dem Gesicht zu mir. Ich glaube, ich habe noch nie einen Tag erlebt, an dem sie nicht von Kopf bis Fuß perfekt gestylt war. All ihre Klamotten passen zusammen. Ihr kurzes braunes Haar ist immer glatt und glänzend, der Scheitel wie mit dem Lineal gezogen. Ihre Fingernägel sind lackiert und nie blättert die Farbe ab. Es muss toll sein, immer so makellos auszusehen, aber wahrscheinlich erfordert so was auch eine ganze Menge Arbeit. Ich meine, wie viel Zeit bleibt einem da noch zum Zeichnen, Malen, Schreiben oder was sonst Spaß macht?

Ich gehe schnurstracks auf A zu, aber sie scheint mich nicht zu bemerken. Gerade fragt sie etwas in diesem ganz bestimmten Tonfall, der zwar oberflächlich leise wirkt, aber gleichzeitig durch die halbe Cafeteria dringt, von dem Tisch, an dem deine drei ex-besten Freundinnen sitzen und der eigentlich mal dein Tisch werden sollte, bis zu dir.

»Aber was würdest du machen?«

»Wann?« S klingt nervös.

»Wenn sie sich zu uns setzen wollen würde?«

Ich kann S' Antwort kaum hören. »Wer?«

A klingt immer so gelangweilt. »Dieses Mädchen. Die Durchgeknallte von der Poolparty. Die neulich im Unterricht so losgeschrien hat. Warst du nicht mal im Kindergarten mit der befreundet oder so?«

Plötzlich habe ich das Gefühl, mich in einer Filmszene zu befinden, in der jemand anders die Kontrolle über den Ton und die Beleuchtung hat. Es ist, als hätte diese Person gerade alle Hintergrundgeräusche runtergeregelt und S' Stimme bis zum Anschlag aufgedreht, obwohl sie nur vor sich hin murmelt.

»Sie würde nicht … und sie ist nicht – früher mal – aber –«

A zuckt mit den Schultern. »Eigentlich sieht sie ja fast normal aus, ganz hübsch sogar … Würde man gar nicht denken, so was.«

Schon erstaunlich, wie man, ohne die Richtung zu ändern, die Richtung ändern kann. Wie die Beine einen einfach weitertragen, obwohl man sie gar nicht mehr spürt. Obwohl man kaum noch klar sehen kann vor Tränen.

Ich schiebe mir die Kopfhörer über die Ohren und meine Hände in die Taschen. Von außen muss es wirken, als wäre ich von Anfang an auf dem Weg zum Ausgang gewesen. Aber innerlich habe ich das Gefühl, ins Bodenlose zu fallen. Ich kann nur hoffen, dass ich hier raus bin, bevor mein Inneres das Äußere besiegt, bevor es mir übers Gesicht strömt und sich in eine Sturzflut verwandelt, die alles mit sich reißt.

Ich gehe an ihrem Tisch vorbei. L und Ls Unterhaltung ist nichts als Hintergrundrauschen, A stochert in ihren Pommes und S verknotet die Finger in ihrem Schoß.

Bitte seht mich nicht. Bitte seht mich nicht. Bitte seht mich nicht.

Ich wünschte, ich könnte mich selbst mit Zitronensaft und drei Tropfen Wasser übergießen, um auf der Stelle zu verschwinden.

KAPITEL 12

Auf dem Flur fühle ich mich wie in diesem Spiegelkabinett, in dem ich mal war. Der Gang dort wirkte, als würde er schrumpfen und schrumpfen und zugleich immer länger werden. Was nur bedeuten kann, dass man selbst auch schrumpft und schrumpft.

Die letzten Schüler verschwinden in ihren Klassenzimmern oder der Cafeteria. Bald wird der Flur komplett verlassen sein. Wenn ein Lehrer mich hier draußen erwischt, werde ich vermutlich zurück in die Cafeteria geschickt.

Und dahin kann ich nicht, wenn ich nicht allein an einem leeren Tisch enden will. Ich kann nicht allein in einem Raum sitzen, in dem ich eben den Beweis geliefert bekommen habe, dass es wohl nicht S war, die mir die Nachricht im Portal hinterlassen hat. Und ich glaube, ich habe gerade nicht mal die Energie, zur Mauer zu rennen. Egal, ob unauffällig oder auffällig.

Eine Sekunde lang überlege ich, Mrs Rod im Schatz zu besuchen, aber die würde mich bloß mit ihren Blicken bombardieren und wollen, dass ich ihr erzähle, was los ist, und außerdem habe ich sie seit gestern nicht mehr gesehen, nachdem ich mich in der »Broadside«-Redaktion auf die Toilette entschuldigt hatte und nicht zurückgekommen war. Das Letzte, was ich jetzt erklären will, ist, warum ich aus ihrem geliebten Zen-Zentrum geflohen bin.

Ich bleibe stehen und mache die Augen zu …

Ach, die Redaktion
nur sanftes Licht und Ruhe
Heißt das Sicherheit?

An der Tür hängt immer ein Schild mit dem Hinweis DIE REDAKTION IST NUR WÄHREND DER OFFIZIELLEN GESCHÄFTSZEITEN GEÖFFNET. BITTE DRAUSSEN BLEIBEN. Und ich weiß, dass einen drinnen ein weiteres Schild erwartet, das besagt: BITTE VERHALTET EUCH RÜCKSICHTSVOLL. Mrs Rod scheint ziemlich viel Zeit damit zu verbringen, die »Broadside«-Redaktion mit Schildern zu tapezieren.

Aber ich frage mich, ob sie auch die Tür abschließt.

Schnell sehe ich mich im Flur um, bevor ich die Hand ausstrecke und probeweise den Türknauf drehe. Offen. Ich stürze in den Raum und schiebe vorsichtig die Tür hinter mir zu. Mein Herz hämmert, als ich noch einmal durch den Spalt luge, um zu sehen, ob mich jemand beobachtet hat.

Scheint so.

»Hier darf in der Mittagspause keiner rein.«

Mit einem erschrockenen Aufschrei drehe ich mich um.

Es ist der Junge. Der in dem Streifenhemd. In einem anderen Streifenhemd.

»Hast du mich erschreckt!«, japse ich. »Und überhaupt, wenn in der Mittagspause keiner hier reindarf, warum bist du dann hier?«

Er schüttelt bloß den Kopf. »Ich komme um diese Zeit immer her. Was machst du hier?«

»Weiß Mrs Rod, dass du –«

»Fia hat mir höchstpersönlich ihre Erlaubnis gegeben. Dir auch?«

»Wer ist denn Fia?«

»Ms Rodriguez. Sie heißt mit Vornamen Sofía. Ich nenne sie Fia. Warum bist du nicht beim Mittagessen?«

»Ich – ich weiß nicht …«

»Du weißt nicht, warum du nicht beim Mittagessen bist?« Er starrt auf seine Zeichnung hinunter, als würde er dort die Antwort auf seine Frage finden.

Ich weiß nicht, was ich sagen soll. Oder ob ich mich einfach hinsetzen und ihn nicht beachten soll, bis die Mittagspause vorbei ist und ich zurück in den Unterricht kann. Ich gehe zu einem Tisch, der so positioniert ist, dass die Aquariumwand uns voneinander abschirmt.

»Du bist gestern einfach gegangen«, bemerkt er.

»Was?«

»Du warst ungefähr eine Minute hier, und dann hat Briggs deinetwegen seine Zettel fallen lassen, und du bist gegangen.«

»Ich hab nichts –« Doch dann schlucke ich. Ich *habe* Briggs dazu gebracht, seine Zettel fallen zu lassen. Und dann bin ich gegangen. »Ach so, ja, irgendwie hatte ich gestern ziemlich viel um die Ohren und musste dringend mal an die frische Luft. Hast du nie Tage, an denen dir alles zu viel wird?«

Einen Moment lang sagt er gar nichts. Als müsse er erst mal sorgfältig über die Frage nachdenken. »Doch«, antwortet er schließlich.

Dann fängt er wieder an zu zeichnen. Ich beschließe, dass unsere Unterhaltung damit wohl beendet ist, und will mich gerade hinsetzen, als er erklärt: »Ich kenne dich.«

Ich stehe wieder auf. »Ja?«

»Du bist Beatrix Lee. Du scheinst dich für Steinbauten zu interessieren. Und deine Eltern sind Künstler. Wir gehen denselben Pfad zur Schule.«

»Ich hab dich noch nie auf meinem Pfad gesehen. Und wieso Steinbauten? Moment –« Das waren definitiv zu viele Informationen auf einmal. »Sag mir … erst mal, wie du heißt.«

»Will. Mauern sind Steinbauten. Das erste Labyrinth der Menschheitsgeschichte war aus Steinmauern, aber eigentlich mag ich modernere lieber, die bestehen meistens aus hohen oder niedrigen Hecken oder gepflasterten Pfaden und sind in der Regel unikursal angelegt, nicht multikursal.«

Ich verstehe nur Bahnhof. Aber das scheint ihm gar nicht aufzufallen. Er arbeitet in aller Ruhe weiter an seiner Zeichnung.

Plötzlich fällt es mir wie Schuppen von den Augen. »Du bist Dan Ross' Cousin!« Ich erinnere mich an Dans fiesen Kommentar über seinen *komischen* Cousin. Was mich erst recht dazu bringt, diesem Will eine Chance zu geben. »Du hast ihm deinen Irrgarten geschenkt.«

»Ich mag keine Irrgärten.« Über seine Verwandtschaft mit Dan verliert er kein Wort, das macht ihn mir gleich sympathischer.

Ich gehe einen winzigen Schritt auf die Glaswand zu und spähe auf seine Zeichnung. »Wenn du keine Irrgärten magst, warum malst du dann einen? Und wenn ich mich richtig erinnere, hast du gestern auch schon einen gemalt.«

»Ich zeichne ein Labyrinth, keinen Irrgarten. Der Holzirrgarten war ein Geschenk von meiner Tante. Die ist wie du. Kennt auch nicht den Unterschied. Darum konnte ich ihn nicht gebrauchen. Das hier« – er studiert seine Zeichnung – »ist ein Labyrinth.«

Ich habe mein Gedächtnis immer für ein ziemlich aufnahmefähiges Ablagesystem gehalten. Aber etwas an Will gibt mir plötzlich das Gefühl, dass ich nicht genug Informationen darin gespeichert habe. Dan Ross hat bei seinem Referat behauptet, der Irrgarten sei ein Labyrinth. Aber dem traue ich wohl besser nicht.

»Äh, ist das denn nicht dasselbe?«, frage ich. »Irrgärten und – und Labyrinthe, meine ich.«

Will zeichnet weiter. »Das denken die meisten Leute, und historisch gesehen wurden die beiden Begriffe auch synonym verwendet, aber heute nicht mehr. Im modernen Gebrauch ist das Wort Labyrinth einschlägig konnotiert.«

Ich weiß immer noch nicht, wovon er da redet, und will ihn gerade fragen, was »konnotiert« bedeutet, entscheide mich dann jedoch, es lieber zu Hause im Wörterbuch nachzuschlagen. Das heißt, wenn ich es mir bis dahin überhaupt merken kann. Fremdwörter sind nicht unbedingt meine Stärke, aber Wills schon, wie es aussieht.

»Der modernen Definition zufolge weist ein Irrgarten eine Vielzahl von Wegen inklusive Sackgassen und Abzweigungen auf, in einem Labyrinth dagegen gibt es nur einen einzigen Weg. Man weiß genau, wo es rein- und wieder rausgeht.« Er beugt sich vor und betrachtet konzentriert seine Zeichnung. »Das ist der Unterschied.«

Ich glaube, langsam kapiere ich es. Und ich weiß nicht, warum, aber plötzlich muss ich an Hammy denken, und mein Herz klopft ein kleines *Ba-bamm*. »Also kann man in so einem Labyrinth wie dem da gar nicht aus Versehen in die falsche Richtung laufen oder sich verirren?«

»Nein. Das ist nicht möglich. Ich hab's dir ja gerade erklärt: In einem Labyrinth gibt es nur einen Weg. Der führt in komplizierten Windungen auf einen Mittelpunkt zu und dann auf dieselbe Weise wieder raus.«

Ich recke ein wenig den Hals und starre auf sein Bild. »Ach …«

»Moderne Labyrinthe werden oft zu Meditationszwecken genutzt. Darin herumzulaufen, hat eine beruhigende Wirkung.«

Am liebsten würde ich die Hände aus den Taschen nehmen und mit dem Finger den Weg auf seinem Blatt nachfahren, um zu sehen, wie das ist, bis in die Mitte zu gelangen, ohne stecken zu bleiben oder die Orientierung zu verlieren. »Das finde ich toll. Ich mag es … wenn es nur einen Weg gibt … und man keine falschen Entscheidungen treffen kann.«

Will hört auf zu zeichnen. Aber er hebt den Blick nicht von seinem Labyrinth, als er bemerkt: »So viel habe ich dich noch nie am Stück reden hören. Du redest sonst nicht viel.«

»Wann – wo hast du mich denn schon mal nicht reden hören?« Ergibt diese Frage überhaupt Sinn?

»Wir haben zwei Kurse zusammen. Du siehst mich nur nie. Die meisten Leute sehen mich nicht, weil ich besser im Beobachten bin als im Beobachtetwerden. So kommt man an Informationen.«

»Informationen? Worüber?«, hake ich nach.

»Alles Mögliche. Alles, worüber man Klarheit will. Am Ende läuft es darauf hinaus, dass man so viele Informationen sammeln muss, wie man nur kriegen kann. Dann macht man eine Liste und gelangt zu einem Schluss.«

Gelangt zu einem Schluss …

Das gefällt mir. Ich mag es, dass man zu einem Schluss *gelangt*, als gäbe es einen Weg, der direkt dorthin führt. Man muss nur den richtigen finden. Und dafür wiederum muss man sich erst mal Klarheit verschaffen.

Der richtige Weg (fünf)

Schnell öffne ich die Augen wieder und schiebe die Hände zurück in die Taschen. Dann werfe ich Will einen verstohlenen Blick zu, aber der scheint nichts bemerkt zu haben. Oder falls doch, sagt er zumindest nichts.

Ich räuspere mich, obwohl ich gar keinen Frosch im Hals habe. Ich mache es nur für den Fall, dass er findet, ich hätte zu lange keinen Laut mehr von mir gegeben. »Ich … äh, das finde ich toll.«

»Ja, hast du schon gesagt. Meinst du wieder dasselbe oder diesmal was anderes?«

»Ich meine … das mit dem Schluss, zu dem man gelangt.« Ich setze mich auf einen Stuhl. »Und sowieso alles, was du gerade erzählt hast, das mit dem einen Weg im Labyrinth und so.«

Die nächste Minute verbringe ich damit, mich zu fragen, ob er mich wohl nicht gehört hat oder mich absichtlich ignoriert. Schließlich antwortet er: »Mit den meisten Leuten zu reden, ist langweilig.« Er hält kurz inne und verlängert dann sorgfältig eine Linie in seinem Labyrinth. »Mit dir nicht.«

Ich stehe wieder auf. »Mit mir? Warum nicht?«

Er mustert prüfend die neue Linie und nickt dann. Anscheinend kann sie seinen Ansprüchen genügen. »Weil du auch keine Irrgärten magst.«

Zuerst weiß ich nicht, was ich darauf antworten soll. Aber dann denke ich an Hammy und Dan Ross und Sozialkunde Doppelpunkt Völker des Altertums. Er hat recht. Ich mag keine Irrgärten.

»Aber du magst Labyrinthe.« Er sagt das in demselben Ton wie auch alles andere zuvor. Wie eine Feststellung.

Ich nicke. »Ja …«

Ich setze mich wieder hin und hole mein Essen raus und Will zeichnet weiter und wir reden die ganze restliche Mittagspause kein Wort mehr. Aber ich glaube, das ist okay, denn ich habe mit diesem Jungen hier im Zen-Zentrum heute mehr geredet als mit irgendwem sonst dieses Schuljahr. Und zum ersten Mal seit dem Sommer überkommt mich ein ganz ungewohntes Gefühl. Als würde ich irgendwo dazugehören.

Ich gehöre zu den Leuten, die lieber Labyrinthe mögen als Irrgärten.

KAPITEL 13

Auf dem Nachhauseweg wirkt der Pfad unter meinen Füßen plötzlich ganz anders und neu. Aber trotzdem vertraut.

Weil ich genau weiß, wohin er führt.

Und das gefällt mir.

Er führt auf die Lichtung mit meiner Mauer.

Und dann weiter nach Hause.

Man muss keine Entscheidungen treffen und läuft auch nicht Gefahr, in einer Sackgasse zu landen oder einem Monster zu begegnen. Ich muss nicht darüber nachdenken, was in der Cafeteria passiert ist. Ich muss nicht wissen, wer mir die Nachricht im Portal hinterlassen hat, einfach weil es keine Rolle spielt.

Das heißt, die Nachricht spielt schon eine Rolle. Aber nicht, wer sie geschrieben hat.

Dieser Jemand hat ein Streichholz angezündet.

Und ich will ihm antworten.

Also setze ich mich neben der Mauer ins Gras. Ich denke an Will und das Labyrinth und den einen Weg, der hindurchführt. Und ich will der Person, die mir geschrieben hat, erklären, dass es einen Ort ohne tote Enden gibt. Ich hole meine blaue Lieblingsschreibfeder aus dem Rucksack. Denn all diese Gedanken fühlen sich nicht nach etwas Unsichtbarem an. Sondern nach der Wahrheit … in Blau auf Weiß.

Das Labyrinth
Beständig und klar
ohne böse Wendungen
lockt der sichre Pfad

Kennst du den Unterschied zwischen einem Irrgarten und einem Labyrinth? Ein Labyrinth hat nur einen einzigen Weg, der hinein- und wieder herausführt. Findest du nicht auch, dass es viel angenehmer ist, einem so sicheren Pfad zu folgen? Keine toten Enden! (Oder Enten, haha!) Danke, dass du mir zurückgeschrieben hast. Ich bin froh, dass noch jemand außer mir sich mit unsichtbarer Tinte auskennt. Es ist zwar nicht wichtig, aber weißt du eigentlich, wer ich bin? Du musst auch nicht antworten! Ich hab's mich bloß gefragt.

Liebe Grüße

Ich überlege kurz. Dann schreibe ich:

Deine Freundin.

Ich rolle den winzigen Zettel zusammen und umwickele ihn mit einem Grashalm. Dann trete ich ans Portal. Und stecke den Brief hinein. Kein Zögern. Kein Zweifeln. Es fühlt sich einfach richtig an. Zufrieden klopfe ich mir die Hose ab und folge dem Pfad, bis er in den nächsten Pfad mündet, der mich nach Hause führt.

KAPITEL 14

Am nächsten Tag husche ich jedes Mal, wenn ich in die Nähe des Schatzes komme, so schnell wie möglich daran vorbei.

Alles kein Problem. Bis zur dritten Stunde.

Ich erkenne die Stimme sofort.

»Beatrix!«

Erschrocken stolpere ich weiter.

»Bea!«

Im nächsten Moment tauchen die Sneakers vor mir auf. Heute sind sie strahlend weiß, mit grünen Schnürsenkeln und einem schwarzen Stern an jeder Seite.

Ich sehe zu Mrs Rod, aber ich kann ihren *Blick* nicht einordnen.

»Hallo. Hättest du vielleicht eine Minute Zeit?«

Ich öffne den Mund, doch es kommt nichts raus. Ich hätte Mom fragen sollen, ob ich einen Seelenheiltag einschieben darf. Dazu sagt sie nie Nein. Die besten sind immer, wenn sie morgens einfach in mein Zimmer gestürmt kommt und »Es geht los!« ruft, was bedeutet, dass wir in die Stadt fahren, nur wir drei, wo wir den ganzen Tag durch Galerien und Kunstläden bummeln und immer neue unbekannte Lokale zum Essen entdecken. Meine Eltern sind ziemlich entspannt, was die Schule angeht. Dad sagt immer, es gibt viele Arten, schlau zu sein. Wortschlau. Matheschlau. Gefühlsschlau. Er und meine Mutter sind dann wohl kunstschlau. Nicht zu vergessen total-ineinander-verknallt-schlau.

In bin noch nicht ganz sicher, unter welche Kategorie ich falle. Nur dass ich mich im Moment nicht sonderlich wortschlau fühle. Mir fällt ja nicht mal was ein, was ich zu Mrs Rod sagen könnte. Also warte ich einfach ab, dass sie wissen will, warum ich neulich nicht von der Toilette zurückgekommen bin.

Stattdessen fragt sie: »Wie gefällt dir das Buch?«

Oh. »Gut. Wirklich. Ziemlich gut sogar. Ich habe es gestern Abend im Bett angefangen.«

Sie lächelt, denn ihre Lieblingssuperkraft ist eindeutig, die richtigen Leute mit den richtigen Büchern zu versorgen.

Wie damals in der Grundschule, als S und L und L und ich Angst vor ein paar fiesen Mädchen auf dem Spielplatz hatten und sie uns Bücher über eine Gruppe von Kindern gegeben hat, die in ein Zauberreich reisen und dessen Einwohner vor einer bösen Hexe retten.

Oder als ich Angst hatte, andere meine Gedichte lesen zu lassen, und sie uns ein Buch über vier Schwestern gegeben hat, die alle total unterschiedlich waren, genau wie wir. Eine der vier, ein mutiges Mädchen, das sich durch nichts einschüchtern ließ, wollte Schriftstellerin werden.

Und im letzten Frühjahr, als L und L nicht mehr bei unserem Buchklub mitmachen wollten, hat sie S und mir ein Buch über ein Mädchen gegeben, das in einer Parallelwelt lebte, in der jeder einen besonderen Freund und Seelenverwandten hatte, von dem einen niemand trennen konnte.

Aber ich war die Einzige, die es gelesen hat. S meinte, es wäre zu kompliziert und anstrengend. Wir haben nie ein Buchklubtreffen darüber abgehalten. Und dann bin ich nach Taiwan gefahren, und tja, da wären wir. Oder vielmehr: Da wäre ich.

»Ich habe mir schon gedacht, dass es dir gefallen könnte«, reißt Mrs Rod mich aus meinen Gedanken. »Es ist geradezu das perfekte Buch für dich.«

Was? Normalerweise kommentiert Mrs Rod nie ein Buch, bevor wir es durchgelesen haben.

»Was ist denn so perfekt daran?«

»Hmmm. Also für mich liegt der Reiz darin … dass alles miteinander verbunden ist. Selbst Sachen wie die Stachelschweinkrawatte tauchen irgendwann wieder auf und stehen auf eine Art mit allem anderen in Verbindung, die tatsächlich Sinn ergibt. Vielleicht nicht unbedingt so, wie man es erwarten würde, aber dennoch irgendwie … perfekt.«

Ich weiß nicht, was sie damit meint, nicke aber trotzdem.

Mrs Rod hält inne und beugt sich dann zu mir vor. »Ich habe dir eine Liste mit den Kontaktinformationen aller »Broadside«-Mitarbeiter gemailt. Nur für den Fall, dass du mit jemandem über deine Ideen reden willst … oder irgendwas anderes. Es sind nämlich alle richtig begeistert von dir. Von dir und deinen Gedichten. Besonders unser Chefredakteur.«

Briggs war so begeistert von einem meiner Gedichte, dass er es auswendig gelernt hat.

Sie lächelt. »Also sehen wir uns beim nächsten Redaktionstreffen? Den Weg kennst du ja jetzt.«

Stimmt.

»Ich hoffe, du kommst«, sagt ihr *Blick*.

Ich weiß nicht, was meiner antwortet. Aber vielleicht komme ich tatsächlich.

KAPITEL 15

In der Mittagspause ertappe ich mich dabei, wie ich mich auf den Weg zur »Broadside«-Redaktion mache. Vor der Tür gucke ich mich kurz im Flur um, dann gehe ich rein. Will sitzt auf seinem Stammplatz an dem Stahlschreibtisch hinter der Aquariumwand. Nur dass er heute an keiner Zeichnung arbeitet. Stattdessen hat er einen schmalen silbernen Laptop und einen Ordner vor sich. Ich frage mich, ob er mir wieder damit in den Ohren liegen wird, dass ich eine Erlaubnis brauche, hier zu sein.

Oder ob er sich vielleicht sogar freut, mich zu sehen.

»Hi …« Ich winke ihm von der Tür aus zu. »Hallo, Will.«

Begeistert wirkt er nicht unbedingt. Aber auch nicht genervt oder sauer oder irgendwas in die Richtung. Er wirft bloß einen Blick auf seine Uhr und sagt ebenfalls »Hi«.

Ich setze mich mit meinem Mittagessen an einen Tisch, der zur offenen Seite seiner Nische zeigt, groß genug, dass zwei Leute nebeneinander daran Platz haben. Ich atme tief ein und wieder aus. »Willst du … willst du dich vielleicht … hierhersetzen zum Essen?«

»Nein, ich sitze immer nur hier.«

Hm.

Ich versuche es noch einmal.

»Was guckst du dir da an?«

»Ich lese einen Artikel.«

Zögerlich mache ich einen Schritt auf ihn zu. Diesmal denke ich genau nach, bevor ich wieder etwas sage. Langsam wird mir nämlich klar, dass ich meine Fragen sehr gezielt formulieren muss, um die gewünschten Antworten von Will zu bekommen. »Okay, also was ich eigentlich wissen wollte, ist: Worum geht es in dem Artikel, den du da liest?«

»Ich glaube, ich habe mein elftes gefunden.«

»Dein elftes … was?«

»Labyrinth.«

»Dein elfter Artikel über Labyrinthe?«

»Mein elftes Labyrinth, das ich am elften Tag des elften Monats durchlaufen werde.«

Ah.

Elf und elf und elf
am elften Tag des Elften
elftes Labyrinth

Fünf, sieben, fünf.

Haiku.

Ich öffne die Augen.

»Ich habe überlegt, es um elf Uhr abends zu machen, aber das ist vielleicht unpraktisch«, fügt er dann hinzu.

»Elf Uhr abends? Ist das nicht total gruselig? Was ist, wenn du dich verirrst?«

Will hält kurz inne. »Das hab ich dir doch schon gestern erklärt.

Labyrinthe haben nur einen Weg, der rein- und wieder rausführt. Da kann man sich nicht verirren, nicht mal im Dunklen. Und gruselig ist das auch nicht, sondern entspannend. Und außerdem wollte ich sagen, dass ich *zuerst* vorhatte, um elf Uhr abends zu gehen, aber dann ist mir aufgefallen, dass der Elfte ein Samstag ist. Also kann ich es auch tagsüber machen. Die bisherigen Labyrinthe waren alle ziemlich klein. Das hier ist mein erstes richtig großes. Und das will ich natürlich auch sehen.«

»Ach so. Das finde ich toll …«

»Was findest du toll? Dasselbe, was du gestern schon toll fandest? Oder was anderes?«

»Ich meinte das mit dem elften Labyrinth am elften Tag des elften Monats. Das klingt fast poetisch … Ich schreibe nämlich Gedichte«, füge ich hinzu. »Und ich habe gerade über ein Haiku nachgedacht. Das ist eine Art Gedicht, das aus drei Zeilen besteht, mit fünf Silben, dann sieben und dann wieder fünf, sodass man keine Worte verschwenden kann –«

»Ich brauche Informationen über das Leland-Anwesen.« Als hätte er überhaupt nicht gehört, was ich gesagt habe.

Okay, also kein Lyrikfan. »Meinst du den Mr Leland mit der Villa oben am Horse's Neck? Der hat doch diesen berühmten Irrgarten.«

»Ich weiß. Aber das ist ein Labyrinth. Kennst du ihn? Oder weißt du irgendwas über ihn? Ich sammele nämlich schon seit der fünften Klasse Informationen über ihn, aber es ist nicht leicht, was zu finden. Das hier ist alles, was ich bisher habe …« Will schlägt den Ordner auf und zieht einen Zettel hervor. Ein paar weitere Seiten rutschen mit heraus, und er muss hastig danach grapschen, bevor sie zu Boden segeln.

»Warum benutzt du nicht einfach ein Spiralnotizbuch?«, frage ich. »Dann kann nichts rausfallen.«

»Ich mag keine Spiralnotizbücher. Dadrin kann man die Reihenfolge der Seiten nicht ändern, und wenn man welche rausreißt, sind die Ränder ganz ausgefranst, und es hängen immer lauter Papierfetzen zwischen den Drähten.«

»Und wenn du einfach –«

»*Punkt eins:* Mr Leland hat ein Privatanwesen im Caulfield State Park, welcher der größte auf Long Island ist und einer der größten im Bundesstaat New York. Früher gehörte den Lelands das gesamte Gebiet in dem Teil des Neck, bevor sie das meiste an den Staat verkauft haben, aber es befinden sich immer noch zweihundertdreiundvierzig Hektar direkt am Wasser in ihrem Besitz.

Punkt zwei: Das Leland-Labyrinth ist das drittgrößte Privatlabyrinth im ganzen Land.«

»Wow, das drittgrößte –«

»*Punkt drei:* Mr Leland hat keine Kinder und noch nie Außenstehende in sein Labyrinth gelassen, seit es gebaut wurde. Den Arbeitern damals war es strikt untersagt, Fotos zu machen. Darum hat niemand, der nicht zum engsten Familienkreis gehört, es je von innen gesehen.«

Ich werfe einen Blick auf seinen Zettel. »Du machst eine Liste.«

»Das hab ich dir doch gestern schon erklärt. So kann man sich am besten Klarheit verschaffen und einen Plan erarbeiten. Hast du der Liste irgendwas hinzuzufügen?«

Oh Mann, wie gern ich der Liste etwas hinzugefügt hätte. »Hm, also ich weiß, dass er reich ist. Ich bin ihm sogar mal persönlich begegnet, für ungefähr zwei Sekunden, als er meiner Mom ein paar Gemälde für das Foyer seines Bürogebäudes in der Stadt abgekauft hat. Zwei von ihren ganz bekannten abstrakten Bildern.«

Will wendet sich wieder seinem Laptop zu und fängt an zu scrollen. Ich bin wohl keine gute Informationsquelle. Er interessiert sich nicht für die Gemälde in Mr Lelands Bürogebäude, sondern braucht Informationen über das Labyrinth oder das Leland-Anwesen.

»Ach … und die Hunde! Sein Anwesen wird von einer Horde Killerhunde bewacht.«

Jetzt schnappt Will sich einen Bleistift. Es ist einer dieser mechanischen, auf die man draufdrücken muss wie auf einen Kugelschreiber, damit vorne die Mine rauskommt. »Ich brauche mehr Informationen.«

Und ich habe welche!

»Na ja, es heißt, dass er ein paar richtig riesige, superböse Hunde hat, die rohes Fleisch fressen und dazu abgerichtet wurden, das Anwesen zu bewachen. Und – und – ich hab mal gehört, dass Mr Leland so einen Turm hat, von dem aus er alles sehen kann, was auf dem Grundstück vor sich geht, und einen roten Knopf, den er drücken muss, um die Hunde aus dem Kerker zu lassen.«

Will ignoriert den Teil mit dem Turm und dem Kerker. »Erklär mir genauer, was das mit den Killerhunden auf sich hat. Haben die schon mal jemanden umgebracht? Sind sie zum Töten abgerichtet?«

»Ach so, das – das weiß ich nicht. Ist bloß das, was man so hört.«

Will fügt seiner Liste Killerhunde hinzu. »An Hunden kommt man schwer vorbei. Ich muss rausfinden, wo das Anwesen angreifbar ist.«

»Angreifbar?«, frage ich.

»Alles hat seine Schwachstelle.«

Ich denke an meinen Dad und seine Superhelden. »Stimmt«, sage ich. »Alles und jeder auf der Welt hat eine Stärke und eine Schwäche.«

Will hört auf zu schreiben. Dann sieht er eine Sekunde lang zu mir hoch, bevor er sich wieder seiner Liste zuwendet. »Hunde sind definitiv eine Stärke. Ich muss rausfinden, was die Schwäche in Lelands Sicherheitssystem ist, aber ich glaube nicht, dass das ein Problem wird.«

»Nein?«

»Ich brauche nur die passenden Informationen. Die schaffen Klarheit.«

Schon kapiert. Informationen.

»Aber selbst wenn du Klarheit hast, musst du doch immer noch irgendwie da reinkommen. Wie hast du das vor?«

»Dafür erarbeite ich mir einen Plan und an den halte ich mich. In diesem Artikel hier steht, dass Mr Leland keine Besucher auf sein Grundstück lässt. Darum muss ich eine Schwachstelle finden, durch die ich reinkomme, und sobald ich einen passenden Plan habe, übe ich ihn mindestens dreimal ein, dann sollte es funktionieren.«

Ich hebe die Hand. »Moment mal. Nachdem du gestern so ein Theater darum gemacht hast, ob ich eine Erlaubnis hätte, hier zu sein, finde ich es ein ganz schön starkes Stück, dass ausgerechnet du einen Einbruch in das berühmteste Anwesen von Long Island planst.«

»Ich habe eine Erlaubnis«, erwidert er.

»Ach ja? Und warum musst du dann da einbrechen?«

»Mr Lelands Nichte hat mir die Erlaubnis erteilt, als ich ihr geschrieben habe. Danach hat er selbst versucht, sie zurückzunehmen, aber ich habe nicht vor, seine Einwände zu akzeptieren, weil die Person, der ich geschrieben habe, mir schließlich die Erlaubnis erteilt hat.«

»Also entscheidest du einfach selbst, an welche Regeln du dich hältst und welche du brichst?«

Einen Moment lang überlegt er. Dann sagt er: »Welche Regeln befolgst du denn, wenn du dich jeden Tag unerlaubt vom Schulgelände entfernst und zum Pfad schleichst?«

Ich wirbele herum zu der Reihe von Fenstern gegenüber seinem Schreibtisch und begreife, dass man von dort aus einen direkten Blick auf das Fußballfeld hat, über das man auf den Pfad kommt. Er sitzt jede Mittagspause hier. Und er ist ein guter Beobachter. Das hat er gestern selbst erzählt.

Er hat mich gesehen. Aber er hat mich nicht verpetzt.

»Gut«, lenke ich ein. »Du hast also eine ›Erlaubnis‹. Erzähl weiter.«

Er zögert. Dann guckt er auf einen anderen Zettel vor sich auf dem Tisch. Sieht aus wie noch eine Liste. »Ich will dich nicht überfordern.«

»Ich bin nicht … überfordert.«

»Aber das hier muss geheim bleiben.«

»Bleibt es«, antworte ich. »Versprochen.«

»Okay, also in diesem Interview hier sagt Mr Leland, dass sein Labyrinth ein Meisterwerk ist. Es ist geometrisch perfekt. Hast du eine Vorstellung davon, wie schwer das geht? Etwas so zu konzipieren und zu kalkulieren, dass alle Winkel und Kurven am Ende perfekt sind?«

Ich bin nicht gerade matheschlau, aber Will ist es bestimmt. Und bestimmt ist er auch leseschlau und schulschlau sowieso. Wahrscheinlich kennt er alle Gleichungen und Winkel und Formeln, die man braucht, um ein Labyrinth perfekt zu machen.

Dann merke ich, wie er seine Zeichnung studiert. Er nimmt ein Radiergummi und bessert eine Stelle aus, an der sich anscheinend noch ein winziger Fehler eingeschlichen hatte. Für mich sieht das Labyrinth, das er gezeichnet hat, gut aus, aber jetzt, nachdem wir angefangen haben, darüber zu reden, erkenne ich die kleinen Mängel, die er korrigiert. Ein paar Linien sind etwas schief.

»Mr Leland führt ein Multimilliardendollar-Unternehmen. Er arbeitet vierzehn Stunden am Tag. Sieben Tage die Woche. Er sagt, seine Ärzte hätten ihm Meditation und Yoga und alles Mögliche verordnet, aber nichts hätte funktioniert. In seinem Labyrinth spazieren zu gehen, ist das Einzige, was ihn zur Ruhe kommen lässt. Was ihn beruhigt.«

»Das … muss ja ein unglaubliches Labyrinth sein«, bemerke ich.

Einen Moment lang sagt Will gar nichts. Dann: »Ja.«

Irgendein Gefühl steigt in mir auf, als ich ihn über all das reden höre.

»Ich … das finde ich toll«, meine ich.

Will hebt den Kopf, aber er sieht mich nicht an. »Ich weiß. Hast du schon gesagt.«

Ich seufze. Dann bin ich wohl das Mädchen, das immer dieselben Informationen wiederholt. Ich öffne meine Brotdose. »Ist ja auch egal. Ich habe jedenfalls Reis mit Hühnchen. Und du?«

»Ein Käsesandwich und drei Flaschen Wasser mit dem Saft von einer Achtelzitrone in jeder.«

Ich lache. »Von genau einer Achtelzitrone? Mehr nicht?«

»Ja. So mag ich's am liebsten.«

»Verstehe ich.« Ich muss lächeln, als ich an meine unsichtbare Tinte denke. »Bei Zitronensaft und Wasser kommt es auf das richtige Mischverhältnis an.«

Ich stelle mich schon mal auf einen Vortrag über kaum bekannte Fakten zu Zitronen ein, doch der bleibt aus, und als ich Will ansehe, bekomme ich plötzlich eine neue Information über mich selbst.

Ich will wissen, wie es sich anfühlt, einem sicheren, eindeutigen Pfad zu folgen, ohne Abzweigungen und Sackgassen. Am liebsten würde ich Will fragen, ob ich mitkommen darf, aber ich kann nicht einschätzen, wie er darauf reagieren würde. Das Ganze scheint für ihn so wichtig zu sein, dass ich das Gefühl habe, erst irgendwas tun zu müssen, um es mir zu verdienen. Ich muss ihn dazu bringen, mir zu vertrauen.

Und im nächsten Moment beschließe ich, einfach so, dass ich es schaffen werde. Irgendwie.

Ich werde mich mit dem Jungen im Streifenhemd anfreunden.

KAPITEL 16

Das Warten auf dem Pfad hat sich verändert.

Ich warte jetzt nicht mehr darauf, dass jemand kommt. Sondern auf eine Antwort. Eine Antwort, die mir zeigt, dass irgendwer dort draußen vielleicht auf *mich* wartet.

Augen zu. Hand aufs Herz.

Und wenn nichts da ist
hier, wo ich so viel hoffe
so viel erwarte?

Es ist nicht schlimm, wenn nichts da ist.

Wirklich nicht.

Ich wette, dass es nicht viele Leute gibt, die überhaupt geheime Antworten auf ihre unsichtbaren Haikus erhalten. Und wenn die erste Nachricht die einzige bleibt, die ich je erhalten werde, dann komme ich damit klar. Dann komme ich damit klar und kann mich wenigstens über die Erinnerung freuen.

Okay, das ist natürlich gelogen.

Ich hoffe wirklich, dass etwas da ist. Von ganzem Herzen.

Ich will eine neue Antwort.

Mit meinem Stöckchen beginne ich, im Portal zu stochern, und gebe mir Mühe, nicht zu ungeduldig zu sein. Ich brauche mehrere Versuche, bis endlich ein weißes Stück Papier zum Vorschein kommt. Ist das noch mein eigener Zettel? Den ich selbst ins Portal gesteckt habe, auf die Gefahr hin, dass er dort verrottet? Oder ist es eine Antwort von meinem … Freund?

Hi. Das Gedicht gefällt mir.

Eine Antwort!

Mir gefällt, was du über sichere Pfade schreibst. Ich finde auch, dass das viel angenehmer ist.

Ob ich weiß, wer du bist? Ist das denn wichtig? Ich finde es schön, dass wir ein gemeinsames Geheimnis haben. Eins, von dem niemand außer uns weiß. Schreibst du mir bald ein neues Gedicht? Und schreibst du es wieder mit unsichtbarer Tinte? Ich bin froh, dass du da bist.

Ich lese mir die Nachricht ein paarmal durch und drücke mir dann den Zettel an die Brust, wie um mich davon zu überzeugen, dass er echt ist. Dass es tatsächlich jemanden gibt, der diese Zeilen geschrieben hat, jemanden, der sich für mich interessiert und der will, dass wir ein gemeinsames Geheimnis haben. Und wenn er will, dass ich weiter die unsichtbare Dichterin bin, dann ist das okay.

Unsichtbarkeit spielt sowieso seit Kurzem eine große Rolle in meinem Leben.

KAPITEL 17

Eine Weile hocke ich bloß da und überlege, bevor ich meine Antwort schreibe.

Denn … wie hält man jemanden bei sich?

Wie bringt man jemanden dazu, bei einem zu bleiben und einen nicht sitzen zu lassen? Woher weiß man, wie man sein muss und was man tun muss, damit der andere gar nicht erst auf die Idee kommt, einen sitzen zu lassen?

Ich hole tief Luft. Mit Worten sollte man nie vorschnell oder zu verschwenderisch sein. Ich will, dass alles, was ich schreibe, echt und wahr und etwas Besonderes ist. Und außerdem will ich sichergehen, dass ich nicht … zu viel Wirbel mache. Ich will, dass diese Person mir weiterhin schreibt. Ich will sie bei mir halten. Ich weiß nur noch nicht genau, wie ich das anstellen soll.

Manchmal wenn ich schreibe, muss ich mich richtig anstrengen, bis alles so klingt, wie es soll. Und manchmal wiederum geht es so mühelos, als würden die Worte einfach so aus meinen Fingerspitzen fließen und vor mir in der Luft schweben. Aber egal, wie es läuft, etwas bleibt immer gleich: Ich will, dass sich das Ergebnis nach *mir* anfühlt.

Ich finde, das heutige Haiku sollte davon handeln, wie dankbar ich bin, dass jemand da ist. Und wenn dieser Jemand will, dass ich es mit Geheimtinte schreibe, sollte ich ihn vielleicht wissen lassen, wie froh ich bin, dass er mit einem Streichholz zur Stelle ist.

Geheimtinte ist
Nur so lange unsichtbar
Bis dein Streichholz brennt

Als ich mein erstes Gedicht hier versteckt habe, wäre ich nie auf die Idee gekommen, dass es jemanden geben könnte, der weiß, wie man es wieder sichtbar machen kann – oder der es überhaupt wollen würde. Es ist, als hättest du mich vor ewiger Unsichtbarkeit gerettet. Danke dafür! Danke! Danke!

Liebe Grüße,
Deine Freundin

PS: Ab jetzt nehme ich Wünsche entgegen! Möchtest du, dass ich über irgendwas Bestimmtes schreibe?

Ich puste auf den Zitronensaft, damit er schneller trocknet, rolle den Zettel zusammen und stecke ihn ins Portal. Ich bin so froh, einen Ort zu haben, an dem ich das, was in meinem Herzen ist, hinaus in die Welt lassen kann. Und noch viel froher bin ich, dass es jemanden gibt, der sich dafür interessiert.

Es kostet mich einiges an Überwindung, wegzugehen und den Dingen ihren Lauf zu lassen – wo ich doch am liebsten hier stehen bleiben und darauf warten würde, dass wie durch Zauberhand eine Antwort erscheint.

KAPITEL 18

»Bea! Hi!« Briggs winkt mir zu, als ich die »Broadside«-Redaktion betrete.

Er trägt wieder seinen Hut, hat ihn aber diesmal nach hinten geschoben, weshalb ich sein ganzes Gesicht erkennen kann. Warum freut er sich so, mich zu sehen? Wir haben doch erst zweimal miteinander geredet. Zuerst an dem Tag, als ich ihn mitten im Satz unterbrochen habe und auf die Toilette geflüchtet bin, nachdem er sich die Mühe gemacht hat, mein Gedicht auswendig aufzusagen. Und das zweite Mal auf dem Pfad, als ich auf der Jagd nach S' orangig-rotem Pullover mit ihm zusammengestoßen bin, kurz bevor ich die erste Antwort auf mein Haiku entdeckt habe.

Ich winke zurück und will schnell meine Kopfhörer aufsetzen, doch bevor ich die Chance dazu habe, steht er auch schon vor mir. Zögernd schiebe ich sie wieder runter.

»Bea … ist das die Abkürzung für Beatrice?«

»… Beatrix.«

»Ach so. Klar«, erwidert er. »Cool.«

Ich weiß nicht, was ich sagen soll. Alles, woran ich denken kann, ist, dass ich nie wieder diese Redaktion betreten darf, ohne meine Kopfhörer aufzuhaben. Wieder versuche ich, sie hochzuschieben, aber Briggs lässt mich immer noch nicht an die Arbeit gehen. Er redet einfach weiter. Kopfhörer runter.

»Ich mag Bea«, verkündet er. »Also den Namen. Ich mag deinen Namen … Bea … und dich natürlich auch – okay, bin schon still.« Er lacht über sich selbst und zieht sich seinen Hut ins Gesicht. »Na gut, dann zeige ich dir mal, wo die Gedichte sind, die wir reinbekommen. Guck einfach, ob was dabei ist, was dir gefällt, und vielleicht zeigst du mir auch gleich welche von deinen, die du gerne benutzen würdest.«

Ich schüttele den Kopf.

Briggs schiebt sich den Hut zurück in den Nacken, und seine geraden Augenbrauen rücken über seiner Linealnase aufeinander zu, was zusammen wirkt wie ein großes T mitten in seinem Gesicht. »Du willst die eingereichten Gedichte nicht sehen?«

»Doch, ich will nur … nichts von meinen Sachen in die Zeitung bringen.«

»Du willst – echt nicht? Aber … das geht doch nicht!«

Äh, und ob?

Briggs Miene. Auf einmal ganz ernst. Ist ihm die Sache wirklich so wichtig?

»Komm schon, Bea. Bitte! Ich meine, du weißt ja, wie toll ich das mit dem blauen Ballon finde, aber da war doch auch noch dieses eine mit dem ›fluffigen, puffigen Morgentoast‹. Das war unglaublich. Ehrlich.«

»Danke«, höre ich mich antworten. »Mein Dad sagt immer …« Halt den Mund, warum halte ich nicht einfach den Mund? »… meine Gedichte würden zeigen, wie es in meinem Kopf aussieht.« Na toll. Ich kneife für eine Sekunde die Augen zu. Und öffne sie wieder.

Das muss das Lächeln sein, von dem Mrs Rod erzählt hat. Es bringt Briggs' gesamtes Gesicht zum Leuchten und lässt ihn fröhlich und glücklich wirken und fast gar nicht, als würde er mich für komplett bescheuert halten. »Ha! Das gefällt mir! Aber ganz ehrlich, nachdem Mrs Rod mir deine Bildergedichte gemailt hat, konnte ich es kaum erwarten, dich kennenzulernen –«

Mein Gesicht entwickelt ein Eigenleben.

»– und dann bist du sogar noch diejenige, die auf der Party diese geniale Badebombenaktion hingelegt hat –«

»Ich dachte –« Ich werde knallrot. »Das war – nur –«

»Dafür hättest du echt Standing Ovations verdient gehabt.« Er deutet auf die zerfledderte Ecke des »Geheimklub-Handbuchs«, das aus meinem Rucksack lugt. »Hey, das Buch da hatte ich auch, als ich in der Dritten war! Obwohl, ich glaube, das hat wirklich jeder an dieser Schule zu Hause. Mein Lieblingskapitel war das übers Lagerbauen im Freien«, plappert Briggs gut gelaunt weiter. »Meine Mutter war stinksauer, weil ich ständig alle möglichen Decken nach draußen geschleppt habe und sie hinterher immer voller Dreck und Ameisen waren.«

Ich weiß nicht, was ich darauf antworten soll. Also sehe ich mich nach Will um, aber der sitzt an seinem Schreibtisch und zeichnet und hat nicht mal hochgeguckt, als ich reingekommen bin.

Briggs redet immer noch. »Na ja, du kannst jedenfalls den Computer da drüben neben Jaime benutzen. Das Passwort ist ›BSIDE‹. Scroll einfach ein Stück nach unten, dann kommst du zu dem Postfach mit den Text- und Lyrik-Einsendungen. Und alles, was wir in Papierform kriegen, liegt in dem Korb neben der alten Schreibmaschine.«

Ich lächele. Mrs Rod hatte recht. Briggs ist unglaublich nett. Trotzdem hoffe ich, dass er mich nicht noch mal auf meine Poolpartyaktion anspricht. Ich gehe zum Computer. Tami und Anaya winken mir zu, nur Jaime ist zu sehr in den Song vertieft, den sie gerade hört. Dann sieht auch sie mich und nimmt ihre Kopfhörer ab.

»Hey! Briggs hat erzählt, diese ganzen tollen Bildergedichte waren von dir?«

Ich nicke. Kein Wunder, dass Briggs und Jaime sich so gut verstehen. Da haben sich zwei richtige Quasselstrippen gefunden.

»Er hat sie mir sofort gezeigt, nachdem er sie bekommen hatte.«

Und schon ist Briggs wieder neben mir.

Jaime wendet sich an ihn. »Weißt du noch? Du hast zu Hause dein ganzes Zimmer damit tapeziert.« Dann guckt sie mich an. »Die sahen so super aus.«

Briggs' Mund klappt auf. »So … so prüfe ich manchmal die neuen Einsendungen, das hilft.«

»Genau, und deswegen hängen sie auch immer noch da«, zieht Jaime ihn auf. Dann dreht sie sich wieder zu mir. »Jedenfalls fand ich es toll, dass du mit Tusche gearbeitet hast. Ich benutze auch hauptsächlich Tusche und Pinsel bei meinen Comics.« Sie hält ihren Zeichenblock hoch. »Guck, hier. Das ist Trini. Sie träumt davon, eine Band zu gründen, aber ihr fehlen die Mitglieder und ein cooler Name, und jede Band braucht natürlich einen absolut legendären Erkennungssong. Ich zeichne, wen sie auf ihrer Suche alles so trifft, und denke mir immer wieder lustige Bandnamen aus.«

»Oh, die ist ja süß.« Ich kann mir ein Lächeln nicht verkneifen. Trini ist eine kleine, pummelige Schildkröte, die riesige Kopfhörer trägt. Am liebsten würde ich Jaime sofort von meinem Dad und seinen Comics erzählen, aber sie soll nicht denken, dass ich angeben will. Und außerdem – meinte sie das gerade etwa ernst mit Briggs und meinen Gedichten an seiner Zimmerwand?

»Du bist echt total besessen davon«, sagt Briggs zu Jaime. »Gründe doch endlich selbst deine Band. Du redest und zeichnest schon seit Ewigkeiten darüber …«

Ich setze meine Kopfhörer wieder auf und fange an, die eingereichten Gedichte im Posteingang zu lesen, während Briggs und Jaime ihren Plappermarathon fortsetzen. Ich frage mich, ob ein Erkennungssong ein bisschen so was ist wie … *eine Hymne*.

Alle paar Minuten spähe ich zu Jaime rüber. Einmal singt sie leise den Titel eines Buchs vor sich hin, das ich geliebt habe, als ich noch klein war. Es handelt von einem Elefanten, der ein Geräusch hört, das außer ihm kein anderer wahrnimmt. Von einer ganzen Welt, an deren Existenz niemand sonst glaubt. Alle darin schreien: »Wir sind hier! Wir sind hier!«, aber keiner hört sie.

Ich frage mich, was das für ein Song ist. Den würde ich irgendwann gern mal ganz hören.

KAPITEL 19

Als ich in der Mittagspause zurück in die »Broadside«-Redaktion komme, wirkt Will kein bisschen überrascht. Im Gegenteil, er scheint auf mich gewartet zu haben. Nicht dass er irgendwas sagen oder auch nur hochgucken würde, als ich reinkomme. Er wirft lediglich einen Blick auf seine Uhr und nickt.

Ich packe mein Essen aus. Ob er wohl neue Leland-Informationen hat?

»Du hörst die ganze Zeit Musik.«

Ich sehe zu ihm rüber und nehme meine Kopfhörer ab. Und zu meinem eigenen Erstaunen sage ich ihm die Wahrheit. »Eigentlich höre ich gar nichts.«

»Und warum hast du dann Kopfhörer auf?«

Ich stopfe das Ende des Kabels tiefer in meine Hosentasche. »Nur so … aus Gewohnheit, wahrscheinlich.«

»Gewohnheit heißt, dass du es ständig machst. Also muss es einen Grund dafür geben. Eine Gewohnheit allein ist keine Erklärung.«

Ich mustere Will. Inzwischen habe ich gelernt, dass ich ihm klare Antworten liefern muss, wenn ich nicht will, dass er mich immer weiterlöchert.

»Es ist eine Gewohnheit, weil ich früher ständig Musik gehört habe. Songtexte haben nämlich ziemlich viel von Gedichten, und das gefällt mir. Manche funktionieren wie Botschaften, die dich Dinge fühlen oder begreifen lassen. Und … deshalb habe ich eine Playlist gemacht –«

»Was für eine Playlist?«

»Na, eine Liste mit Liedern –«

»Was für Lieder?«

»Will, ich bin ja gerade dabei, es dir zu erklären. Kannst du mich vielleicht einfach mal ausreden lassen?«

Will sieht kurz von seinem Laptop auf und sagt: »Ja.« Dann guckt er wieder runter.

»Okay, also das waren …« Ich spüre ein unerwartetes Brennen in den Augen, als ich weiterrede. »Das waren so eine Art … *Hymnen.*«

»Was meinst du mit Hymnen?«

Darauf kann ich nicht antworten.

»Was meinst du mit Hymnen?«

KAPITEL 20

»Jeder braucht eine Hymne«, verkündete S' Mom. »Solche Songs sind wie kleine Erinnerungen daran, wer wir sind, tief im Inneren, damit wir das draußen in der Welt nicht vergessen.«

S' Mom zog ihre gesamte Lebensweisheit aus alten Fernsehserien. Manchmal verschanzte sie sich für eine oder zwei Wochen in ihrem Schlafzimmer, und dann wussten wir, dass sie wieder irgendwas Neues zum Komaglotzen gefunden hatte. Letztes Frühjahr war sie süchtig nach einer Serie, in der es um eine Anwältin ging, die ständig unzufrieden war und sich verlieben wollte. Irgendwann hat jemand ihr geraten, sich eine Hymne zu suchen und sie immer im Kopf zu haben, dann würde alles besser werden. Und siehe da, kaum dass die Anwältin einen Song gefunden hatte, hüpfte sie leichtfüßig durchs Leben, und es war, als würde die ganze Welt um sie tanzen.

Also beschloss S' Mutter, dass sie auch eine Hymne brauchte.

Sie suchte und suchte, aber kein Lied schien richtig zu passen. Ich bot ihr meine Hilfe an und stöberte online in Listen mit Namen wie »Songs zum Glücklichsein«, »Die besten Partyhits aller Zeiten« oder sogar »Wenn du für den Rest deines Lebens nur noch einen Song hören dürftest …« und stellte ihr schließlich eine immer noch sehr umfangreiche Auswahl zusammen. Ich staunte, wie viele Lieder es auf der Welt gab, von denen ich noch nie gehört hatte. Und das wiederum konnte nur heißen, dass haufenweise andere unglaubliche Dinge von mir entdeckt werden wollten.

Woche für Woche saßen S und ich bei ihr zu Hause auf dem weißen Ledersofa und warteten darauf, dass ihre Mom, die zu einem Song nach dem anderen vor uns auf und ab lief, leichtfüßig zu hüpfen begann. Ich liebte diese Nachmittage. S' Mom machte uns immer riesige Schüsseln Popcorn mit Olivenöl und Meersalz und einer Prise Cayennepfeffer, und ich hatte uns Pappschilder gebastelt, die wir zu jedem Song hochhielten. Auf dem einen stand in knallbunten, fröhlichen Buchstaben JA! und auf dem anderen in tristen, traurig schlappen NEIN.

Dann hatte ich die Idee, dass S und ich die Lieder für ihre Mom nicht mithören sollten. Auf diese Weise würden wir uns nur auf ihren Gang konzentrieren, um besser beurteilen zu können, welcher Song ihn veränderte. Also setzte S' Mom meine Kopfhörer auf und marschierte weiter. Bei einem Lied schwangen ihre Hüften so sehr mit, dass wir nicht mehr konnten vor Lachen und S »Mom! Halt!« rief. Bei einem anderen fing sie an, wie verrückt rumzuhampeln, und wir hampelten mit, obwohl wir nicht mal die Musik hörten.

Und dann passierte es.

Sie wählte den nächsten Song aus. Aber sie bewegte sich nicht. Stattdessen stand sie stocksteif da und lauschte. Und als sie dann zu uns rübersah, hatte sie Tränen in den Augen, und ihr Mund verzog sich. Sie kam zu uns gelaufen und nahm uns beide fest in die Arme. Popcorn flog in alle Richtungen, und unsere Schilder verknickten, aber das kümmerte sie nicht. Sie riss den Kopfhörerstecker aus dem Player, sodass das Lied laut durch den Raum schallte, und sang schief und mit ausgebreiteten Armen den Refrain mit.

Der Song war wirklich gut. Es ging darum, dass Menschen wie Bücher seien – dass die Antworten auf all die Fragen, die man sich immer wieder stellt, erst noch geschrieben werden müssten. Und dass man selbst die Autorin dieses Buchs sein könne. Als das Lied zu Ende war, sah S' Mom uns an, und wir wussten: Sie hatte *ihre Hymne* gefunden.

Ich beschloss, dass S und ich auch eine brauchten.

Als ich zum ersten Mal meine Hymne hörte, waren wir gerade draußen auf der Straße unterwegs. Ich hatte meine Kopfhörer auf und ließ meine gesamte Playlist auf Shuffle laufen – und ich wusste in der Sekunde, als der Song losging, dass ich sie gefunden hatte. Plötzlich veränderte sich mein Gang, genau wie bei der Anwältin aus der Fernsehserie. Und im nächsten Moment fing ich an, zu tanzen und zu singen und zu lachen. S hingegen sah sich entsetzt um, packte mich am Arm, als wäre ich verrückt geworden, und zischte mir zu, nicht immer so peinlich zu sein. Was irgendwie witzig war, weil der Song nämlich davon handelte, dass man sich von niemandem sagen lassen sollte, wie man zu sein habe. Aber ihr war das Ganze so unangenehm, dass sie richtig sauer auf mich wurde.

Danach spielte ich ihr immer mal wieder Lieder vor, von denen ich dachte, dass sie vielleicht dazu lostanzen und ein bisschen ausflippen würde, aber ihr gefiel nie eins davon.

Also hörte ich damit auf. Ich machte mir keine Gedanken darüber. Schließlich war es kein Weltuntergang, dass sie nicht mitten auf der Straße rumhüpfen und singen wollte. Auch gut. Ich hatte ja selbst nicht immer zu allem Lust, was sie gerade wollte. Zum Beispiel über Jungs reden. Oder neues Make-up ausprobieren. Viele beste Freundinnen haben unterschiedliche Interessen. Das muss ja nicht gleich heißen, dass die Freundschaft am Ende ist.

Zumindest dachte ich das, als wir uns auf den Weg nach Taiwan machten.

Als ich die Playlist für S erstellte, wusste ich, dass ich einen richtig guten Namen dafür brauchte, der erklärte, warum ich sie gemacht hatte. Der all das rüberbrachte, was ich ihr durch die Songs sagen wollte. Nach ewigem Nachdenken entschied ich mich schließlich für »Hör gut zu«. Dann malte ich ein wunderschönes Cover, machte ein Foto davon und speicherte es auf meinem Handy, sodass es jetzt immer als Startbild erscheint, sobald ich Musik einschalte. Unter anderem habe ich meine neue Hymne mit auf die Playlist gesetzt, denn sie handelt auch davon, dass jeder mal in einer schwierigen Situation steckt. Und dass es irgendwann wieder besser wird. Man muss den Dingen lediglich Zeit geben.

Nur dass ich dieser schwierigen Situation schon jede Menge Zeit gegeben habe. Und überhaupt nichts besser wird.

»Was meinst du mit Hymnen?«

Ich sehe Will an.

Wie soll ich ihm das bloß erklären?

Will mag die ruhigen Windungen eines Labyrinths, aber diese Geschichte ist voller Sackgassen und falscher Entscheidungen. Passt so eine Geschichte überhaupt hierher, ins Zen-Zentrum der Schule?

»Einfach eine Liste von Songs, die ich zusammengestellt habe. Wie kleine Botschaften, die ich jemandem schicken wollte.«

»Wem wolltest du die denn schicken?«

Zuerst antworte ich nicht, weil ich nicht sicher bin, ob ich ihn in diese Sache einweihen will. Eigentlich gefällt es mir nämlich ganz gut, dass Will nicht alles über mich weiß.

»Ich glaube, ich habe mich noch nicht endgültig entschieden«, sage ich dann.

Er denkt kurz darüber nach. Und nickt.

»Dann solltest du dich bald entscheiden. Botschaften sind schließlich dazu da, dass jemand sie bekommt.«

KAPITEL 21

Am Ende der Woche kommt Dad von seiner Tour nach Hause.

Diesmal musste er ganz bis an die Westküste fliegen, um auf einer Comic-Convention aufzutreten. Er hat uns ein Foto der Leute geschickt, die alle darauf warteten, ihn über sein neuestes Buch reden zu hören. Die Schlange reichte einmal um das ganze Gebäude. Am Anfang wurde er hauptsächlich deswegen bekannt, weil wir denselben Nachnamen haben wie der Typ, der Spider-Man erschaffen hat: Lee. Aber Dad heißt Steve Lee. Mom sagt immer, dass sei einer der Gründe, warum sie sich in Dad verliebt habe. Weil Eve immer ein Teil von Steve sein wird. Würg.

Als ich nach Hause komme, renne ich schnurstracks ins Atelier und werfe mich Dad in die Arme.

»Da ist ja meine Kleine!«, ruft er, während er mich einmal im Kreis wirbelt und dann an sich drückt. »Erzähl, Trix, wie geht's dir? Was macht die Schule?«

»Ach, wie immer«, antworte ich. »Ist doch auch egal. Erzähl, erzähl, erzähl! Was ist mit dem Film? Drehen sie wirklich einen?« Ich kann gar nicht aufhören, um meinen Dad herumzutanzen und ihn immer wieder zu umarmen. Ich klammere mich an seinen alten, ausgeleierten Pullover, den er schon seit der Kunsthochschule hat, sich aber weigert, ihn wegzuwerfen. Dann greife ich nach seinen Händen, die wie immer mit Tusche verschmiert sind.

»Na ja, warten wir's ab«, sagt er, doch sein Grinsen ist so breit, dass ich sofort Bescheid weiß: Es wird einen Film geben, aber mein Dad prahlt nun mal nicht gern, egal, worüber. So ist er einfach. »Wie geht's den Mädels? Die waren ja schon ewig nicht mehr hier.«

Mit der Frage hatte ich nicht gerechnet und huste zweimal, damit mein Mund etwas zu tun hat, während ich krampfhaft nach einer Antwort suche. Glücklicherweise drängelt sich in diesem Moment Mom mit in unsere Umarmung. Ich versuche, die Arme um beide gleichzeitig zu schlingen, aber sie sind nicht lang genug. Ich wünschte, wir könnten den ganzen Nachmittag so bleiben.

»Trix, ich würde gern kurz was mit deinem Dad besprechen. Meinst du, du kannst dir selbst was zu essen machen und dich dann an die Hausaufgaben setzen?« Mom gibt Dad einen dicken Schmatzer auf die Wange.

»Aber –« Ich versuche, mich an Dads Sweatshirt festzuhalten, obwohl ich schon spüre, wie er mich loslässt. »Aber heute ist Freitag.«

»Wirklich?« Mom blickt mich kurz an.

Ich nicke.

Doch sie dreht sich schon mit verträumten Augen und Grübchen wieder zu Dad. »Darf ich um diesen Tanz bitten?«

Und damit zieht sie ihn mit zu ihren zauberblauen Gemälden und lässt mich stehen.

»Ich hab dich furchtbar lieb, Trix«, ruft Dad mir noch zu. Seine Stimme hallt durchs Atelier, als wäre er bereits Hunderte von Meilen weit weg. Er sieht sich nicht mal mehr nach mir um. Aber warum sollte er auch? Wenn mich jemand zu einem Tanz inmitten von Zauberblau aufgefordert hätte, würde ich das auch nicht tun.

KAPITEL 22

Hi.

Ich habe eine Idee für einen Gedichtwunsch.

Glaubst du, Menschen sind, wie sie sind?

Oder können sie sich ändern, wenn etwas richtig Wichtiges auf dem Spiel steht?

Vielleicht kannst du darüber ja mal was schreiben.

Ich lehne an der Mauer und denke daran, wie S mir geraten hat, so zu tun, als hätte ich keine Angst vor Dan Ross' Hund. Aber nur weil man sich auf eine bestimmte Art und Weise verhält, heißt das doch nicht, dass es wahr, dass es echt ist.

Oder?

Ich meine, was wäre, wenn ich einfach anfangen würde, mich anders zu verhalten? Wenn ich … so tun würde, als wäre ich, wie ich gern sein will?

Wenn ich beschließe
zu sein, wie ich sein will,
bin ich dann ich … oder nicht?

Fünf, sechs, sechs.

Noch mal von vorne.

Ich sehe zu, wie der Zitronensaft auf dem Papier glänzt und dann verschwindet. Das Gedicht hat nicht den richtigen Haiku-Aufbau. Aber es gefällt mir trotzdem. Und es gibt einfach keine anderen Worte dafür, wie ich mich fühle. Ich schreibe das Ganze noch mal von vorne auf.

Wenn ich beschließe zu sein,
wie ich sein will,
bin ich dann ich … oder nicht?

Glänzt und verschwindet.

Ich schreibe die Zeilen immer und immer wieder, jedes Mal auf einen anderen Zettel. Ich will diese Worte bei mir haben. Ich will sie kennenlernen, sie spüren, zusehen, wie sie im Papier versickern, wo sie für immer und ewig bleiben können, ohne dass sie je irgendwer zu lesen bekommt. Bald sind alle meine Zettel aufgebraucht, aber das ist nicht schlimm. Dann mache ich mir einfach neue.

Wenn ich beschließe
zu sein,
wie ich sein will,
bin ich dann ich
… oder nicht?

Glänzt und verschwindet.

Kein Haiku. Aber es gefällt mir. Richtig gut. Und ich glaube, meinem unbekannten Freund wird es auch gefallen. Ich meine, einem Freund sollte es doch wohl gefallen, wenn man man selbst ist. Oder?

Ich rolle das Zettelchen eng zusammen und binde einen Grashalm darum. Danach stopfe und stopfe und stopfe ich es ins Portal, erst mit der Fingerspitze, dann mit dem Fingernagel und schließlich mit einem Stöckchen, bis ich sicher bin, dass niemand das Gedicht finden wird, das darauf wartet, gefunden zu werden.

KAPITEL 23

Als ich das nächste Mal zwischen zwei Schulstunden auf dem Flur Mrs Rod begegne, hält sie mir die Tür zum Schatz auf und fragt: »Hast du mal einen Moment Zeit?«

»Hallo, Mrs Rod … klar.« Ich schiebe meine Kopfhörer herunter und gehe hinein.

»Wie gefällt dir das Buch?«

Darüber will sie mit mir reden? »Ach so. Es ist toll. Ganz toll.«

»Das freut mich. Was gefällt dir denn so gut daran?«

»Hm, also … mir gefällt die Hauptfigur und dass sie so lustig und anders ist und alle sie total gern mögen.« Dann runzele ich die Stirn. »Bis auf ein paar Leute, die gemein zu ihr sind, und noch dazu sind die ziemlich beliebt. Darum sollte sie wahrscheinlich bald was unternehmen, bevor … na ja, die ihr noch Probleme machen.«

»Aha. Das ist interessant«, sagt Mrs Rod. »Und was sollte sie deiner Meinung nach tun?«

»Ich … ich glaube, sie weiß gar nichts davon.«

»Verstehe.« Mrs Rod's Stimme wird sanfter. »Und was wäre das Schlimmste, was die anderen ihr antun könnten?«

»Sie könnten … sie könnten … die Leute, die sie mögen, dazu

bringen, sie nicht mehr zu mögen.« Ich fühle ein leichtes Brennen in den Augen. Denn das wäre wirklich traurig. Für das Mädchen im Buch. »Sie könnten ihr ihre Freunde wegnehmen – und ihre *Person.*«

»Das wäre wirklich gemein.«

Ich nicke.

Mrs Rod bückt sich und bindet sorgfältig die silbernen Schnürsenkel ihrer himmelblauen Sneakers neu. »Da fällt mir ein, Briggs hat gesagt, der Redaktionsschluss für die erste Ausgabe ist verstrichen und du hast gar nichts von deinen eigenen Gedichten mit in den Lyrikteil aufgenommen.«

»Aber ich habe ein paar Gedichte von anderen Leuten ausgesucht. Haben sie Ihnen nicht gefallen?«

Sie macht einen Doppelknoten und richtet sich wieder auf. »Doch, du hast schöne Sachen ausgewählt. Wir fanden nur einfach die Bildergedichte so toll, die du früher eingereicht hast. Darauf hatten wir uns alle schon ein bisschen gefreut.«

»Ja, die mochte ich auch.« Meine Stimme klingt zaghafter und nachplapperiger, als mir lieb ist. Also füge ich schnell hinzu: »Es ist nur – das ist irgendwie vorbei. Ich mache jetzt was Neues.«

»Was Neues? Das klingt aber aufregend. Erzähl mal.«

»Ach, na ja. Ich schreibe … ähm …« Ich sehe mich im Raum um und mein Blick fällt auf eine leere Wand. »… mit unsichtbarer Tinte.«

Mrs Rod stutzt. »Unsichtbare Tinte? Für die ›Broadside‹?«

»Haha!« Ich versuche zu lachen. »Vielleicht nicht für die Online-Ausgabe, aber ich dachte, man könnte was für die Druckversion probieren. Eine Art Special Edition daraus machen oder so.«

»Ach so. Und wie genau hast du dir das vorgestellt?«

»Man könnte die Zeitung zum Beispiel mit Spezialtinte drucken, sodass erst mal keiner sieht, was auf den Seiten steht – bis jemand auf die Idee kommt, ein Streichholz darunter zu halten, und sich die Säure in der Tinte langsam braun verfärbt.« Ich gucke hoch. »Aber das ist wahrscheinlich zu aufwendig. Besonders wenn man gar nicht sicher sein kann, dass jemand sich … überhaupt dafür interessiert …«

Mrs Rod sieht mich bloß an. Ihr *Blick* verrät, dass sie keine Ahnung hat, was sie sagen soll.

»Ist eine blöde Idee, ich weiß«, füge ich schnell hinzu. »Ich hätte nicht davon anfangen sollen.«

»Die Idee ist kein bisschen blöd, Bea. Es ist eine Idee. Und Ideen sind ein Zeichen dafür, dass du dir Gedanken machst, was immer gut ist.«

»Immer?«, frage ich.

Sie lächelt. »Na ja, manche Ideen sind vielleicht besser als andere, aber sie sind alle Teil deiner inneren Entwicklung. Ob gut oder schlecht, sie machen dich zu dem Menschen, der du bist, und helfen dir, zu dem zu werden, der du mal sein wirst.« Mrs Rod legt mir sanft die Hand auf den Kopf. »Wenn du niemandem zeigst, was in dir ist, woher sollen die anderen dann wissen, wie wunderbar du bist? Meinst du nicht, du solltest es einfach mal probieren? Erst recht, wenn es eine Chance ist, dadurch Menschen zu finden, die genauso ticken wie du?«

»Ich weiß nicht«, sage ich. Das ist so viel auf einmal, über das ich erst nachdenken muss. »Machen Sie das auch so?«

Mrs Rod antwortet nicht gleich.

Dann erklärt sie: »Ich arbeite dran.«

KAPITEL 24

Die Wochen ziehen dahin. Mr Clarke zeigt sich mit Walross- und Hufeisenbart, klassischem Moustache und Zwirbelschnauzer.

In den Schulfluren gehe ich nicht zu schnell und nicht zu langsam.

Ich trage meine Kopfhörer, ohne Musik zu hören.

Meine Hände stecken in den Taschen und mein Mund bleibt zu.

Ich schreibe nichts in die Luft, halte sorgfältig die Augen offen und mich möglichst fern von Dan Ross.

Bei den »Broadside«-Treffen lächele ich und höre Briggs zu, der redet und redet und redet. Manchmal spitze ich die Ohren und versuche zu erlauschen, was Jaime gerade auf ihrer Suche nach legendären Songs hört. Neulich hätte ich wetten können, dass es in ihrem Lied um Marmelade ging, weil sie auf einmal »Jam! Whoo-whoo!« sang.

Meine Lieblingszeit des Tages ist die Mittagspause mit Will. Ich gehe in die Redaktion. Meistens sage ich zuerst Hallo und hole mein Essen raus. Dann packt Will sein Käsesandwich aus und stellt drei Flaschen Wasser mit jeweils einem Zitronenachtel Saft auf den Tisch. Inzwischen verlässt er sogar sein Aquarium und setzt sich zu mir. Dann essen wir, und er erzählt mir, was er Neues über das Leland-Labyrinth herausgefunden hat.

Vielleicht ist ja heute der Tag, an dem wir zusammen auf einen alles verändernden Informationsschnipsel stoßen.

»Hallo«, sage ich, als ich reinkomme.

Will guckt auf die Uhr. »Hallo.«

»Was machst du so?«

»Listen.«

»Hast du neue Informationen über das Labyrinth?«

»Nein.«

»Worüber sind dann die Listen?«

»Was anderes.«

»Ich glaub's nicht«, entgegne ich. »Will, Freiherr von und zu Streifenhemd, macht eine Liste über etwas anderes als das Leland-Labyrinth?«

Will starrt auf seinen Zettel. »Warum glaubst du das nicht?«

Ich lache. Dann erst fällt mir auf, wie ernst er geworden ist. »Das war nur Spaß, Will.«

»Ach so.« Er packt seine Listen weg. »Magst du Briggs eigentlich auch?«

Ich schiebe meine Kopfhörer in den Nacken.

»Was?«

»Magst du Briggs genauso gerne wie er dich?«

»Was soll das heißen, ›genauso gerne wie er mich‹?« Natürlich mag ich Briggs. Alle mögen Briggs.

»Ich hab gehört, wie er über dich geredet hat. Leute reden über ziemlich viel, wenn ich in der Nähe bin, weil sie wahrscheinlich denken, ich würde nicht zuhören. Ist ein bisschen, als wäre ich unsichtbar. Du siehst mich ja auch nie.«

»Ich sehe dich wohl. Wann sehe ich dich denn *nicht*? Im Unterricht?« Ist er etwa sauer auf mich, weil wir in den Kursen, die wir zusammen haben, nicht miteinander reden? Er weiß doch, dass ich im Unterricht mit niemandem rede. Aber Will wird eigentlich nie sauer. Er ist immer gleich. Ruhig und sachlich.

»Ich sehe dich manchmal, wenn du auf dem Pfad die Bauweise der Mauer studierst, aber du guckst mich nie an.«

»Du siehst mich auf dem Pfad? An meiner Mauer? Und warum kommst du dann nicht einfach mal Hallo sagen?«

»Du bist immer spät dran und ich warte nicht gern. Aber das ist egal. Ich habe gestern gehört, wie Briggs sich mit Jaime unterhalten hat.«

»Na und? Die unterhalten sich ständig. Mrs Rod hat gemeint, dass die beiden zusammen aufgewachsen sind. Sie sind so was wie beste Freunde.«

»Ich weiß. Und ich habe gehört, wie er zu ihr gesagt hat, dass er dich mag. Dass er dich zum ersten Mal bei einer Poolparty gesehen hat, und dann hat sich rausgestellt, dass du die Gedichte an seiner Wand geschrieben hast, und jetzt mag er dich. Ich weiß nicht, was er vorhat. Vielleicht schreibt er dir ja einen Brief. Schriftliche Konversation ist immer am besten, weil man alles Schwarz auf Weiß hat und nicht andauernd nachfragen muss. Dieser Hut, den er immer trägt, hat seinem Großvater gehört. Der ist letztes Jahr gestorben.«

Ich fange an zu husten.

Ich bin nicht erkältet und habe mich auch nicht verschluckt. Aber ich glaube, meine Stimme weiß einfach nicht, wie sie sonst reagieren soll.

»Das … das mit seinem Großvater ist ja echt traurig, aber selbst wenn Briggs mich mag –« Ich weiß nicht, wie ich den Satz beenden soll. »So … so hab ich noch nie über ihn nachgedacht.«

S hat gern über Jungs geredet, die uns eines Tages mögen könnten.

»Vielleicht machen wir ja in der Siebten eine Komplettverwandlung durch und sind auf einmal total cool, und alle fragen sich: ›Wo kommen denn diese beiden heißen Mädels her?‹«

Dann meinte sie, dass Dan Ross mich wahrscheinlich mögen und deswegen ständig ärgern würde. Dass Jungs eben so seien. Aber in dem Moment lief ihre Mutter rein und hörte, was sie sagte. Sie wurde richtig wütend und hielt uns eine ewig lange Predigt. Sie erklärte, wenn jemand einen ärgere, heiße das nicht mehr und nicht weniger, als *dass diese Person gern andere ärgere*! Wenn ein Mensch einen anderen wirklich mögen würde, dann sei er nett zu ihm und behandele ihn respektvoll. Punkt, aus.

Das klang natürlich logisch, aber warum muss man eigentlich überhaupt irgendwen *mögen*? Warum können wir nicht einfach alle weiter unsere besten Freunde haben, ohne ständig darüber zu reden, wer wen mag oder in was man sich mal verwandeln wird oder wer cool und wer heiß ist? Warum muss ich mir überhaupt Gedanken darüber machen, ob ich cool oder heiß bin? Warum muss man eine *Temperatur* haben?

»Du wirst rot«, stellt Will fest.

»Werde ich gar nicht, und außerdem ist das Quatsch, was du da redest.« Ich suche meine Sachen zusammen und stehe auf. »Ich muss los.«

»Du haust ab? Das hast du ganz schön lange nicht mehr gemacht. Da werden deine Eltern bestimmt böse.«

Ich werfe einen Blick aus dem Fenster, durch das Will mich in schätzungsweise sechzig Sekunden unauffällig verschwinden sehen wird.

»Als ob die das interessiert«, brumme ich und drücke meinen Rucksack an mich. »Die vertrauen voll und ganz darauf, dass ich in der Lage bin, meine eigenen Entscheidungen zu treffen. Sie behandeln mich wie eine Erwachsene. Die meiste Zeit über sind sie ja nicht mal zu Hause.«

Wer außer mir kann schon so was von sich behaupten? Wer außer mir kann einfach aus der Schule abhauen, ohne Ärger zu kriegen?

Ich müsste der glücklichste Mensch im ganzen Gebäude sein.

Bevor Will noch etwas sagen kann, drehe ich mich um und gehe.

KAPITEL 25

Pfeif auf unauffällig.

Ich sprinte über das Fußballfeld und renne weiter über den Pfad bis zur Mauer, in der Hoffnung, dort eine Nachricht von jemandem zu finden, der mich nicht verwirrt. In der Sechsten war das Leben noch so einfach. Warum muss sich bloß immer so viel verändern? Warum kann nicht alles bleiben, wie es ist?

Ich stochere im Portal und breche dabei zwei Stöckchen ab.

Erst mit dem dritten bekomme ich einen kleinen zusammengerollten Zettel heraus.

Wenn ich beschließe
zu sein, wie ich sein will,
bin ich dann ich
… oder nicht?

Das ist mein Lieblingsgedicht von allen, die du bisher geschrieben hast, und meine Antwort ist Ja. Du kannst sein, wie immer du sein willst, wenn du dich dazu entschließt und dich so verhältst.

Daran glaube ich ganz fest. Und ich hoffe, du auch.

Noch nie hat jemand eins meiner Gedichte zitiert.

Das heißt, bis auf Briggs, aber daran will ich jetzt nicht denken.

Ich weiß nicht, wer diese Person ist – dieser Freund –, ich weiß nur, dass ich die letzten Wochen ohne ihn nie im Leben durchgestanden hätte. Diese winzige zusammengerollte Nachricht reicht aus, um all die Unruhe nach der Unterhaltung mit Will zu vertreiben.

Ich lächele über die leicht unregelmäßigen Buchstaben mit den verwischten Kanten.

Und in dem Moment fällt mir etwas auf.

Die Nachricht ist getippt.

Getippt. Nicht am Computer geschrieben und ausgedruckt.

Sondern auf einer alten Schreibmaschine. Einer mit Tinte und Farbband. Einer, in die man erst mal ein Blatt Papier spannen muss. Das weiß ich, weil S' Dad eine hatte, als wir noch klein waren, und ihre Mom ihn immer angeschrien hat, das Ding endlich wegzuschmeißen. Natürlich war das schon in der Zweiten, vor seinem Auszug. Aber ich erinnere mich noch genau. An jede Einzelheit. Zu der Maschine gehörte ein passender Koffer mit Ledergriff. Die Tasten waren schwarz und die Buchstaben darauf kaum noch zu erkennen.

Es gibt einen ganz bestimmten Grund dafür, dass ich mich so gut an ihr Aussehen erinnere, obwohl ich damals erst sieben war, und dieser Grund ist, dass ich erst vor Kurzem genauso eine Schreibmaschine entdeckt habe.

Ich sehe sie sogar jeden Tag.

Die antike Schreibmaschine, die Briggs auf dem Flohmarkt aufgetrieben hat. Und die auf der kleinen Holzkonsole neben dem Stahlschreibtisch in der »Broadside«-Redaktion steht.

KAPITEL 26

Wenn wirklich Briggs derjenige ist, dem ich mein Herz ausgeschüttet und Gedichte geschrieben habe, muss ich wohl leider die Schule und die »Broadside«-Redaktion verlassen und in eine andere Stadt ziehen.

Wieder nehme ich das Stöckchen und stochere im Portal. Nach einer Weile erwische ich die Streichhölzer und stecke sie ins Seitenfach meines Rucksacks. Das Fach, das ich nie benutze. Dann stopfe ich meine zurechtgeschnittenen Zettel hinterher und ziehe den Reißverschluss zu. Fest. Das Blatt mit der Antwort schiebe ich in meine Hosentasche, um es, sobald ich zu Hause bin, durch den Aktenvernichter meiner Eltern zu jagen. Als Letztes schnappe ich mir das Fläschchen mit der Geheimtinte und pfeffere es achtlos hinter mich. Mir doch egal, wo es landet.

Dann kehre ich dem Portal den Rücken zu.

Ich werde nie wieder einen Blick hineinwerfen.

Und plötzlich fehlt mir S mehr denn je. Sie ist diejenige von uns, die sich mit Jungs auskennt. Bestimmt könnte sie mir einen Rat geben. Sie wüsste, was zu tun ist. Oder zumindest könnte ihre Mom mir mit irgendeiner Fernsehweisheit oder einem ungebetenen Vortrag auf die Sprünge helfen.

Wenn man sich verletzt hat, darf man nicht an der Kruste kratzen, sonst wird es nur schlimmer. Aber manchmal kann man einfach nicht anders, als ein bisschen daran zu knibbeln, und wenn man dann merkt, dass sie in der Mitte noch weich ist und es wehtut, ist es meistens zu spät und einem bleibt nichts anderes übrig, als die Sache mit einem beherzten Reißen hinter sich zu bringen.

Ich reiße.

Ich wünschte, S wäre hier.

Ich vermisse das Gefühl, eine *Person* zu haben.

Wir wussten immer, dass wir beste Freundinnen waren, aber nicht, dass jede von uns die *Person* der anderen war, bis S' Mom uns davon erzählte. Damals war sie gerade süchtig nach einer Krankenhausserie, und immer, wenn S und ich bei ihr zu Hause spielten, nahm sie uns beide in die Arme und sagte: »Es ist so schön, dass ihr ineinander eure *Person* gefunden habt!«

Dann erklärte sie uns, dass wir genau wie die zwei besten Freundinnen in ihrer Serie seien, die immer füreinander da waren. Und jedes Mal, wenn sie ein Problem hatten, tanzten sie es gemeinsam weg. Besonders den einen Song, zu dem die zwei tanzten, fanden wir toll. Ich tat immer so, als wäre ich die eine der beiden, obwohl sie Koreanerin war, nicht Taiwanesin, und S tat so, als wäre sie die andere, obwohl sie nicht mal die passende Haar- oder Augenfarbe hatte. Wir fanden erst später raus, dass die Szene mit dem Song der letzte Auftritt meiner Figur in der Serie war. Es war ein Abschiedstanz.

Ich hatte so lange eine *Person*, dass mir gar nicht klar war, was es bedeuten würde, keine mehr zu haben. Und vielleicht läuft es nun mal so im Leben, und ich sollte einfach weitermachen und mir jemand Neues suchen, aber ich glaube nicht, dass das funktioniert. Man kann seine *Person* nicht beliebig austauschen, genauso wenig wie die Leute, mit denen man einen Buchklub hat … oder mit denen man Pfade erforscht … und auf rätselhafte Mauern stößt. Denn selbst wenn man versucht, einen dieser Bausteine durch einen neuen zu ersetzen, kann es nie, nie, nie genauso werden wie früher.

Nie.

Ich sehe den Pfad hinauf, der zurück zur Schule führt.

Dann darf ich eben nicht nach etwas suchen, womit es genauso wird wie früher. Vielleicht brauche ich einfach etwas anderes. Und vielleicht habe ich es ja sogar schon gefunden. Es ist nicht viel, aber besser als nichts:

Ich habe jemanden gefunden, der genauso gern Labyrinthe mag wie ich.

Und das können bestimmt nicht viele Menschen von sich behaupten.

KAPITEL 27

»Ich hab dir Eierschiffchen mitgebracht«, sage ich zu Will.

Heute Morgen habe ich meine Lieblingsbrotdose eingepackt, die ich mir zusammen mit meinen Cousinen in Taiwan ausgesucht habe. Das Ganze ist ein Set aus zusammensteckbaren Metallbehältern, mit einem kleinen Tragegriff auf dem obersten. Man kann bis zu vier Boxen zusammenklipsen. Normalerweise nehme ich nur eine davon mit. Aber heute habe ich eine zweite Dose dabei, mit ein paar zusätzlichen Eierschiffchen und Sesamreis für Will. Meine Tante hat mir gezeigt, wie man den Reis total hübsch anrichten kann. Dafür muss man ihn in ein Schälchen füllen und auf einen Teller stürzen, sodass man einen kleinen Hügel hat, den man am Schluss mit einer Mischung aus gehackten Algen und Sesam bestreut. Wer könnte dazu Nein sagen? Ich habe sogar zwei Paar in Servietten gewickelte Essstäbchen mitgebracht. Manche Leute finden es schwierig, damit Reis zu essen, aber ich kenne einen Trick: Dazu braucht man bloß ein Stück gefaltetes Papier und ein Gummiband, dann ist es supereinfach. Das könnte ich Will zeigen, wenn er will.

Er guckt nicht mal hoch. »Ich mag keine Eier.«

»Ach, komm schon, Will. Probier wenigstens mal. Bitte. Die

sind echt lecker. Hast du nicht langsam genug von Käsesandwichs und Zitronenwasser? Willst du nicht mal was Neues testen?«

Er denkt nach. »Ich mag heiße Schokolade. Pur – ohne Marshmallows. Aber nur die Sorte mit der Comic-Kuh auf der Packung.«

»Okay. Das ist doch schon mal was. Aber wie wär's, wenn du deine Liste auch noch um ein paar köstliche Eierschiffchen erweiterst?« Ich schwenke einladend die Brotdose.

»Ich mag keine Eier.«

»Nur weil du noch nie unsere in Sojasauce marinierten Eierschiffchen probiert hast. Die hat meine Mom mir immer gemacht, als ich noch klein war.«

»Sind die da auch von deiner Mom? Nur weil du sagst, sie *hat* sie gemacht. Vergangenheit. Das klingt, als würde sie die heute nicht mehr machen.«

»Die – nein, die hab ich gemacht. Ich mache mir mein Mittagessen immer selbst. Meine Mom hat gerade ziemlich viel zu tun, weil ihre Ausstellung bald ansteht – und ich komme auch gut allein klar. Meine Eltern behandeln mich nicht wie ein kleines Kind.«

»Hast du schon mal gesagt. Das mit deinen Eltern.«

»Mann, Will. Musst du dich immer so genau an alles erinnern?«

»Ich erinnere mich an alles, weil ich zuhöre. Darum reicht es auch, wenn du mir Sachen einmal erzählst. Wenn du selbst richtig zuhören würdest, müsste man dir auch nicht immer alles öfter sagen. Solltest du mal versuchen.«

»Okay. Dann hör du mir jetzt mal zu: Ich bin überzeugt, dass es dich nicht umbringen würde, wenn du hin und wieder ein bisschen was Neues ausprobierst. Wie zum Beispiel beim Mittagessen. Oder ziehst du eigentlich jemals was anderes an als gestreifte

Hemden mit kurzen Ärmeln? Wie viele hast du von den Dingern, zwanzig?«

»Die haben keine Etiketten im Kragen, darum hat meine Mom gleich einen ganzen Schwung davon gekauft. Ich mag keine Etiketten. Und keine langen Ärmel.«

»Aber es ist November. Hast du keine Jacke?«

»Ich brauche noch keine. Ich bin ja jeden Tag nur zehn Minuten draußen, auf dem Weg zur Schule und zurück.«

Als er seinen Schulweg erwähnt, überlege ich kurz. Ich will ihn nämlich etwas fragen. Heute Nachmittag haben wir zwei Kurse zusammen. In beiden sitze ich in der ersten Reihe und er ganz hinten in der Ecke. Vor oder nach den Stunden reden wir nie miteinander. Darum beschränkt sich unsere gemeinsame Zeit auf die Mittagspausen hier in unserem geheimen Zen-Zentrum und wir sehen uns streng genommen bloß einmal am Tag.

»Weißt du, was? Ich dachte mir … wenn du willst, könnten wir uns ja mal auf dem Pfad treffen und zusammen zur Schule gehen. Oder zurück.«

»Nein.«

Zack. Nein. »Aber … wieso nicht?«

»Dein Spind ist ganz am anderen Ende des Gebäudes. Meiner ist hier.«

»Dann könnten wir uns doch am Ausgang in der Mitte treffen. Okay, pass auf. Ab jetzt komme ich einfach jeden Tag nach dem letzten Klingeln dorthin, für den Fall, dass du mit mir zusammen nach Hause gehen willst.«

»Nein. Ich will nicht warten. Ich will gehen, wann ich will.«

Ich blinzele verwirrt. »Schon klar, wir wollen alle irgendwas, aber wenn du einfach kurz wartest –«

»Ich will nicht warten.«

»Kannst du dich denn nicht ein kleines bisschen ändern? Für eine Freun… für … jemand anderen?«

»Würdest du dich für jemand anderen ändern?«

Ich klappe meine Brotdose zu. »Okay. Du magst keine Eier. Du willst nicht warten. Und du willst dich nicht ändern. Aber du könntest wenigstens *Danke* sagen. Ich meine, so was ist doch wichtig. Woher sollen andere sonst wissen, dass du anerkennst, was sie für dich tun?«

»Danke«, sagt Will. »Aber wieso bringst du mir überhaupt Mittagessen mit, wenn du weißt, dass ich mein eigenes dabeihabe?«

Ich stupse mit meinem Stäbchen gegen ein Eierschiffchen. »Keine Ahnung. Ich hatte was übrig. Und das … das wollte ich nicht verschwenden. Mehr nicht. So, und jetzt können wir wieder über alles reden, worüber *du* reden möchtest«, füge ich ganz leise hinzu.

Will wirft einen Blick auf das Blatt vor ihm und überlegt kurz. »Das finde ich gut.«

Ich runzele die Stirn. »Was? Nur über das zu reden, worüber du reden willst?«

»Das mit dem Nichts-verschwenden-Wollen. Keine Sachen zu verschwenden, ist immer gut.« Er fährt mit dem Finger an seiner Liste hinunter. »Und du verschwendest keine Wörter.« Dann macht er sich eine Notiz ganz unten auf der Seite.

Was soll das denn nun wieder heißen?

Als er nach einer seiner Wasserflaschen greift, rutscht sein Ordner vom Tisch und landet neben mir.

»Ich mach schon«, sage ich und bücke mich danach. »Weil ich nämlich nett und großzügig bin und gern was für andere tue.« Ich streiche sogar die Seiten glatt und will ihm den Ordner gerade zurückgeben, als mein Blick auf meinen Namen fällt.

Beatrix Lee
Keine Informationen über Leland
Braucht Sachen mehrmals erklärt
Wiederholt sich oft
Mag Haikus (5, 7, 5), weil sie nicht gern Wörter verschwendet
Keine Musik
Jeden Tag Mittagessen
Immer pünktlich

Und ganz unten, mit Bleistift:

Braucht Anerkennung - Danke sagen

Fast hätte ich den Ordner wieder fallen lassen, dann aber reiße ich mich schnell zusammen und gebe ihn Will zurück.

»*Danke*, dass du meinen Ordner aufgehoben hast, und *Danke*, dass du mir Mittagessen mitgebracht hast«, sagt er.

Ich antworte nicht. Denn meine Gedanken rasen gerade in einem Affenzahn vor sich hin, als mir ein Verdacht kommt, was diese Liste zu bedeuten hat.

Diese Liste mit der Überschrift Beatrix Lee.

Will macht sich Listen mit Sachen, die ihm wichtig sind. Sachen, die er einüben muss. Wie zum Beispiel seinen Leland-Einbruch. Auf manchen Gebieten ist er extrem schlau, auf anderen dagegen nicht. Er ist planschlau. Und beobachtungsschlau. Aber seinem Verhalten nach zu schließen, ist er nicht unbedingt leuteschlau. Und ich glaube, diese Liste dient ihm dazu … freundeschlau zu werden.

Mir zuliebe.

Eine Weile sitzen wir schweigend da.

»*Danke* noch mal«, wiederholt er dann. »Aber ich will wirklich keine Eier.«

»Ist okay«, erwidere ich.

Ich will anfangen zu essen, aber ich kann nicht, weil mein Mund irgendetwas Seltsames veranstaltet, und es dauert einen Moment, bis mir klar wird, dass ich von einem Ohr bis zum anderen grinse.

KAPITEL 28

Ich möchte etwas für Will tun.

Ich weiß jetzt, dass er keine Eierschiffchen mag. Außerdem werden wir nie eine gemeinsame Hymne haben oder zusammen Probleme wegtanzen oder so. Aber ich möchte trotzdem etwas für ihn tun. Und ich habe auch schon eine Idee.

Ich werde dafür sorgen, dass er ins Leland-Labyrinth kommt.

Eine seiner ersten Fragen war, ob ich Informationen über das Leland-Anwesen hätte für die Liste, die ihm bei seinem Einbruchsplan helfen soll. Aber jetzt glaube ich, dass ich noch etwas viel Besseres als Informationen habe.

Ich habe meine Mom. Und ihre Bilder.

Wenn Mr Leland so begeistert von Moms Gemälden ist, dass er gleich zwei davon für sein Bürogebäude in der Stadt gekauft hat, könnte es doch sein, dass er mir die Erlaubnis gibt, sein Anwesen zu betreten.

Vielleicht kann ich ihn ja mal im Büro besuchen, mich vorstellen und ihn fragen, ob Will und ich vielleicht in sein Labyrinth dürfen, während er ein bisschen mit meiner Mom plaudert oder so. Die Leute wollen schließlich immer Zeit mit Künstlern verbringen, um zu sehen, wie sie im wirklichen Leben sind.

Andererseits ist das letzte Mal, dass ich ohne Erwachsenenbegleitung in der Stadt war, nicht besonders gut ausgegangen.

Damals sollte dort ein neuer Süßigkeitenladen aufmachen. Das Ganze war eine richtig große Sache, sogar in den Nachrichten wurde darüber berichtet. S und ich waren vollkommen besessen davon, aber von unseren Eltern wollte niemand mit uns hingehen. Mom und Dad mussten arbeiten, und S' Mom hatte an dem Tag einen Termin bei einer neuen Stylistin im Salon de Jean René, auf den sie seit Ewigkeiten gewartet hatte.

Also beschloss S, dass wir auf eigene Faust hinfahren würden. Sie wusste, dass ich stadtschlau war und mich mit den Zügen und U-Bahnen auskannte, weil ich schon oft mit meinen Eltern dort gewesen war. Sie bettelte und bettelte, bis ich irgendwann nachgab. Wer hätte das nicht getan? Immerhin hieß es, man bekäme zur Eröffnung gratis Zucker-Tattoos zum Ablecken. Das konnten wir uns ja wohl nicht entgehen lassen! Also erzählten wir unseren Eltern an dem Samstag, wir würden eine Fahrradtour zum Neck machen. Da hat man nämlich nie Handyempfang, sodass sie gar nicht erst versuchen würden, uns zwischendurch anzurufen.

Meine Erinnerungen an diesen Tag sind wie zusammengeschnittene Filmszenen – ein einziges Gewirr aus Tanz, Geschrei und Süßigkeiten, untermalt von dem Song, der auf voller Lautstärke lief, als sich die Türen zum allerersten Mal öffneten.

Berge aus Fruchtgummi in allen Farben des Regenbogens!

Bonbons, schimmernd wie Edelsteine!

Saure Apfelringe, himmlisch weich unter ihrer Zuckerkruste!

Karamell! Nugat! Schokolade!

Wir trugen zueinanderpassende, in der Taille geknotete T-Shirts und schwingende Röcke und hatten extra den ganzen Tag nichts gegessen, um im Bauch mehr Platz für die Süßigkeiten zu haben. Der Laden erstreckte sich über drei Etagen, und die Treppenstufen dazwischen waren transparent, sodass sie aussahen wie Eisblöcke mit darin eingefrorenen Bonbons. Wir konnten einfach nicht aufhören, uns mit den Gratisproben vollzustopfen, und gaben noch dazu unser gesamtes Taschengeld aus.

Als wir später unseren Zug verpassten, weil wir beide zu sehr damit beschäftigt waren, uns auf der Bahnhofstoilette zu übergeben, blieb uns nichts anderes übrig, als schluchzend unsere Eltern anzurufen. Das war eins der wenigen Male, dass ich wirklich Ärger bekam. Mein Dad wollte wissen, wie ich bloß auf die Idee gekommen sei, mich wegzuschleichen, was ja so gar nicht zu mir passe – selbst wenn es einer Freundin zuliebe gewesen sei. Ich wusste nicht, wie ich ihm erklären sollte, dass S sich Sorgen machte, weil L und L nicht mehr so viel mit uns unternahmen wie früher, und ich ihr darum beweisen wollte, dass ich alles für sie tun würde.

Aber diesmal ist die Situation völlig anders. Niemand überredet mich zu etwas. Das hier ist ganz allein meine Idee.

Ich spähe ins Atelier. »Mom, ich brauche heute mal einen Seelenheiltag. Kannst du mir eine Entschuldigung schreiben?«

Mom sieht nicht mal hoch, sondern wedelt nur kurz mit einer blauverschmierten Hand. »Mhmm.«

Und schon habe ich meine Erlaubnis. Na ja, eine Erlaubnis von der Sorte, wie Will sie von Mr Lelands Nichte hat, das Labyrinth zu betreten. Mom hat mir erlaubt, einen Seelenheiltag zu nehmen, also schleiche ich mich streng genommen gar nicht weg – ich sage ihr nur nicht genau, wofür ich diesen Tag nutzen will.

Auf einem Tischchen neben unserer Haustür steht eine Schale

mit Zehnerkarten für Zug und U-Bahn, weil Mom ständig neue kauft, ohne zu wissen, wie viele wir zu Hause noch haben. Ich schnappe mir von jeder Sorte eine und stecke sie in das niedliche Täschchen, das ich mir aus Moms Kleiderschrank geborgt habe. Bis zum Bahnhof ist es nur ein kurzer Fußweg und ich habe jede Menge Zeit.

Ich bin so zufrieden mit mir und meinem Plan, etwas für Will zu tun, dass mir erst im Zug etwas auffällt:

Und wenn sie dort irgendein Sicherheitssystem haben?

Brauche ich vielleicht eine Art Ausweis, der mich dazu berechtigt, überhaupt das Gebäude zu betreten?

Was ist, wenn die Wachmänner dort uniformierte Killerhunde haben?

Ich mag vielleicht einigermaßen stadtschlau sein, aber anscheinend nicht besonders planschlau. Ich wollte Will überraschen, aber vermutlich hätte ich ihn besser vorher bitten sollen, mit mir eine Liste von Informationen zu erstellen, die ich brauchen würde, um in eins der berühmtesten Gebäude der Stadt zu gelangen und einen Milliardär zu fragen, ob er nicht bitte seine Wachhunde wegsperren und mich und einen Freund in sein Labyrinth lassen könnte.

KAPITEL 29

Ich kenne das Leland-&-Leland-Gebäude schon mein ganzes Leben lang. Wir kommen jedes Mal daran vorbei, wenn wir zu der Galerie gehen, in der Moms Bilder ausgestellt werden. Und natürlich waren wir auch mal drinnen, um uns die Gemälde anzusehen, die Mr Leland gekauft hat, kurz nachdem sie in der Lobby aufgehängt wurden.

Ich war genau zweimal in dieser Lobby. Immer mit meinen Eltern. Das erste Mal musste meine Mom die Lieferung ihrer Bilder beaufsichtigen und hat mich damals die Schule schwänzen lassen, damit ich mitkommen konnte. Und das zweite Mal waren wir zur offiziellen Enthüllung der Kunstwerke dort, was wie eine kleine Party direkt in der Lobby war, mit Cocktails und edlen Häppchen und allem, was dazugehört.

Von außen ist das Gebäude komplett aus schwarzem Marmor, und die Fenster sind getönt, sodass es aussieht, als hätte es gar keine. Mein Dad nennt es immer den Monolithen, und jedes Mal, wenn wir daran vorbeikommen, bleibt er davor stehen und singt: »… dammm … daaaMMMM … daAAMMMMM – DA-DAAMMMMMM!«

Dann fängt er an, rumzuspringen wie ein wild gewordener Affe, bis Mom und ich nicht mehr können vor Lachen. Mom hat mal gesagt, das sei aus so einem seltsamen Film, aber Dads Vorführung sei viel unterhaltsamer.

Als ich jetzt das Gebäude erreiche, bleibe ich eine Minute draußen stehen und summe Dads Monolithen-Song vor mich hin. Das Affengekreische lasse ich weg, obwohl ich mir fast sicher bin, dass das hier in der Stadt sowieso niemandem auffallen würde. Gerade ist ein Cowboy ohne Hose an mir vorbeigelaufen und keiner hat sich auch nur nach ihm umgedreht.

Drinnen sieht es aus, als wäre ich am Set eines Science-Fiction-Films mit dem Titel »Die Zukunft« gelandet. Die Wände und Böden schimmern alle in blendendem Weiß. Es gibt keine dunklen Ecken oder gemütlichen Nischen, in die man sich zurückziehen könnte. Alles ist aus kaltem Stein, durchbrochen von Glastüren.

Die einzigen Farbtupfer sind Moms Gemälde. Und ich.

Plötzlich mache ich mir Sorgen, dass ich unpassend angezogen sein könnte. Alle hier sind in Schwarz oder Grau oder Dunkelblau gekleidet, ich dagegen trage ein pink-orangenes Siebzigerjahre-Hemd meines Dads, das ich in einen langen, mit Farbflecken übersäten Rock meiner Mom gesteckt habe. Meine Haare habe ich oben auf dem Kopf zu einem Dutt hochgebunden und einen Pinsel durchgesteckt, genau wie Mom das immer macht. Allerdings habe ich drei Versuche gebraucht, bis es wirklich gehalten hat, und jetzt ziept es ganz schön.

Leute kommen und gehen durch die automatischen Schiebetüren. Ich trete einen Schritt zur Seite und sehe mich um. Statt einer Empfangstheke gibt es bloß einen riesigen Block aus weißem Marmor von der Größe eines kleinen Schiffs. Von hier aus kommt man nur weiter, wenn man eine Karte vor dem Scanner an einer der Glastüren rechts oder links schwenkt. An jedem Ende des Marmorblocks steht ein Mann in Uniform. Na, wenigstens sind keine Killerhunde in Sicht.

Ich mustere die beiden Wachmänner. S und ich haben mal einen Film gesehen, in dem sich ein Typ für einen Kelch entscheiden muss. Wenn er aus dem falschen trinkt, zerfällt er zu Staub. Der richtige dagegen macht ihn unsterblich. Entscheidungen können das Leben verändern.

Die beiden Männer machen finstere Gesichter, aber der eine wirkt vielleicht ein kleines bisschen weniger brummig. Für den entscheide ich mich. Mein Herz hämmert, als ich zu ihm gehe.

»Schönen guten Tag. Ich bin Beatrix Lee, die Tochter von Eve Lee, der Künstlerin. Ich würde gern zu Mr Leland …«

Seine Miene verfinstert sich noch mehr, bis sie schlimmer aussieht als die des anderen Mannes. Mein Herz zieht sich zusammen. Falsche Wahl.

»… bitte«, füge ich piepsend hinzu.

»Künstlerin?« Seine Stimme ist die tiefste, die ich je gehört habe. Er deutet auf eins von Moms gigantischen Gemälden. »*Die* Künstlerin da?«

Ich nicke, froh, dass Mom damals noch nicht in ihrer nackt-blauen Phase war.

Die finstere Miene verwandelt sich in ein Lächeln. »Ist nicht wahr! Ich hab sie mal getroffen. Das ist deine Mom? Die war ziemlich cool.«

Doch die richtige Wahl!

»Okay, Künstlertochter, hast du denn einen Termin?«

Ich hole tief Luft. »Ich hatte keine Zeit, vorher anzurufen, wissen Sie? Ich muss auch nur ganz kurz mit ihm sprechen, in einer … persönlichen Angelegenheit.« Wieder strahle ich ihn an. Genau wie meine Mom es immer tut. Als wäre ich hundertprozentig davon überzeugt, dass jeder Mensch hier ganz wild darauf ist, mein Leben noch herrlicher zu machen.

Vielleicht komme ich tatsächlich nach meiner Mutter, denn es funktioniert. »Okay, Beatrix Künstlertochter Lee. Schön, dich kennenzulernen. Ich bin übrigens Brandon.« Er zeigt auf ein Namensschild, auf dem C.BRANDON steht. Wir schütteln einander die Hände. Seine ist so groß wie eine Bratpfanne.

Ich ziehe einen kleinen Stapel Fotos aus der Tasche, die Dad am Tag der Enthüllung von Mom und mir gemacht hat. Darauf stehen wir direkt vor ihren zwei Gemälden mit den Titeln »Dies Nr. 1« und »Das Nr. 2«.

Auf dem letzten Foto sind Mom und ich mit Mr Leland zu sehen. Sein Mund ist geöffnet, und man könnte fast meinen, dass er lächelt, aber ich erinnere mich noch daran, dass er in Wirklichkeit »Haben Sie das Bild immer noch nicht?« geblafft hat, genau in dem Moment, als der Auslöser klickte.

»Das guck sich einer an«, erwidert Brandon.

»Ich freue mich so, äh, *Mr L* wiederzusehen. Er hat gesagt, ich kann jederzeit vorbeikommen, um ihn zu besuchen.«

Brandons Blick wird ernst und er senkt die Stimme. »Hör mal, ich darf dich eigentlich nicht ohne Termin da rauflassen, aber du gefällst mir. Du wirkst wie jemand, der ein bisschen frischen Wind hier reinbringen könnte. Oder lieg ich da falsch?«

Ich schüttele den Kopf. Und denke gleich darauf: Moment, ist das ein »Nein, da liegen Sie falsch«- oder ein »Nein, da liegen Sie richtig«-Kopfschütteln?

»Du hast übrigens Glück, dass du auf diese Seite gekommen bist, Beatrix Lee. Es gibt nämlich zwei Sorten von Leuten auf dieser Welt: die Brandons« – er zeigt auf sich selbst – »und die Grubers.« Er deutet mit dem Kinn auf den Wachmann vor der anderen Tür, der gerade einen Lieferanten zur Schnecke macht.

Brandon blickt sich rasch um, schnappt sich eine Chipkarte von der Reling des Marmorschiffs und schwenkt sie vor der Glasschiebetür. Als sie sich öffnet, zeigt er auf mehrere Aufzüge um die Ecke. »Bestell *Mr L* schöne Grüße von Brandon!« Er gluckst und hebt zum Abschied kurz die Hand.

»Mache ich, versprochen!«, antworte ich. Dann laufe ich los und springe in den erstbesten Aufzug, bevor Brandon es sich wieder anders überlegen kann.

Juhu! Ich hab's geschafft! Ich bin drin!

Pling!

Die Aufzugtür schließt sich und ich stehe vor einer Leiste von Tasten.

Dieses Gebäude hat vierundvierzig Stockwerke.

Und ich habe keine Ahnung, in welchem sich *Mr L* befindet.

KAPITEL 30

Eine Weile bewege ich mich nicht und überlege. Nach ein paar Minuten macht es nochmals *pling,* und die Tür geht wieder auf, weil ich keine Taste gedrückt habe. Draußen steht ein Mann in förmlichem Anzug. Er mustert mich kritisch und tritt zur Seite, um mich vorbeizulassen. Anscheinend denkt er, ich wäre gerade mit dem Aufzug angekommen. Ich habe keine Ahnung, was ich tun oder sagen soll, also starre ich an die Decke. Worauf er einen tiefen Seufzer ausstößt, sich neben mich stellt und die Taste für den vierzehnten Stock drückt. Dann guckt er mich wieder finster an. Eine Sekunde lang überlege ich, ob ich versuchen soll, Informationen über Mr Lelands Büro von ihm zu bekommen, entscheide mich aber dagegen. Dieser Mann ist eindeutig ein Gruber.

Ich drücke auf die Fünfundzwanzig. So muss er vor mir aussteigen, und ich kann mir auf meiner Etage eine Toilette suchen, wo ich mich verstecken und mir darüber Klarheit verschaffen kann, wie ich weiter vorgehen soll. Ich beobachte die Zahlen auf der Anzeige. Mein Herz hämmert und mir wird ein bisschen schwummrig.

Als wir den vierzehnten Stock erreichen, stürmt der Mann aus dem Aufzug, und ich höre ihn etwas über »… wird gearbeitet … kein Spielplatz!« brummeln.

Die Tür geht wieder zu und ich starre auf mein mattes Spiegelbild.

Was habe ich mir nur dabei gedacht? Also wirklich. Ich bin kein bisschen wie meine Mom, auch nicht mit diesem albernen Pinsel in den Haaren. Und dem farbfleckigen Rock, der an ihr so cool wirkt, mich aber eher wie ein verwahrlostes Kind aussehen lässt. Ich sollte einfach wieder gehen, sonst sorge ich nur wieder für irgendwelchen Wirbel. Ich fange an, wahllos auf die Tasten zu drücken. Ich muss hier weg. Und zwar sofort.

Pling!

Der Aufzug hält und ich stürze zur Tür – und wäre fast mit einer Frau in dunklem Hosenanzug und kreischend pinkfarbenen High Heels zusammengestoßen. Sie versucht, einem hochgewachsenen Mann mit drahtigem Silberhaar die Tür aufzuhalten.

Das ist er.

Mr Leland.

Mit offenem Mund starre ich zu ihm hoch. Ich hatte ganz vergessen, wie groß er ist. Sein Haar sieht aus, als hätte er es mit Lack besprüht, sodass die Frisur selbst einem Tornado standhalten würde.

Ich stehe in einem Aufzug mit Mr Leland. Dem großen, lackhaarigen Mr Leland.

»Oh entschuldige, wolltest du aussteigen?«, erkundigt sich die Frau.

Mr Lelands Blick wandert missbilligend über meinen fleckigen Rock. Dann über den Pinsel, der langsam, aber sicher aus meinem Haarknoten rutscht. Ich hätte nie herkommen sollen. Definitiv die falsche Wahl.

Ich dränge mich an den beiden vorbei und renne los.

KAPITEL 31

Pling!

»Bea?«

Pling! Pling! Pling!

Ich drehe mich um.

Die Frau mit den pinken Schuhen hält noch immer die Aufzugtür auf.

»Du bist doch Bea, oder?« *Pling!* »Ich erinnere mich an dich von damals, als die Gemälde deiner Mutter hier aufgehängt wurden –« *Pling!* Sie sieht mich an und lacht. »Warum kommst du nicht kurz wieder rein, damit der Aufzug sich beruhigen kann?«

Ich überlege. Das ist meine Chance. Wegrennen oder bleiben? Na los, entscheide dich!

Ich gehe zurück in den Aufzug und hinter mir schließt sich die Tür.

»Entschuldigung«, murmele ich.

»Wofür denn? Mensch, ist das schön, dich zu sehen. Was machst du denn hier?« Die Frau lächelt mich immer noch an.

»Ich …« Ich riskiere einen Blick hoch zu Mr Leland.

»Kennen wir uns? Was willst du hier?« Seine Stimme ist kalt und abweisend.

Ich mache den Mund auf, aber es kommt nichts heraus.

Die Frau sieht ihn kopfschüttelnd an und streckt mir die Hand hin. »Ich bin Jenny Leland. Wir haben uns damals auf der Party kennengelernt.«

Ich merke, dass mein Händeschütteln das ist, was mein Dad immer als »Toter Fisch« bezeichnet, also drücke ich fester – zu fest, und Jenny Leland zuckt zusammen.

»Huch!«

»Tut mir leid –«

Doch sie reibt sich nur lachend die Hand. »Ach was, ich mag es, wenn jemand einen festen Händedruck hat.«

Kann ich bitte kurz im Erdboden versinken?

»Erzähl doch mal, Beatrix, hast du gar keine Schule heute?«

»Oh. Äh nein. Keine Schule … heute ist … Elternsprechtag! Genau. Den ganzen Tag. Darum … haben wir frei.« Ich spähe zu Mr Leland hinüber. »Ich treffe mich gleich mit meiner Mom in ihrer Galerie, aber ich dachte, ich komme vorher hier vorbei und gucke mir ihre Bilder in der Lobby mal wieder an.«

Doch Mr Leland interessiert sich nicht die Bohne dafür, warum ich hier bin. Er hat nicht mal reagiert, als ich meine Mom erwähnt habe. Mit verschränkten Armen und vorgerecktem Kinn steht er da, den Blick fest auf die Etagennummern gerichtet.

Wieder macht es *pling* und wir haben sein Stockwerk erreicht. Ohne ein Wort verlässt er den Aufzug, Jenny dagegen dreht sich noch mal um und winkt mich mit raus. Dann nickt sie in Richtung des Empfangsbereichs.

»Bin sofort wieder da«, zischt sie mir zu.

Ich setze mich und versuche, es mir bequem zu machen, aber das stahlgraue Sofa gibt keinen Millimeter unter mir nach. Ich luge zu einem Stapel Zeitschriften auf einem Beistelltisch gleich neben einer seltsamen Topfpflanze hinüber, aber sie wirken so sorgfältig aufgefächert, dass ich mich nicht traue, mir eine zu nehmen.

Nach zehn Minuten kommt Jenny zurück und lächelt. »Tut mir furchtbar leid. Mein Onkel hat mal wieder ziemlich miese Laune, wie dir kaum entgangen sein dürfte, und ich musste ihm gerade auch noch berichten, dass sich eine unserer Investitionen als totale Fehlkalkulation entpuppt hat.«

»Ist es dadurch noch schlimmer geworden?«, frage ich. Wie soll ich jemals den Mut aufbringen, ihn um einen Gefallen zu bitten, wenn er jetzt schon schlecht drauf ist?

Jenny Leland lacht. »Eigentlich sogar besser. An solchen Problemen herumzutüfteln, hatte schon immer eine beruhigende Wirkung auf ihn.«

»Echt?«

»Bei nichts auf der Welt kann er sich besser entspannen.«

Ich lächele in mich hinein. Denn ich weiß, dass es noch etwas anderes gibt. Und das ist genau der Grund, aus dem ich hier bin.

»Mr Leland ist also Ihr Onkel?«

»Ja. Ich bin einer der kreativen Köpfe in seinem Unternehmen und darf nicht ohne Stolz verkünden, dass ich auch diejenige war, die die Bilder deiner Mom für unsere Lobby ausgesucht hat.«

Oh. Und ich dachte, Mr Leland hätte sie selbst ausgesucht.

»Sie?«

»Ja. Ich war schon immer ein Fan von den Werken deiner Mom. Sie sind einfach perfekt. Sie sind wunderschön und spiegeln zudem eine solche emotionale Verbundenheit. Und als mein Onkel mir damals freie Hand bei der Auswahl gelassen hat, wusste ich sofort, dass ich etwas von ihr kaufen würde. Wie sieht's aus, hättest du Lust, mit in mein Büro zu kommen und ein bisschen zu plaudern?«

Ich nicke.

Sie ist so nett und so hübsch mit ihren dunklen, kinnlangen Haaren, die bei jeder Bewegung hin und her schwingen, und ihren schwindelerregend hohen Absätzen. Und sie mag meine Mom. Sie führt mich um eine Ecke und den Flur hinunter. Ihr Büro hat eine halb durchsichtige Milchglastür, sodass man von außen sehen kann, ob sie da ist, ohne zu erkennen, was genau drinnen vor sich geht. Der Anblick erinnert mich an Wills Aquariumecke in der »Broadside«-Redaktion.

Wir setzen uns auf ihre weiche rosafarbene Couch. »Gut, Beatrix, was kann ich denn für dich tun?«

Ich hole tief Luft. »Ich habe da einen Freund –«

»Du hast da einen Freund.«

»Ja, der hat Ihnen mal geschrieben. Er … er interessiert sich für …« Ich sehe ihr in die Augen. »Er mag … Labyrinthe.«

Sie schnippt mit den Fingern. »Will. Natürlich, an den erinnere ich mich gut.« Aber dann seufzt sie. »Tut mir leid, Bea. Ich fürchte, ich weiß, worum es hier geht. Will hat mich damals in einer sehr optimistischen Stimmung erwischt. Ich hatte gerade ein grandioses Geschäft an Land gezogen und kam mir regelrecht unbesiegbar vor. Kennst du das Gefühl?«

Ich schüttele den Kopf. Unbesiegbar. Das kann ich mir nicht mal vorstellen.

»Ich habe ihm gesagt, dass ich ihn sicher irgendwie reinbringen würde – was ein Fehler war, weil mein Onkel komplett abgelehnt hat. Er ist ein sehr guter Geschäftsmann, aber nicht *ganz* so gut im Umgang mit Menschen, wie du ja eben selbst erlebt hast.«

Ich kann mir ein kleines Grinsen nicht verkneifen. Jenny Leland und ich haben etwas gemeinsam. Wir kennen beide jemanden, der superschlau ist, aber nicht unbedingt leuteschlau.

»Waren Sie mal drin?«, frage ich. Dieses Labyrinth muss das zenste aller Zen-Zentren sein, wenn es auch nur einen winzigen positiven Effekt auf Mr Lelands Laune hat.

»Mit meiner Mom, als ich noch klein war, aber ich hatte nie besonders viel für so was übrig. Und selbst damals war Onkel Henry schon sehr pingelig mit dem Labyrinth. Obwohl er neuerdings überlegt, es planieren zu lassen.«

»Planieren?« Wenn das Will wüsste. »Aber ich dachte, es wäre sein Meisterstück.«

»Es ist auch wirklich wunderschön, glaub mir. Aber ihm ist es trotzdem nicht gut genug. Er will die ganzen Hecken roden lassen und es stattdessen aus antikem Stein wiedererrichten, damit es authentischer ist.«

»Warten Sie. Aus Stein?« Ich schlage mit der flachen Hand auf den Tisch. »Das heißt also Mauern – Steinbauten! Will ist Experte für Steinbauten!« Okay, *Experte* ist vielleicht ein bisschen übertrieben, aber es war eins der ersten Dinge, die Will über sich verraten hat. Und Mr Leland, der noch immer nicht zufrieden mit seinem Meisterstück ist, erinnert mich so sehr an Will und seine Zeichnungen. »Die beiden müssen sich unbedingt kennenlernen! Ihr Onkel würde ihn ganz sicher mögen. Ich glaube nämlich, dass die zwei ziemlich viel gemeinsam haben, und ich wette, Will könnte ihm ein paar richtig gute Tipps geben. Er könnte ihm helfen!«

Jenny schüttelt den Kopf. »Ich bin mir sicher, dass Will ein sehr kluger Junge ist, Bea, aber glaub mir, ich kenne meinen Onkel, wenn es um solche Sachen geht. Mit so was braucht man ihm gar nicht erst zu kommen. Im Moment hat die Mauer um sein Anwesen Schäden, aber er weigert sich, sie von jemand anderem als dem Familienunternehmen des Steinmetzes, der sie in den Sechzigern gebaut hat, reparieren zu lassen. Er hat seiner Sekretärin das Leben zur Hölle gemacht, als er erfahren hat, dass die Firma nicht mehr in New York ansässig ist.«

»Die sind umgezogen?«, frage ich, obwohl es mich nicht wirklich interessiert. Mein ganzer Plan erscheint plötzlich aussichtslos, und ich muss Jenny am Reden halten, bis mir etwas einfällt, wie ich sie davon überzeugen kann, mir zu helfen.

»In die Stadt des Winds.« Als sie mein verständnisloses Gesicht sieht, fügt sie hinzu: »Chicago. Dort ist es doch immer so windig.«

Oh. Das klingt schön. *Stadt des Winds.* »Dann muss er wohl einen neuen Steinmetz finden – hey! Will könnte ihm doch *dabei* helfen. Er ist richtig gut im Informationensammeln –«

Wieder schüttelt Jenny den Kopf, diesmal nachdrücklicher. »Er will nur jemanden aus dem ursprünglichen Unternehmen für die Reparaturen. Er lässt die Arbeiter extra einfliegen.« Sie lehnt sich zu mir herüber. »In seinem *Privatjet.* Tut mir wirklich leid, Bea, aber solange Will nicht zufällig promovierter Archäologe ist oder von einer altehrwürdigen griechischen Steinmetzdynastie abstammt, wird mein Onkel sich nicht für ihn interessieren.«

Ich springe hoch. »Mir ist gerade was eingefallen. Ich muss los …«

Auch Jenny steht auf. »Ach schade, aber das verstehe ich natürlich. Ich habe selbst noch einiges zu tun. Es wäre schön, wenn du mal wieder vorbeikommst. Ich liebe die Kunst deiner Mom, vielleicht könnt ihr beide mich ja mal besuchen, dann führe ich euch ein bisschen im Haus herum. Soll ich dich zum Ausgang bringen?«

Ich schüttele den Kopf. »Nicht nötig, ich weiß den Weg noch. Danke, Jenny. Ich … ich werde meiner Mom auf jeden Fall erzählen, wie nett Sie zu mir waren. Und sie fragen, ob sie irgendwann mal mit herkommen will.«

»Tu das. Wir könnten uns zum Beispiel zum Mittagessen treffen. Ruf mich gern jederzeit an.«

Sie reicht mir eine Visitenkarte.

Ich nehme die Karte, nicke und versuche, ein freundliches Lächeln auf mein Gesicht zu zaubern, aber ich kann nur daran denken, dass ich hier wegmuss.

Und zwar schnell.

Schnell, aber nicht zu schnell.

Denn wenn man zu schnell ist, schöpfen die Leute Verdacht.

Dann wissen sie, dass was im Busch ist. Und hier ist eine ganze Menge im Busch.

Will hat mir beigebracht, dass ich beim Informationensammeln auf Kleinigkeiten achten muss, und Jenny Leland hat gerade gesagt, dass ihr Onkel die Arbeiter, die die Mauer um sein Anwesen reparieren sollen, extra einfliegen lässt. *Einfliegen lässt.* Nicht *hat einfliegen lassen.* Das heißt, es ist noch nicht passiert.

Außerdem hat Will mir beigebracht, dass alles und jeder einen wunden Punkt hat. Eine Schwachstelle.

Und wie es aussieht, gilt das auch für das Leland-Anwesen.

Wir müssen nur früher dort sein als diese windigen Steinmetze.

KAPITEL 32

»Ich hab's!«, rufe ich, als ich am Montag darauf in die »Broadside«-Redaktion stürze.

Ich blinzele. Das Licht ist aus. Will ist nicht da.

Er ist doch immer vor mir da.

Wo kann er bloß sein? Warum hockt er nicht in seinem Aquarium und guckt auf die Uhr, sobald ich reinkomme? Soll ich auf ihn warten?

Ich setze mich an den Tisch, an dem ich normalerweise längst mein Mittagessen auspacken und Will wegen seines täglichen Käsesandwichs aufziehen würde. Kurz bevor ich mich dazu entschließen kann, wieder zu gehen, öffnet sich die Tür und Will kommt herein. Gefolgt von Mrs Rod. Sie drückt auf die Hälfte der Lichtschalter, so wie sie es immer tut, und die Lampen ringsum erfüllen den Raum mit dem warmen Leuchten, das es nirgendwo sonst gibt.

Ich springe auf. »Oh. Mrs Rod. Hallo. Ich weiß, eigentlich darf ich gar nicht hier sein.« Ich hebe meine Brotdose. »Ich wollte Sie schon die ganze Zeit um Erlaubnis bitten.«

»Kein Problem.« Mrs Rod's Lächeln ist breiter als gewohnt. Aber irgendwie wirkt es nicht wie ein echtes Lächeln. Sondern ein bisschen angespannt. »Will hat mir erzählt, dass du jeden Tag hier mit ihm zu Mittag isst. Das ist schön.«

Will sieht mich nicht an. Stattdessen geht er schnurstracks zu seinem Schreibtisch. Er hat seinen Ordner dabei, dessen Ecke er ununterbrochen umknickt und wieder gerade biegt. Er packt nicht mal sein Mittagessen aus. Er setzt sich hin, steht auf, setzt sich wieder hin. Dabei guckt er alle paar Sekunden auf seine Uhr.

Mrs Rod mustert ihn, dann mich. Ich kann ihren *Blick* nicht deuten. »Wir hatten letzte Stunde eine kleine Planänderung.«

»Versetzt zu werden, ist keine kleine Planänderung«, sagt Will. Seine Stimme ist ein wenig lauter als normalerweise. »Sie kannte den Plan. Es war alles abgesprochen.«

»Mit wem denn?«, frage ich. »Wer kannte den Plan?«

»Meine Mom«, antwortet Will.

»Warum hätte denn deine Mom herkommen sollen?« Steckt Will etwa in Schwierigkeiten? Hat jemand die Liste über seinen beabsichtigten Einbruch ins Labyrinth gefunden? Oder ist Jenny Leland ihm auf die Schliche gekommen und hat die Schule angerufen?

»Ich will nicht drüber reden. Sie hat mich versetzt und damit hat sich's.«

»Sie hat ja eine Nachricht hinterlassen, Will.« Mrs Rod's Stimme ist leise. Und klingt irgendwie vertraulich. Vielleicht sollte ich lieber gehen. »Nur mit der Übermittlung ist was schiefgelaufen.«

Will drückt sich die Fäuste auf die Schläfen. »Ich will nicht drüber reden, Fia. Ich will nicht.« Er sieht nicht mal hoch. »Und du warst Freitag nicht da.«

Es dauert eine Sekunde, bis ich kapiere, dass er mich meint. »Nein, ich … ich hatte was Wichtiges zu erledigen.« Ist er sauer, weil ich nicht da war? Oder sauer auf Mrs Rod? Ich habe noch nie gehört, dass jemand so mit ihr geredet hat. Alle lieben Mrs Rod.

»Meine Mom versetzt mich auch manchmal«, erkläre ich.

Mrs Rod nickt mir zu. »Genau, so was kommt nämlich einfach mal vor, stimmt's?«

»Absolut«, pflichte ich ihr bei, froh, helfen zu können. »Im Moment hat sie sogar so viel mit ihrer Vernissage zu tun und Dad mit seinen Autorenreisen, dass ich die beiden manchmal tagelang nicht zu Gesicht bekomme. Nicht mal zum Frühstück oder Abendessen.«

Mrs Rod starrt mich an. »Im Ernst?«

Bevor ich antworten kann, geht die Tür auf, und Briggs kommt rein. »Da sind Sie ja, Mrs Rod. Der Chefredakteur der Highschool-Zeitung lässt fragen, ob Sie zufällig einen –« Er sieht mich und knipst sein Leuchtelächeln an. »Hi, Bea!« Dann bemerkt er Will und winkt. »Hi, Will.«

Mein Blick wandert kurz zu Will, der weiß, dass Briggs mich *mag*, dann zur Schreibmaschine und schließlich zurück zu Mrs Rod. Ich weiß nicht, was ich sagen soll.

In dem Moment wird die Tür wieder aufgerissen und zwei hochgewachsene Jungen kommen herein. Highschool-Schüler, vermutlich aus der Abschlussklasse. Sie sehen aus, als müssten sie sich schon rasieren und hätten Achselhaare und würden eins dieser Deos mit der Aufschrift 24-H-ULTRAPOWER kaufen.

»Hi, Rodriginator«, sagt einer von ihnen. »Warum ist das denn so dunkel hier?« Er greift unter das BITTE NICHT DIE BELEUCHTUNG VERÄNDERN-Schild.

Und plötzlich ist alles anders.

Eine nach der anderen erwachen flackernd und sirrend die Neonröhren unter der Decke zu gleißendem Leben. Blinzelnd sehe ich hoch und habe sofort dunkle Flecken vor den Augen. Alles Zen ist verpufft.

Der andere Junge geht zu Will.

»Darf ich mal kurz? Ich glaube, ich hab meinen USB-Stick hier vergessen.« Er versucht, eine Schublade an Wills Stahlschreibtisch aufzuziehen.

Will kneift die Augen zusammen. Schüttelt den Kopf.

Doch der Junge bemerkt das offenbar nicht und kramt einfach weiter. Wills Ordner rutscht vom Tisch und die Zettel darin segeln rings um ihn zu Boden.

»Travis«, sagt Mrs Rod. »Ich würde gern mal mit dir reden. Sofort.«

»Klar. Ich brauch nur noch 'ne –«

»Hör auf.« Will schüttelt wieder den Kopf. »Du bringst meine ganzen –«

»Bleib mal locker, Kleiner.«

»Hör auf –«

Wie aus dem Nichts steht plötzlich Briggs neben Will. »Ich hab doch gesagt, dass ich euch den Stick holen kann.« Es scheint ihn kein bisschen zu kümmern, dass die beiden Jungen viel älter sind als er. Und größer. »Rückt ihm nicht so auf die Pelle.«

Irgendwas stimmt nicht, aber ich weiß nicht, was. Es liegt nicht nur am Licht. Irgendwas ist … falsch.

Wieder sehe ich Will an.

Er schüttelt immer heftiger und heftiger den Kopf, presst sich die Hände auf die Ohren, und dann – von einer Sekunde auf die andere – sackt er zu Boden. Aber er hört nicht auf, den Kopf zu schütteln, und umklammert seine Ohren, als wolle er sie sich abreißen.

Was ist los mit ihm?

Ich blicke von Will zu Mrs Rod. Ich weiß nicht, was ich tun soll.

Mrs Rods Stimme ist ganz ruhig. »Geht bitte alle raus. Hier ist alles in Ordnung.«

Hier ist gar nichts in Ordnung.

»Ihr habt's gehört, Leute«, drängt Briggs.

Die Highschool-Jungen wechseln einen kurzen Blick und schlurfen dann endlich zur Tür.

Ich sammele die Blätter ein, die aus Wills Ordner gefallen sind. Er fände es schlimm, seine Zettel überall auf dem Boden verteilt zu sehen.

»Vielleicht sollten wir Will einen Moment Zeit geben«, schlägt Mrs Rod vor. »Na los, ich bringe euch raus. Er kommt schon zurecht.«

Sie beugt sich vor und sagt etwas zu Will, aber ich höre nicht, was. Es sieht nicht aus, als hätte sie vor, ihn allein zu lassen, und auch nicht, als käme er schon zurecht. Als Mrs Rod schließlich zur Tür geht, schaltet sie das Deckenlicht wieder aus.

Ich folge ihr, Wills Ordner fest an die Brust gedrückt. Den Ordner mit der Liste, auf der mein Name steht.

Mrs Rod öffnet die Tür. Ihre Stimme ist leise. »Briggs, würde es dir was ausmachen, allen draußen Bescheid zu geben, dass es Will gut geht und sie die Sache nicht unnötig breittreten sollen?«

Briggs nickt, dann sieht er kurz mich an und geht.

»Die sollten die Sache wirklich nicht breittreten«, bekräftige ich. »Will kann nichts dafür, dass … dass …« Ich weiß nicht, wie ich den Satz beenden soll.

Mrs Rod mustert mich einen Moment. Dann sagt sie mit derselben leisen Stimme. »Für Will ist es manchmal schwer, wenn sich zu viele Dinge auf einmal verändern. Wenn ihm Dinge, auf die er sich verlässt, plötzlich genommen werden, dann … dann wird es ihm einfach zu viel.«

Tage, an denen einem alles zu viel wird.

Ich weiß genau, wie sich das anfühlt. Ich drehe mich noch einmal zu Will um. *Jenga.*

»Normalerweise kommt er während des Schultags hierher, um Ruhe zu finden. Die Redaktion ist sein Zufluchtsort, hier hat er sich immer sicher gefühlt, aber, tja, jetzt –«

»Sagen Sie mir, was ich machen soll«, verlange ich. »Ich könnte seine *Person* sein. Ich könnte ihm dabei helfen, sich sicher zu fühlen.«

»Ach, Bea«, seufzt Mrs Rod. »Das ist wirklich –« Sie hält inne. »Tut mir leid, Bea, ich hätte dir gar nicht davon erzählen sollen. Wills Mom –« Wieder bricht sie ab. Holt tief Luft. »Danke, dass du helfen willst, Bea. Und besonders dafür, dass du Will so eine gute Freundin bist. Es kommt alles wieder in Ordnung. Versprochen. Du solltest jetzt zu Mittag essen.« Sie hält immer noch die Tür auf. Aber ich rühre mich nicht. Eine Weile lang mustert sie mich mit kraus gezogener Stirn, dann fragt sie leise: »Wie läuft es mit dem Buch?«

Ich gucke runter auf ihre Sneakers. Die heute grau sind, mit dunkelgrauen Streifen.

»Schlecht. Im Moment geht alles schief«, antworte ich. »Ich weiß gar nicht, ob ich weiterlesen will.«

Mrs Rod nickt. »Verstehe. Es ist schwer – wenn man keine Ahnung hat, was passieren wird.« Sie streckt die Hand aus. »Den gebe ich besser mal Will zurück.« Sie nimmt mir den Ordner aus den Händen und schiebt behutsam die herauslugenden Blätter hinein. »Ich habe ihm schon so oft gesagt, dass ein Spiralnotizbuch praktischer wäre –«

»Aber er mag die kleinen Papierfetzen nicht, die hängen bleiben, wenn man eine Seite rausreißt.«

Mrs Rods Blick ist sanft, als sie mich ansieht. »Ich hoffe, du gibst dem Buch noch eine Chance.« Dann dreht sie sich um und lässt die Tür hinter sich zufallen.

Briggs wartet im Flur auf mich. Gerade als ich bei ihm ankomme, taucht auch Jaime auf.

»Willst du mit uns zusammen mittagessen?«, fragt er mit einem Blick auf meine Brotdose.

Jaime lächelt. »Au ja!« Sie reißt sich die Kopfhörer herunter. »Und Bea, bitte sag mir, dass du ein Instrument spielst. Ich hab nämlich beschlossen, die Band zu gründen. Also ich habe meine Uku und Briggs spielt schon seit der Dritten Oboe.« Sie lacht. »Alles, was wir noch brauchen, sind ein paar mehr Leute, und – was ist? Was ist los?«

Briggs sieht mich an. Aber ich weiß nicht, was ich sagen soll, also drehe ich mich einfach um und gehe. Er kann Jaime das mit Will erklären.

Jaime ruft: »Bea! Warte doch mal!«, aber ich verschwinde um die Ecke.

Ich will nicht bei ihnen sein, aber ich weiß auch nicht, wo ich sonst sein will. Im Flur gucke ich erst in die eine Richtung, dann in die andere. Seit ich Will und die »Broadside«-Redaktion gefunden habe, dachte ich, die Zeiten, in denen ich nicht wusste, wo ich meine Mittagspausen verbringen soll, hätten endlich ein Ende. Mein Blick fällt auf den Hinterausgang. Und ich renne los.

Wills Mom wird nicht die Einzige bleiben, die heute jemanden versetzt.

Andererseits ist es schwer, jemanden zu versetzen, wenn niemand auf einen wartet.

KAPITEL 33

Als ich die Lichtung mit der Mauer erreiche, tue ich das, was ich hier immer als Erstes tue. Ich atme tief ein, bis sich die vertraute Ruhe in mir ausbreitet, mit der mich nur dieser Ort erfüllt. Und das liegt daran, dass diese Lichtung *mein* Zufluchtsort ist. Genau wie Wills die »Broadside«-Redaktion ist. Wie würde es sich anfühlen, wenn dieser Ort plötzlich nicht mehr sicher wäre?

Ich denke an das, was Mrs Rod gesagt hat. Darüber, wie schwer es für Will ist, wenn sich wichtige Dinge ändern.

Wie wenn seine Mom ihn versetzt.

Oder wenn die Highschool-Jungen das Deckenlicht einschalten und seine Sachen durcheinanderbringen.

Und … vielleicht sogar, wenn ich nicht auftauche – wie am Freitag.

Ich muss einen Weg finden, Will ins Leland-Labyrinth zu bringen. Ich will ihm den besten aller Zufluchtsorte bieten. Es ist unfair und einfach gemein, dass Mr Leland den für sich allein behalten will.

Ein Zweig knackt und ich wirbele herum.

Vor mir stehen Briggs und Jaime. Jaime hat ihre Kopfhörer abgenommen und mustert mich fragend.

»Du hast so verstört gewirkt«, erklärt sie. »Da wollten wir gucken, ob alles in Ordnung ist.«

Briggs blickt sich um. »Wir sind ziemlich weit außerhalb des Schulgeländes. Vielleicht sollten wir lieber zurückgehen, bevor wir alle Ärger kriegen.«

Ich schüttele den Kopf und verschränke die Arme. »Ich bleibe hier.«

»Dann bleibe ich auch«, sagt Briggs rasch. »Wir können uns ein bisschen unterhalten, wenn du magst, nur wir zwei.«

Jaime guckt von Briggs zu mir. Von mir zu Briggs. Eine ihrer Augenbrauen rutscht ein Stück hoch. Doch sie schüttelt bloß den Kopf und geht.

Ich warte, bis sie um die Ecke verschwunden ist. »Ist sie jetzt sauer?«

Briggs sieht ihr hinterher. »Hm. Ich muss wohl mal mit ihr reden. Wenn, dann ist sie sauer auf mich, nicht auf dich. Sie … sie möchte so gern, dass du mehr mit uns machst, aber sie ist sich nicht sicher, ob du sie leiden kannst. Dabei hab ich ihr schon erklärt, dass du einfach – still bist.«

»Oh.« Wer sollte denn Jaime nicht mögen? Oder Briggs? »Aber warum hast du dann nicht gesagt, dass sie hierbleiben soll?«

»Weil – na ja, wir sind nicht *zusammen*, weißt du? Sie ist meine beste Freundin. Ich kenne sie schon, seit wir klein waren. Und ich wollte halt nicht, dass du denkst –« Briggs wird rot.

»Das weiß ich«, entgegne ich schnell, bevor er weiterreden kann. »Mrs Rod hat mir erzählt, dass ihr gemeinsam aufgewachsen seid, und ich dachte auch nicht – eigentlich habe ich gar nicht nachgedacht. Also darüber.«

Es raschelt im Gebüsch, und kurz denke ich, Jaime könnte

zurückgekommen sein und unser oberpeinliches Gespräch belauschen. Ich drehe mich um, aber es ist niemand da. Es ist nie jemand da.

Briggs schiebt seinen Hut hoch. »Wir könnten … über Will reden. Wenn du möchtest.«

Über Will reden ist gut.

Ich nicke.

»Will war an der Westside eine Stufe unter uns«, fährt Briggs fort. »Als er dieses Jahr hierhergekommen ist, hat Mrs Rod mich gefragt, ob er bei der ›Broadside‹ mitmachen darf und ob ich nicht mit ihm … Freundschaft schließen könnte. Er hat nicht so wirklich eigene Freunde, aber wir kommen gut miteinander klar.«

Freundschaft schließen.

Der Ausdruck gefällt mir. Er hat etwas Immerwährendes, strahlt so eine Verbundenheit aus.

»Er hatte früher öfter diese … Zusammenbrüche. Mrs Rod kennt Will, seit er klein war. Sie hat ihn schon immer unterstützt. Einmal habe ich sie gefragt, was eigentlich nicht mit ihm stimmt, und da hat sie gesagt, gar nichts stimmt nicht mit ihm, er hätte nur eben seine eigene Art, zu denken und die Welt zu sehen. Sie meinte, jeder hätte das. Auch du und ich, weißt du? Ich kann mich gar nicht erinnern, wann es das letzte Mal passiert ist. Mrs Rod sagt, er hätte jetzt eine … Strategie gefunden, damit umzugehen.«

Ich kenne Wills Strategie.

Er erstellt Listen mit Informationen.

Er verschafft sich Klarheit.

Und dann, wenn er sich einen Plan zurechtgelegt hat, übt er ihn ein.

Ich glaube, indem er Labyrinthe zeichnet oder selbst hindurchläuft, übt er, ruhig zu sein, und dabei möchte ich ihm helfen. Ich denke an Briggs, der mit ihm Freundschaft geschlossen hat. Der die älteren Jungs aufgefordert hat zu gehen. Und dann treffe ich eine Entscheidung.

»Kann ich dir was erzählen?«, frage ich.

»Du kannst mir alles erzählen.«

Ich schlucke. »Also. Ich habe mir da was überlegt. Es hat mit dem Leland-Anwesen zu tun.«

»Dem oben am Neck? Mit den Killerhunden?«

»Über die will ich lieber nicht nachdenken«, erwidere ich. »Obwohl sie tatsächlich noch ein Problem werden könnten, weil Will sich nämlich in den Kopf gesetzt hat, dahin zu gehen und –«

»Der Irrgarten«, fällt Briggs mir ins Wort. »Er will den Irrgarten sehen, stimmt's?«

»Es ist ein Labyrinth, aber ja. Er will da unbedingt rein.«

Briggs nickt. »Er zeichnet ja auch ständig welche. Aber wie stellt er sich das denn vor, in das Labyrinth zu kommen? Der alte Leland lässt doch niemanden rein. Darum hat er ja diese riesige Mauer um das Grundstück gebaut. Ist eine richtige Festung.«

Ich hole tief Luft und sehe ihm in die Augen. »Also diese Mauer um das Anwesen …«

»Ja?«

»Ich glaube, es gibt einen Weg hinein.«

Wieder dieses Rascheln hinter uns im Gebüsch. Aber diesmal ist es lauter, hektischer, als hätte irgendetwas darin das Gleichgewicht verloren. Und im nächsten Moment purzelt jemand auf den Pfad.

Es ist … S.

Ich starre sie an, aber sie weicht meinem Blick aus. Nach ein paar Sekunden ertönen hinter der Kurve plötzlich Stimmen und Schritte. Ich erkenne das Lachen und Geplapper, noch bevor die Wahrheit ganz bis in mein Gehirn vorgedrungen ist.

L und L und A betreten die Lichtung. »Sie ist da langgegangen! Was machst du denn –« Als sie mich sehen, bleiben sie stehen. Sie mustern Briggs. Dann S. »Was –«

S springt auf. »Ich bin hingefallen. Ich wollte nur schnell nach Hause rennen, weil ich meine Hausaufgaben vergessen habe. Aber ist eigentlich auch egal.«

Die anderen starren mich und Briggs an. Dann packt A S beim Arm und fängt an, sie mitzuziehen. »Komm, lass uns gehen.«

Und in der nächsten Sekunde sind sie verschwunden, genauso schnell, wie sie aufgetaucht sind.

»Sehr seltsam«, kommentiert Briggs. Er senkt die Stimme. »Hör mal, kannst du bitte niemandem weitersagen, was ich dir gerade über Will erzählt habe? Ich glaube, seine Mom würde nicht wollen, dass die Leute über ihn reden.«

Ich nicke. Wem sollte ich schon irgendwas weitersagen?

Briggs runzelt die Stirn. »Obwohl das eigentlich Quatsch ist. Ich finde, man *sollte* über solche Sachen reden. Wie soll man denn je irgendwas verstehen, und wie soll etwas besser werden, wenn keiner darüber spricht?«

Ich weiß nicht. Ich kann es gut nachvollziehen, wenn jemand über etwas nicht reden will. Und wenn Briggs so großen Wert darauf legt, über Sachen zu reden, bin ich nicht sicher, wie viel ich ihm noch anvertrauen möchte.

»Ach, weißt du, was?«, lenke ich ein. »Wahrscheinlich ist das mit dem Labyrinth kompletter Unsinn und ich hab mir da bloß irgendwas zusammengesponnen. Vergiss es einfach.« Ich zucke mit den Schultern. »Es gibt so viele andere Labyrinthe. Will hat mir neulich noch von welchen erzählt ...« Meine Stimme versagt und ich kratze mich an der Nase. Dabei juckt sie gar nicht. Ich brauche nur einen Vorwand, um mein Gesicht abzuschirmen.

Eine Weile stehen wir unschlüssig voreinander, bis Briggs meint: »Tja, ich glaube, ich sollte dann besser zurückgehen ... viel zu tun ... und die Mittagspause ist sowieso fast um ...«

»Okay, tut mir leid.«

»Was?«

Keine Ahnung. »Dass ich dich hier rausgeschleppt hab, wahrscheinlich.«

»Hast du doch gar nicht. Ich bin ganz von selbst gekommen.«

»Ach so.«

»Du kannst mich gerne jederzeit wieder hier rausschleppen«, erklärt Briggs und wird knallrot. Dann lacht er, zieht sich seinen Hut in die Stirn und macht sich auf den Weg zurück zur Schule.

Da wird mir klar, dass meine Mutter Briggs lieben würde. Weil er sein Herz auf der Zunge trägt. Alles, was er denkt und fühlt, sprudelt sofort aus ihm heraus. Bei ihm muss man nicht zwischen den Zeilen lesen.

Genauso ist meine Mom auch.

Nur dass meine Mom ihr Herz nicht bloß auf der Zunge trägt, sondern es außerdem auf Leinwand bannt. Genau deshalb hat sich ihr Stil komplett verändert, nachdem wir aus Taiwan zurück waren, und sie hat nur noch nacktblaue Bilder gemalt. Sie meinte, sie könne nichts dagegen tun; sie müsse einfach zeigen, wie es in ihrem Inneren aussehe.

Das Herz auf der Zunge. Vielleicht ist das auch etwas, was mir gefällt.

»Briggs!«

Er dreht sich um. »Ja?«

»Ach … schon gut.« Ich winke ihm zu.

Er winkt zurück und geht weiter.

Danke für deine Briefe.

Einen Moment lang starre ich auf das leere Portal.

Und es tut mir leid, dass ich aufgehört habe, dir zu schreiben.

Dann drehe ich mich um und gehe nach Hause.

KAPITEL 34

Am nächsten Tag in der Mittagspause mache ich mich auf alles gefasst, bevor ich die »Broadside«-Redaktion betrete. Ich habe Angst, dass Will nicht da ist und ich wieder allein bin. Nein. Das ist längst nicht alles. Ich will mich vergewissern, dass es ihm gut geht. Ich will mich davon überzeugen, dass er sich an seinem Zufluchtsort wieder sicher fühlt. Ich will ihm von meinem Abenteuer bei Leland & Leland erzählen. Davon, wie aufmerksam ich war und wie ich auf kleinste Details geachtet habe, um die nötigen Informationen zu bekommen. Ich will seinen Einbruch mit ihm planen. Ich will, dass wir diese Sache gemeinsam in Angriff nehmen.

Er sitzt da wie jeden Tag. Heute vor seinem Laptop. Ich gehe zu ihm, stelle mein Mittagessen auf den Tisch und spähe ihm über die Schulter, um zu sehen, womit er beschäftigt ist. Leland-Recherchen. Er guckt auf die Uhr und ich lächele.

»Hi …«

»Hallo.«

»Wie … wie geht's dir?«

»Gut. So was passiert nie. Was gestern passiert ist. Das war eine Anomalie. Das heißt, es war eine Ausnahme, eine Abweichung von der Normalität.«

»Ich weiß, was eine Anomalie ist«, erwidere ich. Jetzt zumindest. »Und ich weiß auch, dass das gestern eine Ausnahme war.«

Er scrollt weiter durch seine Artikel. »Und ich habe – Es hat auch nicht lange gedauert. Ich weiß, wie – Gewöhnlich fühle ich einfach, was ich fühle, und das ist in Ordnung. Aber manchmal ist es schwieriger. So was ist schon lange nicht mehr passiert. Aber gestern schon. Weil … einfach *darum*.«

»Du musst mir nichts erklären«, versichere ich ihm. Ich fände es schrecklich, wenn ich das Gefühl hätte, jemandem meine Jenga-Momente erklären zu müssen. »Ist schon okay.«

»Okay.«

»Willst du … willst du was total Tolles hören?«

»Ich hab zu tun.«

Ich habe das Gefühl, er schämt sich, auch wenn sein Gesicht nichts verrät. Und da wird mir klar, dass er das absolute Gegenteil von Briggs ist. Aber wenn Briggs sein Herz auf der Zunge trägt, wo bewahrt dann Will seins auf? Vielleicht auf seinen Listen?

Er soll wissen, dass das für mich okay ist. Und ich weiß auch, wie ich dafür sorgen kann, dass er sich besser fühlt.

»Ich habe Informationen«, verkünde ich.

»Was für Informationen?«

»Ach, bloß welche über die eine Sache, die dir auf der ganzen Welt am allerwichtigsten ist.« Ich grinse. Ich kann nicht anders.

Will fängt wieder an, über seine Website zu scrollen. »Ich will über nichts Informationen außer darüber, wie ich es ins Leland-Labyrinth schaffe.«

Ich antworte nicht. Stattdessen fange ich an, meine geheime Hymne vor mich hin zu summen, und packe mein Mittagessen aus.

»Warte mal.« Will guckt zu mir rüber und dann wieder auf seinen Bildschirm. »Du grinst. Warum grinst du? Machst du dich über mich lustig oder hast du wirklich Informationen über das Leland-Labyrinth? Ich weiß nicht, was das bedeutet. Du musst es mir erklären.«

Ich lasse mir eine ganze Minute Zeit damit, meine Wasserflasche aufzuschrauben und einen großen Schluck zu trinken. Das Wasser ist kalt und köstlich. Und ich genieße jede Sekunde.

Dann beuge ich mich vor und sage: »Du solltest deine Liste rausholen.«

KAPITEL 35

Leland-Labyrinth

1928: Henry Leland III. kauft Horse's Neck, eine gut siebenhundertachtundzwanzig Hektar große Halbinsel an der Nordküste Long Islands, und baut an der Nordspitze, direkt am Wasser, das berühmte Leland-Anwesen.

1961: Sein Sohn, Henry Leland IV., behält zweihundertdreiundvierzig Hektar des Grundstücks für sich selbst und verkauft die verbleibenden vierhundertfünfundachtzig an den Staat New York, der das Areal zum Cauffield State Park macht.

Mr Leland errichtet eine hohe Steinmauer um seine zweihundertdreiundvierzig Hektar und führt dort ein abgeschiedenes Leben. Gerüchten zufolge lässt er auf dem Grundstück das größte Privatlabyrinth des Landes bauen, das nicht der Öffentlichkeit zugänglich sein soll.

Dieses Jahr: In der Zeitschrift »Der Architekt« erscheint ein seltenes Foto des berühmten Leland-Gewächshauses. Im Hintergrund ist der Eingang des Labyrinths zu erkennen.

Originalpläne des Grundstücks von 1928 zeigen den Weg zum Gewächshaus.

Aktuell ist ein Abschnitt der berühmten Mauer, die das gesamte Anwesen umschließt, beschädigt. Diese Information wurde übermittelt von Beatrix Lee, die darauf bestanden hat, dass ihre Mithilfe ausdrücklich erwähnt wird, obwohl auch ansonsten keine Quellen angegeben werden.

Plan:

Wir werden den beschädigten Mauerabschnitt ausfindig machen und uns dort Zugang zum Grundstück verschaffen. Wir werden dem auf der Karte sichtbaren Weg bis zum Gewächshaus folgen. Von dort aus gelangen wir direkt weiter zum Labyrinth.

Mögliche Komplikationen:

Killerhunde

Ich kann mir nicht helfen. Ich bin ziemlich zufrieden mit mir. Auch wenn Will es nicht direkt gesagt hat, bin ich mir sicher, dass er ganz schön beeindruckt gewesen ist, als ich ihm von meinem Abenteuer erzählt habe. Vom alten Leland, der in echt noch furchterregender wirkte als gedacht, von Jenny Leland, die so nett zu mir war, obwohl ich vorher regelrecht aus dem Aufzug geflohen war. Ich lehne mich zurück und warte darauf, dass Will anerkennt, was ich für ihn getan habe.

»Na los, sag's schon: ›Danke, oh wunderbare Bea.‹ Ehrlich mal, ist die Liste jetzt nicht um Längen besser mit all den lebensverändernden, richtungsweisenden Informationen, die ich gesammelt habe?« Ich stoße ihn an. »Ach so, und ich kenne sogar ein paar Pfade, über die wir uns in den State Park schleichen können, ohne durch den Haupteingang zu müssen. Schreib das auch auf!«

»Ja«, stimmt Will mir zu. »*Danke.* Deine Informationen sind wirklich richtungsweisend. Aber warum brauchen wir denn irgendwelche Pfade, wenn es einen Haupteingang mit einer Straße gibt, die direkt zum Leland-Anwesen führt?«

»Na ja, meinst du nicht, wir sollten lieber – du weißt schon – unauffällig vorgehen?«, frage ich. Jetzt mogelt sich S sogar in diese Mission. Aber das ist nicht zu ändern.

»Wieso?«

Ich drehe mich um und deute aus dem Fenster, hinter dem das Fußballfeld liegt. »Das ist so, wie … wie wenn ich mich aus der Schule schleiche. Glaubst du nicht auch, dass du mich weniger wahrscheinlich dabei ertappt hättest, wenn ich mich am Rand des Felds gehalten hätte, anstatt mitten darüber zu sprinten? Und außerdem, wenn man den Haupteingang nimmt, weiß der Pförtner, dass man drin ist. Ich glaube, je weniger Leute uns sehen, desto besser.«

»Das finde ich toll.«

»Ja?«

»Ja. Du solltest mir eine Liste mit den Pfaden machen, die in den Park führen, damit ich mir Klarheit darüber verschaffen kann, welcher der beste ist.«

»Okay!«, sage ich. Heute ist ein guter Tag. Ich habe Will nützliche Informationen und Ideen geliefert. »Jetzt fehlt uns nur noch ein letztes kleines Detail.«

»Wir müssen wissen, wann diese Steinmetze kommen«, erwidert Will. »Wie hieß noch mal das Unternehmen? Wir könnten da anrufen und rausfinden, wie ihr Zeitplan ist.«

»Weiß ich nicht mehr – irgendwas wie Windig & Co. aus Chicago oder so«, antworte ich. »Aber das macht nichts. Ich habe nämlich die Telefonnummer von einer Person, die uns da weiterhelfen kann, und sie hat gemeint, ich kann mich immer bei ihr melden.«

»Jenny Leland.«

»Jenny-mit-den-pinken-High-Heels Leland.« Ich greife zu meinem Handy. »Ich habe schon einen Plan, wie ich sie fragen kann. Und stell dir vor: Du darfst live dabei sein!«

Das Telefon hat kaum einmal geklingelt, da:

»Ja? Hallo? Hier ist Jenny Leland!«

Grinsend werfe ich Will einen Blick zu. »Hallo, Jenny! Hier ist Beatrix, Eve Lees Tochter.«

»Bea! Hallo! Wie geht's dir? Schön, dass du dich so schnell wieder meldest. Wie läuft es in dieser Sache mit deinem Freund? Will, richtig?«

»Will geht es gut.« Ich zwinkere ihm zu. »Er hat beschlossen, sich ein anderes Labyrinth zu suchen. Darum ist er ganz zufrieden.«

»Da bin ich ja froh. Aber sag, was kann ich denn für dich tun? Ich muss nämlich in ein paar Minuten zu einer Konferenz.«

»Ach so, kein Problem. Ich wollte auch nur ganz kurz nach diesen Steinmetzen fragen –«

»Die Firma Kanakaris? Die, die bei meinem Onkel die Mauer erneuern?«

Wie geplant rattere ich meine Geschichte herunter. »Genau. Meine Mom und mein Dad möchten nämlich eine Mauer um unser Grundstück bauen, weil sie etwas mehr Privatsphäre wollen. Und als ich meiner Mom erzählt habe, dass Sie diese supertollen Steinmetze einfliegen lassen, war sie ganz aufgeregt. Sie wissen ja, wie Künstler so sind. Und sie hätte eben so gern eine richtig schöne Mauer. Wäre es vielleicht möglich, dass sie sich mal mit den Leuten trifft, wenn sie hier sind?«

Am anderen Ende herrscht einen Moment Stille. »Weißt du, Bea, ein so großes Projekt wie eine Mauer zu planen, ist ziemlich aufwendig. So was lässt sich nicht einfach mal eben dazwischenquetschen. Vielleicht sollten sich deine Eltern lieber ein Unternehmen aus der Gegend suchen.«

»Aber meine Mom ist einfach ein so großer Fan von Ihrem Onkel – also von seinem … Stil.« Im Stillen entschuldige ich mich bei meiner Mom. »Sie findet, er hat einen richtig guten … Geschmack. Und die Mauer um sein Anwesen, die findet sie besonders toll.«

»Wirklich? Ach, das erstaunt mich aber. Ich hätte nicht gedacht, dass griechisch-antiker Stil so ihr Fall ist.«

»Doch. Total. Vielleicht könnten die Handwerker ja mal kurz bei uns vorbeikommen, wenn sie schon in der Gegend sind. Wenn Sie mir den *genauen Zeitraum* verraten, in dem sie die Mauer reparieren, könnte ich meiner Mom sagen, dass sie sie mal zu uns einladen soll.«

»Das ist aber ziemlich kurzfristig, Bea. Sie fangen schon nächsten Montag an und mein Onkel kommt am selben Tag nach Hause. Glaub mir, er wäre sicher nicht glücklich darüber, wenn jemand anders die Zeit seiner Arbeiter beansprucht. Nicht mal, wenn es deine Mutter ist.«

»Schade.« Ich sehe Will direkt in die Augen. »Heißt das, dass Mr Leland … also dass Ihr Onkel gerade gar nicht zu Hause ist?« Ich versuche, mir meine Aufregung nicht anmerken zu lassen und so deutlich wie möglich zu sprechen. Will beugt sich leicht vor.

»Bis Montag nicht, nein.«

»Bis Montag nicht«, wiederhole ich. In dem Moment kommt mir eine andere Idee. Eine ziemlich geniale. »Lässt er … lässt er seine, äh, Hunde eigentlich in einem Luxus-Hundehotel, während er nicht da ist? Ich meine, er soll ja ziemlich vernarrt in sie sein. Haha, fünf Tage Vollpension im Hunde-Hilton sozusagen«, versuche ich zu scherzen.

Jenny lacht. »Du bist wirklich zum Schießen, Bea. Sag es nicht weiter, aber ›Hunde-Hilton‹ und ›vernarrt‹ treffen es erschreckend gut. Der Mann würde ein ganzes Museum mit Hundestatuen füllen, wenn man ihn ließe. Hör mal, ich würde ja gern noch ein bisschen mit dir plaudern, aber ich muss jetzt wirklich los und noch ein paar Sachen erledigen. Wenn Onkel Henry sagt, dass er Montagmorgen zurück ist, dann ist er es auch. Spontane Planänderungen sind jedenfalls nicht so sein Ding.«

Noch etwas, was er mit Will gemeinsam hat.

»Tut mir leid, dass ich nicht mehr für dich tun konnte.«

»Nein, Sie haben mir sogar sehr geholfen!«

»Wirklich?«

»Ich meine – Danke, dass Sie immer so nett zu mir sind, Jenny.«

»Ach. Sehr gern geschehen, Bea. Bestell deiner Mutter und Will schöne Grüße von mir.«

»Mach ich.«

»Tschüs!«

Ich lege auf. »Hast du das gehört? Mr Leland ist nicht zu Hause und seine Killerhunde machen Luxusurlaub.«

Will starrt angestrengt auf seine Liste. Den Bleistift gezückt. Bereit, weitere Informationen zu notieren. »Ich konnte nur deine Hälfte des Gesprächs hören. Was hat sie sonst noch gesagt? Du musst mir alles erzählen. Wer sind diese Steinmetze und wann genau kommen sie? Das muss ich alles auf meine Liste schreiben.«

»Also erstens: Die windigen Steinmetze kommen am Montag. Zweitens: Der alte Leland ist bis Montag nicht zu Hause. Drittens: Die Killerhunde sind bis dahin im Hunde-Hilton!«

»Das ist alles? Mehr hat Jenny Leland nicht gesagt? Es kommt auf die Details an!«

»Hm, ich soll dir schöne Grüße bestellen … Viertens: Schöne Grüße von Jenny Leland, Will!«

»Okay, also heute ist Dienstag. Wir fahren direkt nach der Schule mit dem Fahrrad hin und suchen die Schwachstelle. Wenn ich sie sehe, kann ich besser planen. Und dann haben wir drei Tage Zeit, um den Plan einzuüben – Mittwoch, Donnerstag, Freitag. Das heißt, wir könnten Samstag oder Sonntag bereit sein.«

»Wow.« Heute mit dem Fahrrad hinfahren? Samstag oder Sonntag bereit sein? Das geht alles so schnell. Brauchen wir nicht mehr Informationen? Ich will auf keinen Fall riskieren, dass wir unsere einzige Chance vermasseln. »Warte mal. Sollten wir das Ganze nicht noch etwas genauer besprechen? Reichen drei Tage zum Einüben? Was ist, wenn Mr Leland doch früher zurückfliegt? Oder wenn die Steinmetze früher kommen? Was ist, wenn –«

Will schüttelt den Kopf. »Nein. Die Gelegenheit ist perfekt. Wir müssen jetzt handeln. Wenn die Mauer erst repariert ist, müssen wir wieder ganz von vorne anfangen zu planen. So eine Chance kriegen wir so schnell nicht noch mal.«

Er hat natürlich recht.

»Du hast recht«, sage ich.

»Ich weiß«, erwidert Will.

»Es ist nur … Ach schade.«

»Was ist schade? Gar nichts ist schade.«

»Das Datum passt nicht. Der elfte November ist vorbei. Also wird es nichts mit dem elften Tag des elften Monats und so weiter.«

Will überlegt. »Das ist nicht wichtig.«

»Nein?«

»Nein, wichtig ist nur, dass wir es machen.«

Wir.

»Du hast recht«, sage ich wieder.

»Ich weiß.«

KAPITEL 36

Seit Anfang November geht die Sonne jeden Tag früher und früher unter. Inzwischen wird es schon um kurz nach halb fünf dunkel. Gleich nach der Schule machen Will und ich uns auf den Weg nach Hause, um unsere Räder zu holen. Der Unterricht endet offiziell um vierzehn Uhr zwanzig. Das heißt, uns bleiben nur zwei Stunden. Ich weiß, dass man den Park von unserem Haus aus in etwas weniger als einer halben Stunde erreicht.

Ein zweihundertdreiundvierzig Hektar großes Grundstück klingt gigantischer, als ich es mir vorstellen kann. Besonders weil das Grundstück meiner Eltern knapp einen Hektar groß ist und da schon jeder sagt, es sei riesig. Niemand begegnet mir, während ich durch den Park radele. Zu dieser Jahreszeit kommen nicht mehr viele Leute hierher, dafür ist es zu kalt. Als das Leland-Anwesen in mein Blickfeld rückt, taucht ein Stück vor mir plötzlich Will auf. Es gibt mehrere Straßen und Pfade, die durch den Park hierherführen. Er muss einen anderen Weg genommen haben als ich, sonst hätte ich ihn schon früher gesehen.

Er guckt auf seine Uhr und nickt mir zu, als ich zu ihm aufschließe.

»Nächstes Mal nehme ich einen anderen Weg, dann können

wir zusammen fahren. Oder du nimmst meinen. Oder wir könnten uns vorher draußen vor dem Park treffen. Oder –«

»Nein.« Will schüttelt den Kopf. »Nimm denselben Weg. Wir sind beide gleichzeitig hier angekommen. Mach nächstes Mal alles ganz genauso wie heute. Genau darauf kommt es an. Jetzt müssen wir die Schwachstelle finden. Wir haben eine Stunde.«

»Okay.«

»Okay.«

Das Glück ist auf unserer Seite. Wir brauchen nicht mal die ganze Stunde.

Die Schwachstelle könnte gar nicht praktischer liegen: am äußersten rechten Ende des Grundstücks, hinter einer Krümmung in der Mauer, wo niemand sie bemerken würde, der nicht danach sucht. Aber wir haben nun mal danach gesucht.

Ich habe die berühmte Mauer, die das Leland-Anwesen vom Rest des Parks trennt, noch nie aus solcher Nähe gesehen. Jeder sagt, sie sei die reinste Festungsmauer, doch als ich sie genauer unter die Lupe nehme, fällt mir auf, dass zwischen den Steinen gar kein Mörtel oder Zement oder sonst irgendeine Klebemasse ist.

Schon erstaunlich. Ich meine, wie ist es überhaupt möglich, dass Dinge zusammenbleiben, wenn es nichts gibt, was sie hält?

Der Schaden wurde von einem riesigen umgestürzten Baum verursacht. Ein Großteil des Baums wurde bereits weggeschafft, nur ein dickes Stück Stamm liegt noch auf der Innenseite der Mauer. Aber daran sollte man ohne Probleme vorbeikommen. Irgendjemand hat die Öffnung mit einem rostigen Stück Maschendraht geschlossen.

Will und ich ergänzen unsere Liste. Und der nächste Schritt unseres Plans nimmt langsam Form an.

Wir brauchen Werkzeuge. Um den Maschendraht zu zerschneiden.

Will hat welche zu Hause.

Wir müssen irgendwas um die scharfen Drahtenden wickeln, damit wir uns nicht daran verletzen.

Ein altes Handtuch und Zeitungspapier sollten ausreichen.

Wir suchen uns ein Versteck für unsere Fahrräder. Eibensträucher gleich neben der Öffnung für Wills und ein Stück weiter für meins.

Wir spähen durch den Draht. Schade, dass wir nicht schon heute hineinkönnen, um uns ein genaueres Bild davon zu verschaffen, wo das Labyrinth ist. Aber so kurz vor Sonnenuntergang ist das keine gute Idee.

»Vor Samstag können wir nicht nach dem Labyrinth suchen«, beschließt Will. »Aber dafür haben wir dann den ganzen Tag Zeit.«

»Und wenn es nicht klappt, bleibt uns immer noch der Sonntag. Als Notfallplan sozusagen«, entgegne ich. »Klingt doch machbar!« Ich schließe die Augen und versuche, mir die grünen Hecken und gewundenen Pfade vorzustellen. »Was glaubst du, wie es drinnen ist?«

Will rührt sich nicht, sondern starrt bloß konzentriert durch die Öffnung. Keine Reaktion.

Aber ich weiß auch so, was er denkt.

»Oh Mann, versprich mir bitte, dass du wenigstens dann eine Jacke anziehst«, sage ich fröstelnd. Der Herbst ist dieses Jahr ziemlich kalt und Will hat noch immer nichts als eins seiner kurzärmligen Streifenhemden an.

»Ich hab dir doch erklärt, dass ich keine Jacken mag. Die kratzen und haben immer lauter Schildchen.«

»Dann schneide die Schildchen eben raus!«

Er schüttelt den Kopf. »Dann piksen die Reste im Nacken. Nein. Beim Fahrradfahren wird mir sowieso warm, drinnen wärmt mich das Labyrinth und dann fahre ich wieder Fahrrad.«

»Aber, Will –«

»Ich hab's dir doch erklärt: Ich will nichts dabeihaben. Kein Handy. Keine Jacke. Gar nichts. Ich will gehen – einfach gehen.«

Gehen, einfach gehen.

Wenn man mal darüber nachdenkt, klingt das sogar ziemlich vernünftig. Keine Taschen, keine kratzigen Jacken oder sonstiger Ballast. Nur die verschlungenen Zen-Pfade und ihre beruhigende Wirkung. Vielleicht ist Wills Idee gar nicht so schlecht.

»Gut«, sage ich schließlich. »Dann gehen-einfach-gehen wir.«

Aber wir gehen-einfach-gehen zusammen.

KAPITEL 37

Am Samstag fahre ich so schnell ich kann zum Leland-Anwesen, um mich dort mit Will zu treffen. Heute könnte der Tag aller Tage sein. Nein, immer positiv denken! Heute *ist* der Tag aller Tage! Und jeder Tritt in die Pedale bringt mich näher und näher heran.

Ich höre es, bevor ich etwas sehe.

Ein Dröhnen.

Stimmen.

Als ich um die letzte Kurve biege, entdecke ich Will, der mit seinem Fahrrad auf der Straße steht und zu einer kleinen Armee aus Lastwagen und mindestens einem Dutzend Männer herüberstarrt, die reden und geschäftig umherlaufen.

Nein! Nein! Nein!

Mein Herz fängt an zu wummern. Die sollten doch erst Montag hier sein.

Ich halte mit quietschenden Bremsen neben Will. »Oh nein!«, rufe ich. »Was machen die hier? Heute ist doch erst Samstag! Wie kann das sein?«

Will wendet sich mir zu. »Hör auf. Warum schreist du denn so?«

»Die Steinmetze!« Ich deute auf die Lastwagen. Doch dann erkenne ich die Aufschrift Landschaftsbau Nord. Und auf einem anderen: Wurzel & Krone – Baumpflege. Das Dröhnen kommt von den Motoren mehrerer Kettensägen.

»Du darfst nicht immer gleich Angst kriegen«, erklärt Will. »Das hilft nicht.« Doch als er einen Blick auf seine Uhr wirft, nickt er. Tja, ich mag vielleicht einen Hang zur Dramatik haben, aber wenigstens bin ich jedes Mal pünktlich. »Sie zersägen heute den Baumstamm«, fährt er fort. »Ich habe gehört, wie sie sich unterhalten haben.« Ich merke, dass er im Informationssammelmodus ist. »Die anderen da sind Gärtner. Die machen den Garten winterfest, haben sie gesagt. Es soll den ganzen Tag dauern.«

Ich denke darüber nach. »Wahrscheinlich macht das eine Menge Lärm und Dreck, darum wollte Mr Leland, dass es erledigt wird, während er nicht zu Hause ist.«

»Die bleiben, bis es dunkel wird. Ich hab Baseballkappe mit Signalweste reden hören. Er hat keine Lust auf Sonntagsarbeit, aber heute werden sie nicht ganz fertig. Signalweste hat gemeint, er kommt morgen mit nur einem Wagen und bis dreizehn Uhr sollte alles über die Bühne sein.«

Dreizehn Uhr. So bleiben uns immerhin zwei Stunden mehr, als wir nach der Schule hier hatten, aber trotzdem ist das was anderes als ein kompletter Tag. Ich folge Will zurück die Straße hinunter bis in den Hauptteil des Parks. Dort hält er an und lehnt sein Rad an eine Bank.

»Wir treffen uns morgen um dreizehn Uhr dreißig gleich auf der Innenseite der Mauer. Bis dahin dürften sie wohl weg sein.«

»Ich weiß nicht. Ist das denn genug Zeit? Wie wär's, wenn wir uns stattdessen direkt am Labyrinth treffen? Ich finde, wir sollten so früh wie möglich hier sein. Nur weil – Was ist, wenn einer von uns aufgehalten wird oder sonst irgendwas dazwischenko…?«

»Warum musst du immer von all den Sachen reden, die schiefgehen könnten? Das bringt nichts. Das bringt nie was.«

»Aber es fängt vor fünf Uhr an zu dämmern, Will. Wir haben wirklich nicht viel Zeit. Überleg doch mal. Wir sollten uns besser am Labyrinth treffen und –«

»Hör auf. Du bist überhaupt keine Hilfe«, unterbricht mich Will. »Es kommt nichts dazwischen.«

»Hör *du* doch auf. Ich bin nämlich wohl eine Hilfe! Wenn wir an alles denken, was schiefgehen könnte, sind wir viel besser vorbereitet.«

Wie kann er behaupten, ich wäre keine Hilfe? Ich war die ganze Zeit schon eine riesige Hilfe. Wenn ich nicht so eine riesige Hilfe gewesen wäre, würde Will wahrscheinlich immer noch allein in der »Broadside«-Redaktion hocken und davon träumen, eines Tages ins Leland-Labyrinth zu kommen. Ich hole tief Luft. Okay. Es ist nun mal Will. Er muss Gründe hören.

»Will. Ich weiß, du … du wirst komisch, wenn sich Sachen ändern, aber ich sage ja auch nur, dass wir vorausschauend planen sollten, nur für den Fall, dass –«

»Hör auf, es hinzustellen, als wäre ich das Problem. Ich bin nicht das Problem. Sondern du.«

Mein Mund klappt auf. »Warum bin ich – Ich versuche doch nur –«

»Du bist das Problem, weil du alles verändern willst, was wir längst geplant hatten. Du hast Angst, dass es nicht funktionieren könnte. Du hast immer Angst. Jeder hat eine Schwachstelle. *Das* ist deine – und darum bist du das Problem.«

»Das ist total unfair! Ich hab keine Angst vor – *Ich* bin ja wohl diejenige gewesen, die in die Stadt gefahren ist, um mit Mr Leland zu sprechen. Dem gemeinsten Mann der Welt! Um ihn nach Informationen zu fragen! Dir zuliebe!«

»Du hast gesagt, du hättest dich nicht getraut, mit ihm zu reden, und dass du aus dem Aufzug gerannt bist. Ohne Jenny Leland hättest du überhaupt keine Informationen bekommen. Du hast keine Informationen beschafft. Sie hat sie dir gegeben.«

Warum, warum, warum muss Wills Superkraft ausgerechnet die Fähigkeit sein, sich *alles* zu merken?

»Würde jemand, der dauernd Angst hat, sich vielleicht trauen, das Schulgelände zu verlassen, wann immer ihm danach ist? Ich schwänze ständig den Unterricht.«

»Das ist auch nur Weglaufen. Mein Cousin hat mir erzählt, wie du neulich aus der Klasse gerannt bist.«

»Dein Cousin? Dan Ross? Du hast mit … mit Dan Ross über mich geredet?«

»Dan Ross ist mein Cousin.«

»Ich *weiß*, dass er dein Cousin ist! Aber warum … warum redest du mit ihm über mich?«

»Wir waren zum Abendessen bei meiner Tante. Dan hat gesagt, du hättest wegen irgendeiner Ratte angefangen zu heulen und dann wärst du rausgerannt. Er meinte, du hättest vor allem Angst – und dass das schon im Kindergarten so war.«

»Hammy ist keine Ratte. Dan Ross ist eine! Hammy ist ein Hamster und du warst überhaupt nicht dabei!«

Will redet einfach weiter, als hätte ich gar nichts gesagt. »Und vor diesen Mädchen hast du auch Angst.«

»Welche … Mädchen?«

Aber ich weiß genau, welche Mädchen.

»Diese Mädchen, die nicht mehr deine Freundinnen sind. Die,

die du immer anguckst, aber sie gucken nie zurück. Die, mit denen du dich nicht traust zu reden.«

Darauf habe ich keine Antwort.

Will sieht nicht aus, als würde ihm das Ganze etwas ausmachen.

Er studiert seinen Lenker. »Du traust dich nicht, mit ihnen zu reden, weil sie nicht mehr deine Freundinnen sein wollen. Ich habe gehört, wie sie über dich getuschelt haben. Du findest *mich* komisch, aber die sagen dasselbe von dir. Du solltest froh sein, dass ich dir diese Information gebe, jetzt kannst du nämlich einfach aufhören, dir darüber Gedanken zu machen. Leute mögen nun mal keine Leute, die anders sind als sie. Ich bin anders. Und du auch. Also ist es nur logisch, dass wir keine Freunde haben.«

Ich kann nichts mehr sehen, weil vor meinen Augen plötzlich alles verschwimmt, aber ich bin nicht ganz sicher, was der Grund für die Tränen ist: die Tatsache, dass Will gehört hat, wie die anderen über mich geredet haben, oder die, dass wir beide keine Freunde haben. Denn wenn wir beide keine Freunde haben, dann heißt das, dass wir nicht mal miteinander befreundet sind.

»Ich bin nicht …« Aber mehr bekomme ich nicht heraus. Weil Will mir schon alle nötigen Informationen gegeben hat. Und die lassen nur einen möglichen Schluss zu.

Als ich in Taiwan auf dem Sprungbrett stand, bin ich gesprungen, obwohl ich Angst hatte. Obwohl das Wasser unter mir wie eine massive blaue Mauer wirkte, an der ich zerschellen würde. Ich habe es trotzdem getan, weil ich von Menschen umgeben war, die mich angefeuert haben. Aber diese Sache mit Will ist ein Sprung, den ich niemals hätte wagen dürfen. Denn der hat mich wirklich zum Zerschellen gebracht.

Er hat recht.

Wir haben keine Freunde.

Er ist bloß ein Junge, der zufällig in einem Raum gesessen hat, als ich reingestürmt bin. Als ich wieder mal auf der Flucht war. Aus der Cafeteria, vor S und A und dem, was sie gesagt haben.

Stolpernd schiebe ich mein Fahrrad voran. Sobald ich wieder sehen kann, steige ich auf.

»Wir treffen uns um dreizehn Uhr dreißig auf der Innenseite der Mauer«, höre ich Will hinter mir sagen. »Das ist der Plan. So haben wir genug Zeit. Wir müssen uns an den Plan halten.«

Ich sage nichts.

Was gibt es auch noch zu sagen?

Ich bedeute niemandem etwas.

Nicht mal einem Jungen mit Streifenhemd.

KAPITEL 38

An die Fahrt nach Hause kann ich mich kaum erinnern. Ich erinnere mich nicht, ob ich mein Fahrrad ordentlich in unsere Garage gestellt oder ob ich es einfach in der Einfahrt habe liegen lassen. Ich erinnere mich nicht, wie lange ich schon hier draußen vor dem Atelier meiner Eltern stehe.

Ich frage mich, was Will wohl gerade macht.

Ob er gut nach Hause gekommen ist.

Natürlich ist er das. Er braucht mich nicht. Wahrscheinlich sitzt er schon wieder an seinen Listen. So ist er nun mal. Er hat eine Liste über mich gemacht. Ich dachte, es wäre ihm darum gegangen, wie wir Freunde werden könnten, aber vielleicht macht er auch einfach Listen über alles, was er gerade vor sich hat – jedes Problem, über das er sich Klarheit verschaffen muss. Und ich bin bloß eins seiner Probleme. Ein Problem, das in sein sicheres Zen-Zentrum eingedrungen ist.

Ich bin nicht Teil seines Zufluchtsorts. Ich bin Teil davon, wovor er Zuflucht sucht.

Ich lehne die Stirn an die kühle Ateliertür. Ich will mich nicht auch noch bei meinen Eltern wie ein Eindringling fühlen. Meine Hand schwebt über dem Drachen.

Dann drücke ich.

Die Tür öffnet sich lautlos. Vielleicht kann ich ja einfach ein bisschen unentdeckt hier im Eingang stehen bleiben. Meine Eltern werden wahrscheinlich nicht mal heute Abend zurück ins Haus kommen. Dafür haben sie beide zu viel zu tun.

Mit Moms Ausstellung, die sich nur um Bilder dreht, auf denen sie mit dem neuen Baby über den Himmel fliegt.

Und Dads Film, der das Ergebnis von Moms und seinen vereinten Superkräften ist.

Ich spähe hinein.

Mom steht in der Mitte des Raums. Und weint.

Fast wäre ich zu ihr gerannt, einfach weil das keinen Sinn ergibt. Mom weint nie. Sie ist immer fröhlich und durch nichts kleinzukriegen. Aber dann sehe ich meinen Dad, der auf und ab geht und auf sie einredet, und bleibe, wo ich bin.

»… findest schon eine andere Galerie.«

Mom weint noch lauter.

»Wir fangen gleich morgen an zu suchen.«

Sie verbirgt das Gesicht in den Händen.

»Wir suchen einfach die wieder raus, die sowieso schon mal angefragt hatten.«

Mom bricht von Neuem in Tränen aus.

»Was kann ich denn tun, damit –« Dad steht hilflos da.

Und Mom weint einfach weiter.

Sie hört nicht auf, und Dad weiß nicht, was er machen soll, genauso wenig wie ich. Wie hilft man jemandem, wenn man nicht seine *Blicke* lesen oder die Worte in seinem Kopf hören kann oder … ihn einfach nicht sehen kann, weil er unsichtbar ist? Wie soll man überhaupt jemals einem anderen helfen? Wie soll das gehen?

Dann hebt Mom den Kopf, sie weint immer noch, aber sie streckt die Arme aus.

Dad geht zu ihr, schlingt die Arme um sie und drückt sie an sich, ohne etwas zu sagen. Und in dem Moment erkenne ich die Antwort:

Niemand kann je genau wissen, was man will.

Selbst wenn man es sich mehr wünscht als alles andere auf der Welt, sie können es nicht wissen …

… es sei denn …

… ich gehe rein.

Die beiden gucken sofort hoch.

Dad räuspert sich. »Wir brauchen mal kurz eine Minute, Trix. Warum gehst du nicht schon mal ins Haus und –«

Ich schüttele den Kopf und gehe weiter.

»Trix?« Mom wischt sich die Tränen ab und sieht mich an. »Ist alles in Ordnung?«

Ich mache den Mund auf. Und wieder zu.

Dann mache ich ihn wieder auf.

Meine Stimme ist kaum hörbar. Aber sie ist da.

»Ich möchte – Ich möchte, dass wir mehr Zeit miteinander verbringen.«

Mom kommt einen Schritt auf mich zu, aber ich hebe die Hand, und sie bleibt stehen.

Ich spüre, wie mir Tränen in die Augen steigen. »Ich weiß, ihr wollt, dass ich selbstständig bin und verantwortungsvoll, und ich weiß, dass ihr viel zu tun habt – ich meine, ich weiß, weiß, *weiß*, dass ihr viel zu tun habt. Aber ihr seid einfach immer hier drin … und ich bin immer –«

Allein. In der Schule. Allein. Auf dem Pfad. Allein. In meinem Zimmer mit den kahlen Wänden.

»Ich bin immer … allein.«

Das Besondere daran, Worte auszusprechen, die man bislang nur in seinem Kopf hatte, ist, dass dann jedes einzelne davon zu einem Stein in einem Pfad wird, von dem man gar nicht wusste, dass es ihn gibt.

Ich mache noch einen Schritt.

Dann fangen die Tränen an zu fließen.

»Und ich – ich hab das Gefühl, ich gehöre nirgendwo dazu.«

Dad schüttelt den Kopf. »Du gehörst doch *überall* dazu.«

Nein. »Mom hat ihre Ausstellung und du hast deinen Film und –«

»Ach, Trix …« Dad blickt auf den Abstand zwischen mir und ihnen. »Du bist doch so ein wichtiger Teil des Films. Eigentlich sogar der wichtigste. Was denkst du denn, von wem Sky kommt?«

Ich wische mir die Augen. »Von dir und Mom.«

Dad stößt ein amüsiertes Schnauben aus, als er und Mom einander ansehen. Und dann mich. »Tja, eigentlich hast du da gar nicht so unrecht«, schmunzelt er. »Bea, du weißt doch wohl, dass – dass *du* Sky bist, oder?«

»Ich?«

Ich kann mich nicht daran erinnern, die letzten paar Schritte auf die beiden zugegangen zu sein, und ich kann schon wieder nichts sehen, weil die Tränen mir die Sicht verschleiern, aber plötzlich stehe ich vor ihnen. Als hätte etwas in mir automatisch den Weg gefunden.

Dad streckt die Hand aus und hebt mein Kinn an, um mir in die Augen zu sehen. Seine schimmern dunkel hinter seinen Brillengläsern. »Oder kennst du vielleicht noch jemand anderen, der Sachen in den Himmel schreibt?«

Irgendetwas passiert in meinem Inneren. Es ist, wie wenn man ewig nach dem richtigen Song sucht, der einem genau das Gefühl gibt, das man gerade braucht, und wenn man ihn findet, dann erfüllt er einen, bis er aus einem herausquillt und sich überall um einen verteilt und man gar nicht fassen kann, wie schön es ist, in einer Welt voller Musik zu leben.

Und dann fühle ich nur noch Arme um mich, einen runden Bauch, der sich an mich drückt, und Küsse auf meinem Kopf. »Ab jetzt verbringen wir mehr Zeit miteinander. Dad und mir tut es leid«, flüstert Mom in meine Haare.

»Versprochen«, fügt Dad hinzu. »Egal, was passiert! Und wenn wir es vergessen, dann erinnere uns daran. Erinnere uns einfach daran. Aber wir werden es nicht vergessen.«

Dann fängt Dad an, den Song zu summen, zu dem er und Mom immer tanzen, aber diesmal tanzen wir alle zusammen, die ganze Familie. Alle drei. Und ich bin mittendrin und niemand lässt mich allein.

Ich sage nichts mehr.

Und das ist wohl auch das Besondere daran, bisher ungesagte Worte auszusprechen. Wenn sie sich erst zu einem Pfad geformt haben, dann gelangt man darüber an einen Ort, an dem manchmal einfach keine Worte mehr nötig sind.

KAPITEL 39

Am nächsten Tag herrscht Stille im Haus. Ich bin in meinem Zimmer und es ist Sonntag, Leland-Labyrinth-Tag.

Und Will braucht mich.

Vielleicht sagt er es nicht, aber ich weiß, dass es so ist. Und ich werde für ihn da sein. Ich gucke auf die Uhr und lächele. Wenn ich mich innerhalb der nächsten zehn Minuten auf den Weg mache, komme ich genau pünktlich.

Ich bin heute extra früh aufgestanden, um ein paar Sachen vorzubereiten, möglichst leise, damit Mom und Dad nicht wach werden. Bisher habe ich noch nichts von ihnen gehört, also müssen sie entweder noch schlafen oder schon im Atelier sein. Normalerweise verlangen sie keine Erklärung, wenn ich für einen ganzen Tag verschwinde. Es reicht, wenn ich ihnen einen Zettel hinlege. *Bin Fahrrad fahren! Bald wieder da! Hab euch lieb!* Manchmal verziere ich die Nachrichten noch mit Kringeln und Ranken, kleinen Vögelchen oder Mangusten (nicht Langusten!), damit Mom sich freut. Aber diesmal sollte ich sie vielleicht wenigstens wissen lassen, dass ich am Neck bin und keinen Handy-Empfang haben werde. Dann rufen sie gar nicht erst an und machen sich auch keine Sorgen, wenn ich mich nicht melde.

Gerade suche ich die passenden Farben für meine Nachricht aus, als ich Mom rufen höre: »Es geht los!«

Oh nein. Sie ist schon auf. Und im Haus. Das war ihr üblicher Seelenheiltag-Morgenaufruf. Damit hätte ich wohl rechnen müssen, nachdem ich gerade gestern verlangt habe, dass sie mehr Zeit mit mir verbringen. An jedem anderen Tag gäbe es nichts, worüber ich mich mehr freuen würde, als zusammen mit meiner Mom und meinem Dad in die Stadt zu fahren. Aber der heutige Tag ist für Will reserviert. Wie soll ich ihr das nur beibringen?

Ich stecke den Kopf aus meiner Zimmertür.

»Mom? Ich kann heute nirgends hin. Ich – Ich treffe mich mit …« Ich hasse mich für das, was ich als Nächstes sage, aber mir fällt einfach nichts Besseres ein. »… den Mädels. Ich hab's ihnen versprochen. Wir wollen eine Fahrradtour zum Neck machen. Ich bin schon halb auf dem Weg.«

Dad späht die Treppe hoch. »Wo willst du hin?«

Kurz hole ich Luft, um möglichst lässig zu klingen. Ich wusste nicht, dass er auch schon auf ist. »Ach, nur ein Treffen mit den Mädels. Wir wollen eine Fahrradtour zum Neck machen, darum –«

In dem Moment taucht Mom neben ihm auf. Die sich den Bauch hält.

Erst da bemerke ich, dass Dad einen kleinen Rollkoffer hinter sich herzieht. »Das sollte alles sein – auch wenn ich so den Verdacht habe, das hier nicht viel mehr drin ist als Pinsel und Farbtuben.« Dann sieht er Mom an. »Ich weiß, du würdest lieber zum Krankenhaus laufen, aber ich hab in zwei Sekunden den Wagen bereit.«

Moment mal.

Moment mal. Moment mal. MOMENT MAL.

Ich starre Mom an. »War das etwa gerade ein *Es-geht-los*-Es-geht-los? Ein *Baby*-Es-geht-los?«

Mom tätschelt ihren Bauch. »Es ist zwar noch zwei Wochen zu früh, aber Starling gibt schon seit heute Morgen keine Ruhe.«

Dad winkt sie zu sich. »Na komm, ab ins Auto mit dir.«

»Nichts da. Vergiss das Auto. Du weißt genau, was ich vorhabe. Und das ist Laufen«, entgegnet Mom. »Bis zum Krankenhaus sind es nicht mal zwei Meilen. Und ich will, dass unsere ganze Familie dieser Sache Hand in Hand entgegengeht.« Sie sieht zu mir hoch. »Am Tag, als ich mit Trix in den Wehen lag, bin ich sechs Meilen gelaufen! Quer durch New York!«

Dad schüttelt den Kopf. »Die sechs Meilen haben die Wehen damals erst ausgelöst. Am Ende mussten wir ins Taxi springen und zum Krankenhaus rasen. Heute wird nicht gelaufen.«

»Aber, Trixie, du läufst doch mit mir, oder?« Mom schenkt mir ihr Grübchenlächeln.

»Versuch nicht, sie zu bezirzen.« Dad lacht. »Wir laufen nicht. Draußen ist es kalt. Wir sollten einfach fahren. Und lass Trix ruhig zu ihren Freundinnen gehen. Sie hat sie in letzter Zeit ja kaum gesehen.«

Ich gucke Dad an. Mir war nicht klar, dass das jemandem aufgefallen ist.

»Außerdem dauert es bestimmt noch Stunden«, redet er weiter. »Und Trix darf sowieso nicht mit in den Kreißsaal. Da ist es mir lieber, wenn sie beschäftigt ist, anstatt den ganzen Tag im Krankenhaus zu hocken. Sie kann ja hin und wieder mal anrufen und dann schnell rüberradeln – oder vielleicht können die Eltern von einer der anderen sie fahren.«

Meine Gedanken rasen.

Ich will bei meiner Mom sein, bei meiner Familie. Aber ich muss auch zu Will. Wieder werfe ich einen Blick auf die Uhr. Vielleicht schaffe ich ja beides.

»Mom, ich finde, Dad hat recht. Es ist zu kalt und du musst schnell ins Krankenhaus. Wir sollten das Auto nehmen. Wir können ja mein Fahrrad in den Kofferraum packen, ich hab – ich hab den Mädels nämlich versprochen, dass ich mitkomme. Und, wie Dad schon gesagt hat, falls es länger dauert, kann ich einfach bei einer von ihnen bleiben.«

Mom lächelt. »Das klingt gut. Aber nimm nicht die große Straße direkt am Krankenhaus, ja? Fahr lieber hinten um den Block.«

»In der Stadt gibt es überall Radwege. Sie kommt schon zurecht«, entgegnet Dad. Dann zeigt er mit dem Finger auf mich. »Aber sobald es dunkel wird, bist du von der Straße. Okay, ich bringe die Sachen hier schnell ins Auto, das heißt, du hast genau drei Minuten. Hopp, hopp!«

Ich habe mich schon dick in mehrere Schichten Kleidung eingemummelt. Jetzt renne ich noch mal zurück in mein Zimmer, schnappe mir meinen Rucksack und kippe ihn auf dem Boden aus. Will hat nicht vor, irgendwas mitzunehmen. Er will ja gehen-einfach-gehen. Aber *ich* gehe nicht ohne meinen Rucksack. Ich habe nämlich eine Überraschung für ihn. Die weichste Flanelljacke meines Dads. Ich habe sorgfältig die Schildchen rausgetrennt – bis zur allerletzten Naht, sodass absolut nichts mehr übrig ist, was piksen könnte. Und außerdem habe ich zwei Thermosflaschen heiße Schokolade vorbereitet. Natürlich von der richtigen Marke. Ohne Marshmallows. Die können wir zusammen trinken, sobald wir das ultimative Zen-Zentrum erreicht haben. Ich renne runter in die Küche, wo die beiden Flaschen warten.

»Fertig, Mom?«

»Fertig!«, ruft Mom zurück.

Dad kommt zurück ins Haus. »Fertig! Ach übrigens, Trix, als ich gerade Moms Koffer ins Auto geladen habe, sind die Mädels vorbeigekommen.«

Mir bleibt das Herz stehen. »Was?«

»Keine Sorge, ich hab ihnen gesagt, dass wir zuerst zum Krankenhaus müssen und du nachkommst, sobald du kannst.«

Nein.

»Du hast … was?«

Er tänzelt rüber zu Mom und kippt sie in seinen Armen nach hinten, wobei er so tut, als könnte er sie kaum halten. Sie lachen beide, als wäre nicht gerade mein Kopf explodiert. »Ich habe ihnen gesagt, dass du zuerst deine Pflichten als große Schwester erfüllen und mit deiner Mom 'ne ruhige Kugel schieben musst – haha, kapiert? Na, jedenfalls kannst du sie ja einfach anrufen, wenn sich Mom im Krankenhaus eingerichtet hat.«

Nein.

Nein, nein, nein, nein, nein.

»Dad – nein. Das hast du nicht gesagt.«

»Sie fanden das mit der ruhigen Kugel lustig.«

»Das meinte ich nicht –«

»Wer war denn eigentlich dieses große Mädchen, das bei ihnen war?«

A.

Natürlich.

Mir wird schwindelig. »Ist doch egal. Die … die ist nicht wichtig.«

Mom wirft mir einen Blick zu. »Das ist aber nicht nett, Trix.«

»Ich meinte nicht – ich bin bloß aufgeregt, Mom. Das ist alles.« Was für eine lahme Antwort.

Dad scheucht uns zum Auto, und ich muss daran denken, wie er S immer hochhebt und einmal im Kreis wirbelt, wenn er sie sieht.

Bitte, bitte, bitte, lass ihn das eben nicht gemacht haben.

Als wir in die Hauptstraße einbiegen, sind sämtliche Ampeln grün, und Dad tritt fröhlich aufs Gas. Dann dreht er laut das Radio auf, und obwohl es draußen eiskalt ist, fährt er die Fenster runter, und Mom und er wechseln einen Blick und fangen dann so laut an, den Song, der gerade läuft, mitzusingen, dass man sie bis auf den Bürgersteig hört.

Vielleicht sollte ich S etwas schreiben wie:

Mein Dad hat gesagt, dass er dir vorhin totalen Quatsch erzählt hat. Der Arme hat seit Tagen nicht geschlafen wegen seines Films, der bald rauskommt.

Oder soll ich das Ganze einfach auf sich beruhen lassen? Ich habe ihr seit dem ersten Tag des Schuljahrs nicht mehr geschrieben.

Ob die vier jetzt über mich reden?

Oder noch schlimmer … Ob A jetzt denkt, ich würde versuchen, mich zurück in die Gruppe zu drängen? Oder ich würde meinen Eltern vorlügen, dass ich noch Freunde habe?

Der Song, den Mom und Dad singen, hat einen aufmunternden Text, aber ich glaube kein Wort davon. Mir kommt es jedenfalls nicht vor, als würde irgendwann alles leichter werden. Aber ich mache trotzdem die Augen zu und lausche, stütze das Kinn auf die heruntergelassene Fensterscheibe und genieße die Kälte im Gesicht, während mein Haar im Wind weht wie Luftschlangen.

Die Fahrt dauert nur ein paar Minuten. Dad parkt vor dem Krankenhaus und bietet Mom seinen Arm an. Als wir das Gebäude betreten, ruft er: »Achtung, Baby im Anmarsch!«

Sofort kommt jemand mit einem Rollstuhl herbeigestürzt und lässt Mom keine andere Wahl, als sich hineinzusetzen, während sie weiterhin allen versichert, noch mindestens eine Meile laufen zu können. Dann müssen die beiden tausend Formulare ausfüllen und mit jedem Arzt auf diesem Planeten sprechen.

Ich werfe einen Blick auf die Uhr an der Wand. Na toll. Jetzt komme ich zu spät. Nach allem, was sowieso schon schiefgegangen ist, wird jetzt auch noch Will sauer auf mich sein. Das heißt, sauer vielleicht nicht. Will wird nie sauer. Höchstens nüchtern und besserwisserisch. Ich sehe ihn vor mir, wie er mit verschränkten Armen auf der Innenseite der Mauer steht und wartet. Wie oft hat er mir gesagt, wie sehr er es hasst zu warten? Zumindest kann ich es damit erklären, dass meine Mom gerade ein Baby bekommt. Das wird ihm hoffentlich den Wind aus den Segeln nehmen. Ich glaube, dem wird nicht mal er was entgegenzusetzen haben.

»Mom«, sage ich. »Ich muss dann jetzt gehen. Also wenn das in Ordnung ist. Ihr meintet ja, es könnte noch dauern?«

Mom umarmt mich kurz. »Stunden. Aber wie sieht es denn eigentlich mit dem Zweitnamen aus?«

»Oh. Ich … hab mich noch nicht ganz entschieden.«

»Kein Problem, Starling ist ja noch nicht da, aber bald wird sie ihn einfordern, glaub mir. Würdest du mir noch einen Becher Eiswürfel holen, bevor du gehst, Trix?«

»Ja klar.« Ich drücke ihr einen Kuss auf die Stirn und renne zu dem kleinen Beistelltisch mit dem Eiskübel und den Bechern daneben.

Dann kommt Moms Ärztin herein und begrüßt meine Eltern stürmisch. Sie wirkt ein bisschen außer Puste. »Musste noch schnell einem Zwillingspärchen auf die Welt helfen! Junge und Mädchen – bitte entschuldigen Sie, dass Sie warten mussten.«

»Ach, ich bin's gewohnt zu warten.« Mom wirft Dad einen vielsagenden Blick zu. »Was denn? Du kommst immer zu spät. *Immer!*«

»Das ist ja wohl völlig übertrieben«, wiegelt Dad ab. »Und außerdem bist du selbst eine Zuspätkommerin. Oder zumindest wärst du es, wenn du einen weiteren Arbeitsweg hättest als bis in dein Atelier im Garten. Trix ist die Einzige von uns, die immer pünktlich ist.«

»Stimmt«, pflichtet Mom ihm bei. »Bei uns ist Hopfen und Malz verloren. Trix ist die einzige Erwachsene in dieser Familie.«

Ich lache. Das ist immerhin *fast* die Wahrheit. Dass ich jeden Tag zu spät in Mr Clarkes Unterricht komme, müssen sie ja nicht wissen.

»Ich glaube, sie ist nie zu irgendwas mal mehr als fünf Minuten zu spät gekommen«, prahlt Mom weiter. »Es sei denn, sie kommt gar nicht. Trix kommt entweder superpünktlich oder sie versetzt einen ganz.«

Ein Krachen ertönt, als ich den Eiswürfelbecher fallen lasse.

»Ich …«

Schnell schnappe ich mir eine Serviette und fange an aufzuwischen. Die Krankenschwester kommt mir zu Hilfe.

»Ich kümmere mich schon darum, Liebes. Mach dir keine Sorgen wegen dem bisschen Eis.«

Aber ich mache mir keine Sorgen wegen dem bisschen Eis.

Sondern wegen Will.

Will, der auf mich wartet.

Will, der immer auf die Uhr guckt, wenn ich zur Mittagspause komme. Oder diese Woche jeden Tag zum Leland-Anwesen. Der auf die Uhr guckt und nickt, weil ich immer pünktlich bin. Immer.

Nur heute nicht.

Ausgerechnet heute.

Für ihn muss es wirken, als hätte ich ihn versetzt.

Ich muss dauernd daran denken, was das letzte Mal passiert ist, als jemand ihn versetzt hat. Und am Leland-Anwesen gibt es keine Mrs Rod und keinen Zufluchtsort. Diesmal ist er ganz allein.

KAPITEL 40

»Trix, ist alles in Ordnung mit dir?«, erkundigt sich Mom. »Ich möchte nicht, dass du aufs Fahrrad steigst, wenn du so aufgewühlt bist. Den Mädels macht es bestimmt nichts aus, wenn du ein bisschen später kommst. Oder Dad kann dich fahren. Vielleicht solltest du auch lieber hierbleiben, es wird ja schon so früh dunkel.«

»Nein, nein, alles in Ordnung. Ich – mir ist nur der Becher aus der Hand gerutscht, und da habe ich mich erschreckt, aber ich bin nicht aufgewühlt. Außerdem sind wir schließlich zum Fahrradfahren verabredet, da wäre es doch komisch, wenn ich mich mit dem Auto bringen lasse. Und wenn es dunkel wird, können wir ja einfach … zu uns nach Hause gehen. Okay?«

Ich gebe ihr einen Kuss und umarme sie noch mal extrafest. Am liebsten würde ich sofort losstürmen, aber ich muss noch auf meinen Dad warten, damit er mein Fahrrad aus dem Jeep holt. Zweimal verlaufen wir uns auf dem Parkplatz, und als ich endlich loskomme, bin ich schon über eine Stunde zu spät. Ich versuche, Will auf dem Handy anzurufen, lande aber nur auf der Mailbox. Kein Wunder. Er wollte es ja nicht mit ins Labyrinth nehmen und hat wahrscheinlich sowieso längst keinen Empfang mehr. Trotzdem hinterlasse ich ihm eine Nachricht. Mehr kann ich nicht tun.

»Will, ich bin's. Bea. Ich bin auf dem Weg, also – also mach dir keine Sorgen, ja? Ich bin gleich da. Warte einfach auf mich.«

Aber ich weiß, dass er die Nachricht nicht hören wird.

Denn Will würde nie zu spät kommen. Er hat unseren Plan eingeübt, bis nichts mehr schiefgehen konnte. Er ist längst da.

KAPITEL 41

Es gibt keinen lauten Knall, wenn man einen Platten kriegt. Oder so ein lang gezogenes Quietschen wie in einem Zeichentrickfilm. Das Geräusch ist einfach nur … anders.

Will hat immer betont, dass ein wichtiger Teil unseres Plans darin bestehe, unsere Räder zu checken, aber diesen Schritt habe ich übersprungen, weil er mir albern vorkam. Ich habe noch nie mein Fahrrad gecheckt. Ich weiß nicht mal genau, wie das geht. Und jetzt stehe ich hier und wieder mal hatte Will recht.

Meinen Dad kann ich nicht anrufen, weil er bei meiner Mom bleiben muss, und Mrs Rod kann ich auch nicht anrufen, weil ich mir ziemlich sicher bin, sie wäre nicht begeistert zu erfahren, dass ein Mitschüler und ich einen Einbruch bei einem verrückten Milliardär planen, und die Person, die ich fast mein Leben lang angerufen habe, wenn ich in einer Krisensituation war, kann ich schon gar nicht anrufen, weil sie gerade irgendwo mit A und L und L ist und sich fragt, warum mein Dad ihnen vorhin erzählt hat, ich würde eine Fahrradtour mit ihnen machen. Aber darüber darf ich jetzt nicht nachdenken. Tatsache ist: Es gibt niemanden, den ich um Hilfe bitten könnte.

Das heißt … vielleicht doch.

Die Nummer habe ich.

Mrs Rod hat sie mir gegeben, zusammen mit denen der anderen aus der »Broadside«-Redaktion. Für alle Fälle. Und ich glaube, das hier ist genau so ein Fall.

Außerdem weiß ich, dass er gut im Sachenreparieren ist, und ich brauche wirklich dringend jemanden, der mir hilft, nicht nur mein Fahrrad wieder flottzumachen, sondern auch diesen ganzen Tag zu retten. Mir bleibt nicht mal Zeit, mir darüber den Kopf zu zerbrechen, dass Briggs denken könnte, ich würde aus einem … anderen Grund anrufen. Aber vielleicht ist mir das sogar egal. Ich schleppe mein Fahrrad an den Straßenrand und lehne es an einen Baum. Dann hole ich mein Handy raus. Ich muss ein ganzes Stück zurück in die entgegengesetzte Richtung laufen, bis ich wieder Empfang habe.

Nach dreimal Klingeln meldet er sich. »Äh, hi …«

Ich hole Luft, aber ich bringe keinen Ton raus.

»… Bea? Bist du das? Oder ist das ein Hosentaschenanruf? Hallo?«

Stille.

»Ist alles in Ordnung?«

Ich schüttele den Kopf.

»Bea?«

Ich hole tief Luft. »Tut mir leid, Briggs. Aber ich bräuchte ganz dringend Hilfe.«

Siebenundzwanzig Minuten später hält Briggs mit seinem Fahrrad neben mir.

Er wohnt ganz am anderen Ende des Pfads, was, wie mir sofort klar wird, bedeutet, dass er in der Sekunde, nachdem wir aufgelegt haben, das Haus verlassen haben muss. Diese Information füge ich der Liste über Briggs hinzu, die ich in meinem Kopf angefangen habe. Ich hüpfe auf der Stelle, denn nachdem ich nun eine halbe Stunde hier rumstand, habe ich ziemlich angefangen zu frieren.

»Tut mir leid«, wiederhole ich noch einmal. »Ich wusste nicht, wen ich sonst anrufen soll.«

»Du musst dich nicht dauernd entschuldigen«, entgegnet Briggs. »Ist doch okay. Aber warum hast du denn nicht deinen Eltern Bescheid gesagt, damit sie dich abholen? Ich meine, klar freue ich mich, dass du mich angerufen hast, aber …«

Wenigstens darüber muss ich ihn nicht anlügen. »Die sind beide im Krankenhaus. Meine Mom bekommt ihr Baby. Und Will wartet auf mich, und, äh, Mr Leland wartet auch auf uns, und ich kenne sonst niemanden, der Auto fahren kann. Darum dachte ich, du könntest mir vielleicht helfen, das Rad zu reparieren – oder wenn nicht und, also nur wenn es dir nichts ausmacht, dann könntest du mich vielleicht auf deinem mitnehmen. Tut mir leid, ich weiß, dass das ziemlich viel verlangt ist.« Ich spüre, wie meine Wangen heiß werden. Ich will auf keinen Fall, dass Briggs glaubt, ich hätte die ganze Sache bloß eingefädelt, um von ihm mit dem Fahrrad mitgenommen zu werden. Ich meine, müsste ich mich dann eigentlich die ganze Zeit an ihm festhalten?

Briggs wird rot. »Nein, ich freue mich wirklich, dass du angerufen hast, nur – ich hab keinen Ersatzschlauch dabei.« Er wird noch ein bisschen röter. »Aber es macht mir nichts aus, dich mitzunehmen. Ich meine, so wird einem wenigstens schön warm.« Und dann lächelt er sein liebes, etwas unsicheres Lächeln, bei dessen Anblick ich mir wieder mal wünsche, man müsste nicht irgendwann anfangen, Leute auf eine Art zu mögen, die mehr ist als Freundschaft. Denn ich mag Briggs einfach wirklich.

Wenn man zu zweit auf einem Fahrrad fährt, muss der Vordermann die ganze Arbeit machen und strampeln, was das Zeug hält. Der andere sitzt auf dem Sattel und lässt die Beine baumeln. Man muss sich nicht mal am Strampelnden festhalten, wenn man nicht will. Man kann sich auch am Sattel festklammern, solange man das Gleichgewicht halten kann.

Gleich nachdem wir losgefahren sind, merke ich, dass Briggs ziemlich fit ist – was ich toll finde, weil er eher wie jemand aussieht, der die meiste Zeit zu Hause sitzt und liest. Ich glaube, in diesem Tempo sind wir vielleicht sogar schneller da, als wenn ich allein unterwegs wäre. Zwar habe ich nicht im Geringsten das Gefühl, das Gleichgewicht zu verlieren, aber ich umschlinge trotzdem fest seine Taille, während wir dahinbrausen.

Kapitel 42

»Festhalten!«, ruft Briggs gegen den Wind, als wir das letzte kurvige Stück Hügel hinunterrasen, bevor das Leland-Anwesen in Sicht kommt. Mein Haar fliegt hinter mir im Wind und einen Moment lang vergesse ich alles andere und grinse. Briggs fährt schon seit einer Meile einhändig, damit er mit der anderen Hand seinen Hut festhalten kann, der ihm vorher einmal vom Kopf geflogen ist, weshalb wir umdrehen mussten, um ihn wieder einzusammeln.

Schließlich halten wir vor einem großen grünen Schild mit goldenen Buchstaben. Ich rutsche vom Sattel.

Privatgrundstück der Familie Leland
Betreten verboten
Kein Durchgang
Kein öffentlicher Park
Bitte achten Sie unsere Privatsphäre

Briggs hat rote Wangen und lächelt. »So, und jetzt? Kommt gleich der Butler und lässt uns rein?« Sein Lächeln erstirbt, als er mein Gesicht sieht. »Was ist? Stimmt was nicht?«

»Doch, alles okay. Es ist bloß … Mr Leland … rechnet nur mit *mir.*« Sobald die Worte aus meinem Mund sind, fühle ich mich schrecklich.

»Oh.« Und *noch* schrecklicher.

»Außerdem hat er gesagt … dass er Migräne hat, darum soll ich nicht klingeln oder die Sprechanlage benutzen oder so. Sonst – Sonst spielen nämlich die Hunde – die Killerhunde – verrückt und fangen an zu bellen – und der Lärm …«

»Ist schon gut.«

Ich bin der schlechteste Mensch der Welt. Briggs hat mich den ganzen Weg hierhergefahren, um mir zu helfen. Er hat mich direkt vor dem Tor abgesetzt. Und jetzt gebe ich ihm zu verstehen, dass er sich bitte schön wieder verziehen soll. Ich versuche, nicht an den winzigen Glücksmoment zu denken, als wir, zu zweit auf seinem Fahrrad, den Hügel hinuntergesaust sind. Wenn er dahinterkommt, dass ich ihn die ganze Zeit angelogen habe, will er vielleicht nicht mehr mit mir befreundet sein. Aber ich weiß nicht, was ich sonst tun soll, also lüge ich weiter.

»Ich fände es schön, wenn du mitkommen könntest – ehrlich. Aber Mr Leland war wirklich strikt und … irgendwie geheimnisvoll in Bezug aufs Klingeln und Anrufen und so«, füge ich der Dramatik halber hinzu. »Weißt du noch, du hast selbst gesagt, dass er niemanden auf sein Grundstück lässt. Der alte Leland.« Ich zwinge mich zu einem Lächeln.

Briggs nickt. »Okay. Tja, aber du kannst ihm ja immer noch schreiben.«

Kurz bin ich drauf und dran, in Panik zu geraten, aber dann fällt es mir wieder ein: »Hier draußen hat man keinen Empfang.« Wie zum Beweis halte ich mein Handy hoch. »Das ist am gesamten Neck so.«

Briggs wirft mir einen seltsamen Blick zu. »Aber wie willst du denn dann ins Labyrinth kommen und dich mit Will treffen?«

Ich hole tief Luft und gehe in Richtung der Öffnung in der Mauer. Unauffällig spähe ich ins Gebüsch, wo Will sein Fahrrad verstecken sollte, und tatsächlich – da liegt es! Das heißt, er ist drin. Aber ob er auf der Innenseite der Mauer auf mich wartet oder längst ohne mich durchs Labyrinth schlendert … oder völlig aufgebracht umherrennt, weiß ich nicht.

»Mr Leland hat gemeint, es wäre wahrscheinlich am unkompliziertesten, wenn wir durch das Loch steigen, wo die Mauer kaputt ist – gleich da vorne. Außerdem spart man sich so dieses ganze affige Theater mit dem Butler. So was ist doch einfach nur seltsam, findest du nicht?«

Ich gehe Schritt für Schritt weiter und Briggs folgt mir.

»Ja … gruselig«, sagt er.

Ich sehe die Öffnung. Kein umgestürzter Baum mehr. Steine auf dem Boden. Rostiger Maschendraht. Wills Zange hinter einem der Brocken. Die Zeitung, mit der er die scharfen Drahtenden umwickelt hat, damit er sich nicht daran schneidet, liegt ordentlich gefaltet daneben. Alles genau, wie wir es geplant hatten.

Ich spähe durch die Mauer, in der Hoffnung, Will irgendwo auf der anderen Seite zu sehen. Wenn auch wahrscheinlich sauer und bereit für einen Vortrag über Pünktlichkeit und die Wichtigkeit, einen Plan zu befolgen, den ich mir sogar freiwillig anhören würde. Aber er ist nirgends zu sehen.

Ich blicke mich auf der Straße um. Niemand da. Ich muss mich beeilen. Ich muss irgendwie Briggs loswerden und dann durch das Loch und so schnell wie möglich zu Will.

»Kannst du mir vielleicht mal kurz helfen?« Ich reiche Briggs die Zange, und er biegt das Stück Zaun zurück, während ich es mit der Zeitung in der Hand festhalte. Dann klettere ich vorsichtig durch die Öffnung und stoße erleichtert den Atem aus, als ich auf der anderen Seite bin. Dort, hinter einem großen Stein, liegt Wills Handy. *»Ich will nichts dabeihaben. Kein Handy. Keine Jacke. Gar nichts. Ich will gehen – einfach gehen.«*

Ich taste kurz nach meinem Rucksack und fühle darin die dicke, gemütliche Jacke. Wenn Will gehen-einfach-gehen will, von mir aus, aber ich lasse ihn dabei ganz bestimmt nicht frieren-einfach-frieren. Dann sehe ich wieder auf sein Handy hinunter. Es liegt dort so einsam und allein, also lege ich meins daneben. Wenn ich schon nicht weiß, wo er gerade ist, können wenigstens unsere Handys einander Gesellschaft leisten. Hier draußen nützen sie uns sowieso nichts. Ich klopfe mir die Hände ab und drehe mich wieder zu Briggs um.

»Tja, also danke noch mal. Äh, dann sehen wir uns wohl morgen in der Schule –«

Briggs steht noch immer außerhalb der Mauer und blickt nachdenklich auf den Stein, hinter dem die Zange und die Zeitung lagen.

»Warte mal. Mr Leland – der alte Leland hat dir gesagt, du sollst hierherkommen und durch den – mit dem ganzen Rost und den –« Er bricht ab und sieht mich dann mit weit aufgerissenen Augen an. »Er weiß überhaupt nicht, dass ihr hier seid, oder?« Die Zange fällt ihm aus der Hand. »Du – Du hast mich dazu gebracht, dir bei einem Einbruch zu helfen. Ich bin gerade bei einem Milliardär eingebrochen! Dessen Grundstück von Killerhunden bewacht wird!«

Er starrt und starrt mir ins Gesicht.

»Du hast mich angelogen?«

Ich mache den Mund auf, doch es kommt kein Laut heraus. Und selbst wenn – so wie Briggs mich anguckt, kann ich mir sowieso nicht vorstellen, dass er mir glauben würde.

KAPITEL 43

Panisch atme ich die kalte Luft ein, aber das Gefühl zu ersticken lässt nicht nach.

»Tut – Tut mir leid«, stammele ich.

Und zum ersten Mal sagt Briggs nicht, dass ich mich nicht zu entschuldigen brauche.

Ich fühle mich so furchtbar. »Ja, ich hab gelogen. Will und ich haben keine Erlaubnis, hier zu sein. Überhaupt keine. Nicht im Geringsten. Mr Leland wollte nicht mal mit mir reden. Tut mir leid, Briggs. Wir waren hier verabredet, aber ich war spät dran.« Ich stolpere näher an die Öffnung und sehe Briggs in die Augen. »Ich war spät dran, und jetzt mache ich mir Sorgen, dass Will … irgendwo dadrin ist und denkt, er wäre versetzt worden. Wie neulich in der Redaktion.«

Briggs nickt und jetzt rücken auch seine Augenbrauen besorgt aufeinander zu.

»Ich wusste nicht, was ich sonst machen sollte. Ich musste irgendwen anrufen und um Hilfe bitten, aber jetzt willst du wahrscheinlich gar nicht mehr mit mir befreundet sein – und –, und bald kommen diese windigen Typen, und Will ist wahrscheinlich gerade ganz allein dadrin und –«

Will hat gesagt, ich hätte keine Freunde.

Aber das stimmt nicht.

Er ist mein Freund, und ich will nicht, dass er denkt, ich hätte ihn versetzt. Unsere Mission wäre mir nicht wichtig genug gewesen. Denn das war sie – *ist* sie. Sie ist das Wichtigste überhaupt.

»Uns hat ja keiner gesehen«, füge ich hastig hinzu. »Du kannst einfach wieder auf dein Fahrrad steigen, dann wird niemand je erfahren, dass du hier warst. Und selbst wenn ich erwischt werde, verrate ich niemandem, dass du mir geholfen hast, versprochen. Ich wische sogar deine Fingerabdrücke von der Zange ab, und, und wenn sie mich an einen Lügendetektor anschließen, dann, dann … Was –?« Briggs hat angefangen, durch die Öffnung zu klettern. »Was machst du denn da?«

Kurz darauf steht er vor mir. »Ich komme mit.« Er rückt seinen Hut zurecht. »Ich will dir helfen.«

Briggs will mir helfen? Nach allem, was ich getan und gesagt habe? Ein winziger Hoffnungsfunke glimmt in mir auf. Ich muss nicht allein über das Leland-Grundstück schleichen.

»Wirklich? Obwohl ich – und du willst nicht mal – im Ernst?«

Briggs sieht mir in die Augen. »Erklär mir nur eins.«

»Alles, was du willst!«

Und dann lächelt er sein Leuchtelächeln. »Von was für windigen Typen hast du da gerade geredet?«

Plötzlich ist es mir egal, auf welche Art Briggs mich mag oder was er oder sonst jemand von mir denken könnte. Ich stürze auf ihn zu, schlinge die Arme um seinen Hals und drücke ihn so fest an mich, wie ich kann. »Ist es okay, wenn ich dir das unterwegs erkläre?«

Ich hätte es zwar nicht für möglich gehalten, aber Briggs wird sogar noch röter. Er tätschelt mir unbeholfen den Rücken, aber er lacht auch ein bisschen.

»Klar doch.«

Zusammen drehen wir uns um und sehen zur Leland-Villa herüber, die weit entfernt auf einem Hügel thront. Es ist ein bewölkter Tag und der Boden unter unseren Füßen fühlt sich kalt und hart und fest an. Ein Schauer läuft mir über den Rücken.

Ich kann mich nicht erinnern, wie es dazu gekommen ist, aber Briggs und ich halten Händchen.

Und irgendwo dort draußen in der Ferne ist das Labyrinth. Und Will.

KAPITEL 44

»Komm schon«, dränge ich. »Wir müssen uns beeilen.«

Briggs zögert. »Okay, aber bleib mal kurz stehen, und denk eine Sekunde nach. Was ist, wenn er schon durch ist? Ich meine, wenn du nichts von ihm gehört hast, könnte er ja auch längst wieder auf dem Weg nach Hause sein.«

Ich sehe hoch in Briggs' hoffnungsvolles Gesicht und schüttele den Kopf. »Wenn er schon durch wäre, hätte er uns entgegenkommen müssen. Außerdem liegt sein Fahrrad im Gebüsch und seine Sachen sind auch noch hier.«

Ich zeige Briggs unsere Handys hinter dem riesigen Stein und versuche, ihm die Lage zu erklären. »Hier gibt es sowieso keinen Empfang. Und Will hat es nun mal so geplant. Du kennst ihn ja. Und ich fand es traurig, dass sein Handy hier so allein lag ...« Jetzt komme ich mir ein bisschen blöd vor.

Briggs nickt.

Dann nimmt er sein eigenes Handy und legt es dazu. Und als ich unsere Handys so nebeneinander sehe – wie eine kleine Familie, wie ein Team –, füge ich meiner Liste noch etwas hinzu, was ich an Briggs toll finde.

»Wenn wir uns jetzt verpassen, sieht er wenigstens unsere Handys und weiß, dass wir auch hier sind. Dann wartet er bestimmt und wir können alle zusammen nach Hause fahren.«

Die Vorstellung gefällt mir. Und es könnte doch auch tatsächlich so kommen. Genau so. Briggs hat mir erzählt, dass Will eine Art Strategie hat, um sich zu beruhigen, und der Grund unseres ganzen Ausflugs zum Labyrinth war schließlich, dass es total entspannend ist. Vielleicht ist er wirklich schon durchs Labyrinth gelaufen und kommt uns jeden Moment entgegen, so relaxed, dass er mir auf dem Heimweg nicht mal einen Vortrag hält. Zwar wäre ich unheimlich gern mit ihm zusammen durchs Labyrinth gelaufen, aber wenn Will jetzt vor uns auftauchen würde, wäre mir sowieso alles egal.

»Ja«, stimme ich Briggs zu. »Das könnte klappen.«

Briggs knöpft seine Jacke zu. Sie ist marineblau und sieht aus wie etwas, das ein Seefahrer tragen würde. Zu seinem Filzhut passt sie nicht besonders gut. Aber dafür zu ihm. »Okay, wie weit ist es bis zum Labyrinth?«

Ich wünschte, ich wüsste die genaue Antwort. »Will hat ein bisschen recherchiert, und wir schätzen, dass es zwanzig Minuten dauert, wenn wir den direkten Weg finden. Dafür muss man die Villa rechts liegen lassen und über den Hügel da, aber diesen Teil konnten wir natürlich nicht einüben. Deshalb sind wir nicht ganz sicher.«

»Wie spät bist du denn dran?«

Ich verziehe das Gesicht. »*Super*spät. Und jetzt haben wir hier auch noch ewig rumgestanden und geredet, dabei wird es doch so früh dunkel. Wir müssen uns beeilen.«

Wir marschieren los und bemühen uns um ein zügiges Tempo, aber der erste Teil des Geländes ist ziemlich unwegsam. Ständig ragen Wurzeln aus der Erde, die uns zu Fall bringen wollen. Überall liegen Steine, manche klein und lose, andere wuchtig wie Felsen. Wir versuchen, auf Kurs zu bleiben, doch die Hügel scheinen uns regelrecht abschütteln zu wollen, sodass wir mehrmals einen Umweg machen müssen, bis das wilde Gewucher endlich Mr Lelands makellos gepflegten Rasenflächen weicht.

Es kommt mir vor, als wären wir schon viel länger als zwanzig Minuten unterwegs. Noch ist kein Labyrinth oder auch nur ein Gewächshaus in Sicht. Wie konnten wir uns nur so verschätzen?

»Wie groß ist denn dieses Grundstück?«, flüstert Briggs, als wir uns daranmachen, den bisher größten Hügel zu erklimmen.

Während des Aufstiegs versorge ich Briggs mit all unseren Informationen. Ich erzähle ihm von Jenny Leland, davon, wie ich mich zwischen Brandon und Gruber entscheiden musste, und von Mr Lelands struppigem Silberhaar. Von den Steinmetzen und dem Hunde-Hilton.

»Wow. Ihr habt ja eine ganze Menge rausgefunden. Ich hätte nicht gedacht, dass irgendjemand so viel über die Lelands und ihr Anwesen weiß. Das war doch immer alles ein einziges großes Rätsel.«

»Will hat da so einen … Tick. Er muss immer so viele Informationen wie möglich sammeln, um eine Entscheidung zu treffen. Und auf Details achten.«

Etwas, was ich ständig vergesse.

Wie jetzt auch wieder.

Als wir die Hügelkuppe erreichen, drehe ich mich um und werfe einen Blick zurück nach unten. Denn irgendwas ist anders hier oben. Fühlt sich anders an. Irgendwas stimmt nicht. Aber was?

Ich sehe Briggs an und kneife die Augen zusammen.

Das Licht.

Es verschwindet.

Panisch gucke ich nach oben. Wolken. Und das bedeutet: kein Mond. Und keine Sterne. Sobald die Sonne untergegangen ist, wird es hier stockdunkel sein. Und bis dahin ist nicht mehr viel Zeit.

»Wie spät ist es? Hast du eine Uhr?«

»Nein, aber mein Han…« Briggs erstarrt, die Hand auf halbem Weg zu seiner Hosentasche.

Ich versuche zu überschlagen. Wie viel Zeit haben wir an der Mauer verloren? Wie lange haben wir bis hierher gebraucht? Ich habe Mom versprochen, vor Einbruch der Dunkelheit zurückzukommen. Sie wird sich Sorgen machen. Und ich kann sie nicht mal anrufen, um zu sagen, dass alles in Ordnung ist.

Oder um mich zu erkundigen, wie es ihr und meiner kleinen Schwester geht.

Wir müssen weiter. Wir müssen Will finden, damit ich zurück zu meiner Mom kann.

»Ich gehe mein Handy holen«, bietet Briggs an. »Ich renne einfach kurz zurück, das dauert nicht lange, und dann haben wir wenigstens ein bisschen Licht.« Er starrt immer noch den Hügel hinunter, den wir gerade hochgeklettert sind.

»Nein!« Ich packe ihn beim Arm. Dann drehe ich mich hektisch um und lasse den Blick über den Park schweifen. »Warte. Von hier oben müssten wir es sehen können. Wir sind bestimmt schon fast – das Gewächshaus!« Ich zeige nach vorne. »Das heißt, das Labyrinth müsste genau … da sein.«

Und tatsächlich.

Dort in der Ferne. Endlich.

Das Leland-Labyrinth.

Ich weiß, dass es aus grünen Hecken besteht, aber im Dämmerlicht wirkt es eher wie eine Festung aus schwarzem Stein. Scharfkantig zeichnet es sich vor dem Himmel ab. Wie kann es denn aus dieser Entfernung so groß aussehen?

»Wie weit ist das wohl noch – eine Meile?«, schätzt Briggs.

»Weniger.« Obwohl es schwer zu sagen ist, weil wir von oben darauf schauen und die Luft inzwischen diesen typisch unwirklichen Schimmer angenommen hat, wie immer, kurz bevor die Sonne untergeht. »Vielleicht eine halbe.«

»Aber ich sollte trotzdem schnell zurücklaufen und die Handys holen«, beharrt Briggs. »Wir treffen uns dann am Labyrinth.«

Ich halte noch immer seinen Arm fest. »Aber es ist doch so nah. Eine halbe Meile sind gerade mal zwei Runden um den Schulsportplatz. Wir sollten lieber direkt los, dann dem Pfad durchs Labyrinth folgen, uns Will schnappen und wieder gehen.« Ich versuche, ihn vorwärtszuziehen, und stolpere prompt, weil ich kaum noch den Boden vor meinen Füßen erkennen kann. »Den Weg zurück finden wir auch im Dunkeln.«

Briggs drückt meinen Arm.

»Ganz sicher«, bekräftige ich. »Selbst wenn wir an einer anderen Stelle der Mauer rauskommen, gehen wir einfach daran entlang, bis wir wieder auf die Öffnung stoßen. Lass uns –«

»Pssst!« Briggs presst sich den Zeigefinger auf die Lippen.

»Briggs –«

»Pssst!« Er zieht mich zu Boden und ich lande unsanft auf dem Hintern.

»Aua! Was soll denn –«

Er deutet auf etwas und ich folge seinem ausgestreckten Zeigefinger. Und dann sehe ich es auch.

Eine Taschenlampe.

Ein fahler Lichtstrahl, der sich durch die Dunkelheit tastet. Suchend.

Haben wir etwa einen Alarm ausgelöst? Gibt es hier versteckte Kameras?

»Aber – Aber es sollte doch niemand zu Hause sein! Jenny Leland hat gesagt, ihr Onkel ändert nie seine Pläne. Nie! Und dass die Killerhunde im –«

Ein lautes Jaulen lässt mich verstummen, gerade als die Sonne vollends untergeht und alles dunkel wird.

Manche Pläne ändern sich, ob man will oder nicht.

KAPITEL 45

Wir springen auf, keuchend, als wären wir schon meilenweit gerannt. Einen Moment lang sehen wir nichts als den zuckenden Lichtstrahl, der jetzt immer hektischer und hektischer umherschweift, sich schneller fortbewegt. Ein erneutes Jaulen reißt uns aus unserer Starre.

»LAUF!«, schreit Briggs und wir sprinten so schnell wir können in Richtung Labyrinth.

Wir müssen vor den Hunden da sein!

Wir müssen vor den Hunden da sein!

Rufe ich diese Worte in der Dunkelheit Briggs zu? Oder er sie mir? Vielleicht sind es aber auch nur meine Füße auf der kalten, harten Erde, die sie mir mit jedem Schritt ins Hirn trommeln.

Vor den Hunden da sein?

Und dann?

Werden sie uns nicht bis ins Labyrinth verfolgen? Uns den gewundenen Pfad hinunterjagen, bis der Erste von uns stolpert?

Im Rennen verdrehe ich den Kopf, um zu sehen, ob sie näher kommen, als plötzlich mein Fuß an etwas hängen bleibt – einem Stein, einer Wurzel, egal. Ich fliege durch die Luft, lande mit den Händen voran auf dem Boden und schlittere ein Stück. Sofort versuche ich, mich wieder aufzurappeln, aber mir ist schwindelig, und meine Hände brennen.

Von irgendwo über mir höre ich Briggs' Stimme. »Bea!«

Gleich darauf landet etwas Schweres auf mir und mir wird klar, dass er es ist. Briggs hat sich auf mich geworfen – er schirmt mich ab, während sich Schritte und das Klimpern von Ketten nähern.

»Pfeifen Sie sie zurück! Wir sind nur Kinder!«, schreit er und schlingt schützend die Arme um mich. »Pfeifen Sie sie zurück!«

Ich mache mich bereit.

Doch: nichts.

Klimper, klimper.

»Sitz, Petunia!«, ertönt eine Stimme. »Braver Junge.«

Diese Stimme. Ich kenne diese Stimme.

Ich würde sie überall erkennen, kenne sie schon fast mein ganzes Leben. Obwohl sie sich seit der Poolparty am letzten Samstag der Sommerferien nicht mehr direkt an mich gewendet hat.

KAPITEL 46

Manchmal, in den dramatischsten Situationen des Lebens, ertappt man sich dabei, wie man völligen Unsinn redet.

»Du … du hast ja einen Hund.«

Irgendwie schaffe ich es, mich aus dem Gewirr aus Briggs' und meinen Armen und Beinen zu befreien, und da steht sie.

S. Die mir mit einer Taschenlampe ins Gesicht leuchtet. Die mir zum ersten Mal seit Anfang des Schuljahrs in die Augen sieht. Schweigen erfüllt die Luft zwischen uns, und ich weiß, dass wir beide daran denken, wie wir früher davon geträumt haben, uns ein gemeinsames Haustier zu holen. S wollte einen Hund, aber vor denen hatte ich Angst und stimmte deshalb für eine Katze. Irgendwann habe ich schließlich doch eingewilligt, einen Hund zu nehmen, aber nur einen ganz kleinen. S wollte einen großen. Petunia ist mittelgroß. Einer von denen, die aussehen wie ein Fuchs mit Eyeliner und fransigem Schwanz.

»Mmhmm.«

»Ein Er? Namens Petunia?«

»Mmhmm.«

Mmhmm und *mmhmm*. Das ist schon mal mehr, als sie die ganzen letzten Monate zu mir gesagt hat.

Am liebsten würde ich sie mit Fragen bombardieren. Aber ich bringe kein Wort raus. Schließlich rappele ich mich auf und klopfe betont sorgfältig meinen Rucksack ab.

»Woher –«, fange ich an.

»Ich – Ich hab gehört, wie du davon geredet hast, dass ihr in diesen Irrgarten wollt, neulich an unserer – an der Mauer. Es klang wichtig. Und dann hat dein Dad heute gesagt, du wolltest mit uns zum Neck fahren.«

Ich fühle, wie mein Gesicht heiß wird. »Es ist ein Labyrinth. Und ich wollte nicht mit euch zum Neck fahren. Das habe ich nur gesagt, weil ich eine Ausrede gebraucht habe –«

»Ich weiß«, unterbricht sie mich. »Das war mir sofort klar. Aber ich wollte helfen.« Wieder richtet sie die Taschenlampe auf mich und sieht meine verschränkten Arme. »Ich habe den – den anderen gesagt, ich müsste weg –«

»Wir müssen auch weg«, schneide ich ihr das Wort ab und setze meinen Rucksack wieder auf.

Auch Briggs ist inzwischen aufgestanden. »Du bist die Schwester von Jay, oder?«

Natürlich. Er kennt sie von der Poolparty.

Meine Lippen formen angestrengt einen Namen, den ich schon seit fast drei Monaten nicht mehr ausgesprochen habe.

»Briggs. Das hier ist … Sammie.«

»Vielleicht sollte sie mitkommen«, schlägt Briggs vor. »Sie ist die Einzige, die so schlau war, eine Taschenlampe mitzubringen.«

»Ist mir egal«, stoße ich hervor. »Hauptsache, wir finden Will.«

»Hey, Petunia.« Briggs streckt die Hand aus, und Petunia fängt an, sie abzulecken. »Warum hat sie – ich meine, *er* – denn so gejault?«

S zittert. Sie hüpft ein paarmal auf der Stelle. »Ich weiß nicht. Er bellt eigentlich nie, es sei denn, es passiert was ganz Schreckliches.«

Ich bin froh, dass es so dunkel ist und ich sie nicht so genau sehen kann. Passiert denn nicht schon seit Anfang des Schuljahrs etwas ganz Schreckliches?

»Können wir jetzt gehen?«, dränge ich.

»Klar«, entgegnet Briggs. »Sammie, warum gibst du mir nicht die Lampe? Dann hast du beide Hände frei für Petunias Leine.«

Kurz kann ich die Lampe erkennen, als Sammie sie ihm reicht. Sie ist aus rosa Plastik mit einem Regenbogensticker darauf. Von meiner Geburtstagsübernachtungsparty in der Vierten.

Sammie fängt meinen Blick auf. »Die – das war die erste, die mir in die Hände gefallen ist.«

Briggs schaltet ein paarmal das Licht an und aus. »Okay, also wir sind uns ganz sicher, dass Will irgendwo dadrin ist, ja?«

Ich nicke. »Hundertprozentig.«

»Glaubst du, er ist verletzt?«, fragt Sammie.

»Verletzt?« Daran, dass er verletzt sein könnte, hatte ich überhaupt nicht gedacht. Eher, dass er frierend und völlig verängstigt irgendwo umherirrt. »Ich hoffe, nicht. Ich hoffe, er läuft einfach durchs Labyrinth und … entspannt sich.«

Briggs nickt.

Und an Sammies Nicken erkenne ich, dass auch sie die Geschichte gehört hat. Obwohl Mrs Rod alle gebeten hat, die Sache nicht breitzutreten.

Aber die Leute reden nun mal.

»Dann lasst uns gehen«, sage ich. »Der Pfad führt direkt ins Zentrum und auf demselben Weg wieder raus. Es wird viele Kurven und Windungen geben, aber früher oder später muss Will uns begegnen.«

Ich umklammere fest die Riemen meines Rucksacks und denke an die Jacke darin. Ich werde Will finden. Und dann werde ich dafür sorgen, dass er es warm hat und sich sicher fühlt.

»Fertig?«, fragt Briggs.

»Fertig«, antworte ich.

»Fertig«, wiederholt Sammie, und wir überqueren die letzte Rasenfläche vor dem Labyrinth. Und dann treten wir durch den bogenförmigen Eingang, den seit über fünfzig Jahren niemand, der nicht zur Leland-Familie gehört, durchschritten hat. Bis heute.

KAPITEL 47

Über uns wölbt sich der Torbogen, der in der Dunkelheit dreimal so hoch wirkt, wie er eigentlich ist. Wir bleiben unsicher stehen. Dann mache ich einen Schritt und Briggs und Sammie folgen mir.

Wir sind drin.

Dicht zusammengedrängt setzen wir uns wieder in Bewegung. Einmal ertappe ich Sammie dabei, wie sie auf Briggs' und meine verschlungenen Hände starrt, aber es ist mir egal, was sie denkt, ich lasse ihn nicht los. Stattdessen drücke ich seine Hand noch fester. Er drückt zurück.

Will. Er ist hier. Er muss hier sein. Wir haben sein Fahrrad gesehen. Wir sind direkt zum Labyrinth gegangen. Auf keinen Fall hätten wir ihn verpassen können, wenn er schon wieder auf dem Weg nach Hause wäre. Oder? Ein bisschen haben wir uns schließlich schon verlaufen – nein. Will ist hier, irgendwo im Dunkeln, und es gibt nur eine Möglichkeit, wie wir ihn finden.

Wir müssen dem Pfad folgen.

Dieser knickt auf einmal nach rechts ab und verläuft dann eine Weile geradeaus. Bis zu einer Haarnadelkurve in die andere Richtung. Danach geht es wieder ein Stück geradeaus, bis zur nächsten Haarnadelkurve. Geradeaus und Kurve. Geradeaus und Kurve.

Genau wie auf Wills Zeichnungen wird es immer so weitergehen, bis wir das Zentrum erreichen. Ich versuche, mir den Weg bei Tageslicht vorzustellen, wie Will ihn eigentlich sehen wollte, gerahmt von freundlichem, beruhigendem Grün. Aber jetzt im Dunkeln … Ich zucke zusammen.

Zuerst bewegen wir uns zögerlich voran. Gehen ganz langsam. Der dünne Strahl der Taschenlampe schwenkt gleichmäßig hin und her, während Briggs gründlich jeden Winkel des Pfads ausleuchtet. Wir verfallen in einen Rhythmus. Geradeaus und Kurve. Irgendwann wird mir klar, dass Briggs den Lichtstrahl extra in Bodennähe hält. Briggs denkt – er denkt, dass Will, wenn wir ihn finden –

Ich werde schneller.

Geradeaus und Kurve.

Will wird nicht auf dem Boden liegen. Ganz sicher nicht. Doch jeder Schatten vor uns auf dem Weg lässt mich hastig darauf zustürmen. Jeder Buckel auf dem Rasen lässt mich stehen bleiben.

Ich laufe schneller. Dann noch schneller.

Geradeaus und Kurve.

Will ist klug. Er wird schon zurechtkommen. Er weiß, wie er sich selbst beruhigen kann. Und nur weil es dunkel ist, heißt das nicht, dass –

Geradeaus und Kurve.

Wir laufen noch schneller. Wir müssen ihn finden. Wir müssen –

Der Pfad verzweigt sich.

Einen Moment lang bleiben wir alle wie angewurzelt stehen. Briggs leuchtet mit der Lampe erst in die eine Richtung, dann in die andere. »Aber – Aber ich dachte, es gäbe nur einen Weg rein und raus.«

»So ist es auch. Hier dürften keine Abzweigungen sein. Man läuft … einfach durch.« Ich versuche, mich zu erinnern, ob Will mir jemals von einer anderen Art Labyrinth erzählt hat. Hat er nicht. Ganz sicher. »Lasst uns mal ein Stück den rechten Weg gehen«, schlage ich vor.

»Bist du sicher?«, fragt Sammie.

Ich antworte nicht. Weil ich nicht sicher bin. Natürlich nicht.

Ich laufe einfach weiter. Und die beiden folgen mir.

»Nicht so schnell«, ruft Briggs.

Ich werde nicht langsamer.

Sondern noch schneller. Briggs und Sammie sagen nichts mehr. Sie versuchen nur, mit mir Schritt zu halten.

Der Lichtstrahl fängt an zu zucken, huscht hektisch von einer hohen Hecke zur anderen, aber egal, wie schnell wir werden und wie weit unsere Taschenlampe leuchtet, das Ergebnis ist immer dasselbe: Von Will ist nichts zu sehen.

Dann biegen wir noch mal um eine Kurve und – stehen vor einer Hecke, die uns den Weg versperrt.

Briggs fährt zu mir herum. »Ich dachte, du hättest gesagt –« Er schwenkt den Lichtstrahl kreuz und quer über die Hecke, als könnte er uns damit den Weg freischneiden. »Was soll das?«

Sammies Stimme flüstert verängstigt: »Wieso, was ist denn los?«

Mein Mund klappt auf.

»Das ist … eine Sackgasse«, stelle ich fest.

»Aber wie – wie kommen wir zurück zu dem Teil mit nur einem Pfad? Bea?«

In einem Labyrinth gibt es nur einen Weg. In einem Labyrinth gibt es nur einen Weg. In einem Labyrinth gibt es nur einen Weg.

»In einem Labyrinth gibt es nur einen Weg«, sage ich laut.

Briggs tritt näher an mich heran. Seine Stimme ist leise. »Und was heißt das?«

»Das heißt, dass das Leland-Labyrinth gar kein Labyrinth ist«, erkläre ich.

»Was ist es denn dann?«

Aber ich glaube, er kennt die Antwort längst.

»Ein Irrgarten.«

KAPITEL 48

Sammie fängt an, auf ihrem alten Klapphandy herumzudrücken. »Wir müssen Hilfe rufen! Jemand muss herkommen.« Sie wedelt mit dem Telefon und guckt uns erwartungsvoll an. »Holt mal eure Handys raus! Meins funktioniert nicht – eure?«

Ich schüttele den Kopf.

Briggs sieht aus, als wäre ihm schlecht. »Wir haben unsere nicht dabei, aber selbst wenn – hier draußen gibt es keinen Empfang.«

Sammie schwenkt ihr Handy ein paarmal über ihrem Kopf. »Seid ihr sicher? Dann müssen wir zurück, oder? So oft sind wir ja nicht abgebogen. Stimmt's? Noch haben wir uns nicht verirrt!«

»Wir können nicht einfach gehen«, sage ich. »Will ist hier.«

Will ist hier.

Will ist im Leland-Labyrinth, aber es ist kein Ort der Entspannung mit einem Zen-Zentrum und nur einem Pfad. Es ist kein perfektes Meisterwerk. Kein Zufluchtsort. Und ich habe keine Ahnung, was wir jetzt tun sollen.

Ich drehe mich zu Briggs um. »Bitte. Lass dir was einfallen.«

»W-was?«

»Lass dir was einfallen. Du bist doch der, der alles in Ordnung bringen kann. Du hast die ganzen Antiquitäten in der »Broadside«-Redaktion repariert. Du hast die Schreibmaschine repariert.«

»Die Schreibmaschine …«

In dem Moment stolpere ich. Ich hatte nicht vorgehabt, das Gespräch auf seine Nachrichten oder die Tatsache, dass er mich mag, zu bringen.

»Und außerdem … bist du der Älteste von uns.« Mir ist selbst klar, wie bescheuert das klingt.

»Aber du *weißt* mehr. Du weißt alles über Irrgärten und die Lelands und … diesen ganzen Kram«, entgegnet Briggs.

Ich sehe ihn an, dann Sammie, die noch immer mit ihrem Handy herumfuchtelt. Irgendjemand muss hier die Führung übernehmen.

»Okay …«, sage ich schließlich. »Also –« Ich halte inne und setze noch mal neu an. »Also erst mal: Wir gehen nicht zurück.« Ich starre die beiden entschlossen an und keiner von ihnen widerspricht. »Aber wir müssen irgendwie wieder hier rauskommen, nachdem wir Will gefunden haben. Darum brauchen wir etwas – etwas, womit wir den Weg markieren können, damit wir den Ausgang wiederfinden. Wie Brotkrumen, nur besser.« Ich habe nichts dabei außer zwei Thermoskannen mit heißer Schokolade. Soll ich vielleicht eine Kakaospur auf den Weg schütten?

Plötzlich meldet sich Sammie zu Wort. »Warte mal. Ich glaube, ich …« Ich höre, wie sie in ihrer Umhängetasche wühlt. Dann zieht sie etwas heraus. »Könnte das hier funktionieren?«

Briggs richtet die Taschenlampe auf ihre Hand und ich erkenne ein rosa Garnknäuel. Daran hängen eine Häkelnadel und ein etwa sechzig Zentimeter langer, fertig gehäkelter Lappen mit Zickzackmuster.

»Das hast du in deiner Tasche?«, frage ich.

Sammie nickt. Sie weiß, was ich denke. Ich habe ein grünes Garnknäuel zu Hause. Kurz vor Taiwan haben wir mit dem Häkeln angefangen. Mein Lappen hatte ein grün-blaues Zickzackmuster. Sammies ein rosa-oranges. Wir hatten vor, zusammen eine Decke zu häkeln. »Ich wollte damit weitermachen«, sagt sie. »Also ich wollte das hier eigentlich fertig häkeln, aber ich weiß sowieso nicht, ob das Garn noch reicht.«

Briggs schnappt sich das Knäuel. »Das müsste funktionieren.« Er friemelt die Häkelnadel heraus, nimmt mit einer Hand den losen Faden am Ende des Lappens und reicht mir das Knäuel. »Halt mal.« Dann verschwindet er mit der Taschenlampe in die Richtung, aus der wir gekommen sind. Sammie und ich warten im Dunkeln. Ich halte das Knäuel locker zwischen den Fingern und fühle, wie es ruckelt und sich dreht. Im Geiste sehe ich vor mir, wie sich die Zickzackdecke, die Sammie und ich so gern zusammen machen wollten, Masche für winzige Masche aufribbelt, während Briggs sich immer weiter von uns wegbewegt. Zurück zum Ausgang. Dann hört das Knäuel plötzlich auf zu kreiseln. Sammie und ich reden kein Wort. Es kommt mir vor, als wäre Briggs schon Stunden weg.

Ist alles okay mit ihm?

Erinnert er sich daran, in welche Richtung wir abgebogen sind, als der Weg sich verzweigt hat?

War es rechts oder links? Ich kann nicht mehr klar denken.

Endlich hören wir, wie er zurückkommt. Keuchend bleibt er neben uns stehen.

»Okay, also wir sind immer noch ziemlich nah am Anfang. Ich hab das Ende an einen Zweig am Eingang gebunden, damit wir auf jeden Fall zurückfinden.« Er sieht mich an. »Zusammen mit Will.«

Er hält mir die Hand hin und ich nehme sie. Dann kehren wir dem toten Ende den Rücken und gehen tiefer in den Irrgarten hinein. Ich versuche, nicht daran zu denken, dass er nichts darüber gesagt hat, ob der Faden lang genug ist.

KAPITEL 49

Das drittgrößte Labyrinth des Landes kommt mir vor wie das längste der ganzen Welt. Während wir weitergehen, versuche ich, ein paar klare Gedanken zu fassen.

Aber nichts ergibt mehr Sinn.

Will hat alles und noch mal alles über die Lelands in Erfahrung gebracht, was man nur in Erfahrung bringen kann. Er war sich so sicher. Und Will hat schließlich immer recht.

Wie konnte er hier so danebenliegen?

Briggs und Sammie lassen mir den Vortritt. Ohne groß darüber nachzudenken, entscheide ich, ob wir nach links oder rechts abbiegen, und so geht es weiter und weiter. Ich habe keinen Plan. Das Gefühl, einen zu haben, hat sich in der ersten Sackgasse in Luft aufgelöst. Sammie und ich reden nicht miteinander. Hin und wieder zieht sie Petunia an der Leine zurück, damit er bei Fuß läuft. Er kaut an ihren Hosenbeinen. Dann rennt er plötzlich los und schnappt nach meinen Knöcheln.

»Aua!«, rufe ich empört. »Sie – er hat mich gebissen!«

»Tut mir leid«, murmelt Sammie. »Tut mir echt leid. Er meint es nicht böse.«

»Ist schon gut. Hat ja nicht wehgetan«, entgegne ich. Doch als ich ihr erleichtertes Gesicht sehe, werde ich wütend. »Das heißt, eigentlich hat es wohl wehgetan – richtig, richtig doll. So was kannst du nämlich einfach nicht … machen, weißt du? Leuten so – also, *Petunia* Leuten so wehtun lassen.«

Sammie antwortet nicht.

Wir gehen schweigend weiter.

Ungefähr einmal pro Minute flüsterschreit Briggs laut: »Will!«

Immer wieder vergewissern wir uns, dass Sammies rosa Garn nicht zu sehr gespannt ist, damit es nicht reißt. Schließlich ist es unser einziger Weg hier raus.

»Hast du an der Hecke einen Doppelknoten gemacht?«, frage ich Briggs.

»Ja … nein. Ich weiß nicht mehr«, antwortet er.

»Doch, hast du. Ganz bestimmt.«

Es scheint noch dunkler zu werden, wenn das überhaupt möglich ist.

»Briggs, kannst du mal mit der Taschenlampe vorausleuchten? Ich sehe nichts.« Wieder schnappt Petunia nach meiner Jeans. »Aua, hör sofort auf – Briggs, was hast du?«

Briggs ist stehen geblieben und das Garn zwischen uns strafft sich. Er schlägt sich ein paarmal die Taschenlampe in die Handfläche. Sie flackert.

»Was ist –«, setzt Sammie an, doch mehr muss sie gar nicht sagen, denn wir alle sehen, was los ist. Die Taschenlampe gibt den Geist auf.

Ich drehe mich zu ihr um. »Das ist doch wohl nicht dein Ernst, oder? Hast du nicht wenigstens vorher neue Batterien reingetan?«

»Ich hatte es eilig. Und ich hab sie nicht mehr benutzt seit –«

»Ha! Seit meiner Übernachtungsparty in der Vierten«, falle ich ihr ins Wort. »Das weiß ich noch. Weil ich sie dir nämlich geschenkt habe!«

»Wenigstens habe ich eine Taschenlampe mitgebracht!«, verteidigt sich Sammie. »Hast du vielleicht eine dabei? Oder irgendwas anderes beizusteuern? Oh, ich weiß was. Wie wär's mit einem *Gedicht*?« Sie tut so, als würde sie Buchstaben in die Luft schreiben.

»Hört auf«, ruft Briggs.

Doch Sammie hört nicht auf. Stattdessen fuchtelt sie weiter mit den Armen durch die Luft. So wütend. So wütend auf mich, nur weil ich … *ich* bin.

Ich weiß nicht, wo ich hingucken soll. Also starre ich auf das letzte Glimmen der Taschenlampe, das immer weiter schrumpft, bis nur noch ein stecknadelkopfgroßes Pünktchen übrig ist. Dann fällt mir etwas ein. Ich nehme meinen Rucksack ab, öffne das Fach, das ich nie benutze, und ziehe das Päckchen Streichhölzer heraus.

»Ich hab … die hier«, sage ich.

Meine Geheimtintenstreichhölzer. Die habe ich in dem Fach versteckt, nachdem ich rausgefunden habe, dass es Briggs war, der mir geschrieben hat. Als Nächstes krame ich meine zurechtgeschnittenen Papierquadrate hervor.

»Und Papier.«

Ich halte beides hoch.

Die Taschenlampe spendet kaum noch Licht, aber es reicht gerade aus, dass Briggs erkennen kann, wie klein meine Zettel sind. »Wie schnell verbrennen die?«, fragt er.

»Keine Ahnung.«

»Also was sollen wir machen? Eine Fackel basteln?«

»Wir könnten … versuchen, aus jedem so viel wie möglich rauszuholen.« Ich halte einen der Zettel hoch. »Ich zünde einen an, und dann gucken wir, wie lange er brennt und … was wir sehen.«

Niemand sagt etwas.

Sammie steckt ihr Handy zurück in die Tasche.

Es ist kein genialer Plan, aber es hat auch keiner einen besseren Vorschlag.

»Okay. Also …« Ich setze meinen Rucksack wieder auf und höre, wie die Thermoskannen drinnen gegeneinanderstoßen. Dann nehme ich einen Zettel und reiche den Rest des Stapels Briggs.

Zzzzffft!

Ich zünde das Streichholz an und halte es rasch an die Ecke des Zettels. Als er Feuer fängt, fällt mir auf, dass ich ihn oben festhalte und das untere Ende angezündet habe, sodass die Flammen auf meine Finger zuzüngeln. Gerade als ich einen kleinen Schrei ausstoße,

beschließe zu sein

erscheinen Worte auf dem Papier, und ich lasse es fallen.

Unsichtbare Tinte von dem Tag, als ich an meinem »Wenn ich beschließe zu sein, wie ich sein will«-Haiku gefeilt habe. Ich habe die Zeilen immer und immer wieder neu aufgeschrieben und sehnsüchtig darüber nachgedacht, wie es wohl wäre, wenn ich mich tatsächlich einfach ändern könnte. Wenn ich nicht die Person sein müsste, mit der Sammie nicht mehr befreundet sein will. Und jetzt muss ich Briggs und Sammie den ganzen Stapel vorführen.

Die beiden stampfen die kleine Flamme auf dem Boden aus.

»Tut mir leid«, krächze ich.

»Nicht schlimm. Willst du lieber, dass ich es mache?«, fragt Briggs.

»Nein. Nein, schon gut.« Ich schüttele den Kopf. Ist doch auch egal, was sie sehen. Das einzig Wichtige ist, dass wir Will finden. Ich hole tief Luft. »Wie wär's, wenn wir das Garn so weit abwickeln wie möglich, und sobald ich den nächsten Zettel angezündet habe, rufe ich ›Los‹, und dann – dann rennen wir so weit, wie wir kommen?«

Niemand antwortet.

Also antworte ich mir selbst. »Okay, also … machen wir es so.« Ich nehme ein weiteres Streichholz. »Fertig?«

Zzzzffft!

sein will

Die Flamme hält nicht länger als die erste Zeile eines Haikus … *eins … zwei … drei … vier … fünf …*

Und in der kurzen Zeit versuche ich, so viel zu erkennen, wie ich nur kann. Hecken! Pfad! Schatten! Rechtskurve voraus!

»Los! Geradeaus und rechts!«, schreie ich. Und wir stolpern weiter, während sich die Flamme durchs Papier frisst. Den letzten Schnipsel lasse ich fallen, kurz bevor ich mir die Finger verbrenne, und wir stampfen, stampfen, stampfen das Feuer aus.

Dann das Ganze von vorne und immer wieder von vorne.

Zzzzffft!

dann ich

Zzzzffft!

Wenn ich

Zzzzffft!

nicht?

Worte erblühen und schrumpeln zusammen, während ich einen Zettel nach dem anderen anzünde.

wie ich sein
bin ich dann
ich oder
beschließe zu
Wenn
Wenn
bin ich

Und während des *eins … zwei … drei … vier … fünf …* zwischen Losrennen und Ausstampfen denke ich darüber nach, dass sobald die Worte verbrannt sind und sich federleicht in die Luft kräuseln, sie nie mehr jemand zu Gesicht bekommen wird. Sie existieren nur noch hier und jetzt, in diesem einen Moment, in dem ich renne und Will meine Hilfe braucht.

Ich weiß nicht, ob wir seit fünf Minuten, fünf Stunden oder fünf Jahren hier sind.

Als ich darauf warte, dass Briggs mir den nächsten Zettel gibt, zögert er und sagt: »Das hier ist der letzte.«

Ich schlucke. »Und das hier das letzte Streichholz …«

»Was machen wir jetzt?«, flüstert Sammie.

»Es sollte nicht mehr weit sein, oder?«, fragt Briggs. »Wie groß kann dieses Ding schon sein?«

Das drittgrößte im ganzen Land. »Viel dürfte jedenfalls nicht mehr übrig sein«, versuche ich, die beiden aufzumuntern. »Ich glaube – AUS, Petunia! Sammie, kannst du nicht –«

»Petunia! Böser Hund! Komm her!« Ich höre Rascheln und das Klimpern der Leine. »Hast du ihn?«

»Nein.«

»Er ist echt schnell. Schnapp dir sein – los, hinterher!«

Hinterher? Wir rennen in die Dunkelheit, immer Petunias Geklimper nach. Einmal glaube ich zu hören, wie Briggs in eine Hecke kracht und sich wieder daraus hervorkämpft.

»Wo ist er? Könnt ihr ihn hören?«, ruft Sammie. »Petunia!«

Einen Moment lang bleiben wir reglos stehen und lauschen.

Nichts, bloß Stille. Dann, plötzlich, bricht wildes Gebell los.

»Da stimmt was nicht!«, ruft Sammie. »Petunia bellt nie. Bibi, mach das Streichholz an! Mach das Streichholz an! Bitte!«

Es ist das allerletzte, aber ich zünde es trotzdem an, auch wenn ich nicht sicher bin, ob es an der Angst in Sammies Stimme liegt oder an meinem Spitznamen, den sie seit dem Kindergarten nicht mehr benutzt hat.

Ich zünde es an.

Zzzzffft!

Manchmal geht alles so schnell, dass man schon weiß, dass man sich später nur wie in Zeitlupe daran erinnern wird. Und während ich versuche, einen Sinn in die Bilder zu bringen, die im Licht der Streichholzflamme vor mir aufflackern und wieder verschwinden, pocht mir mein Herzschlag in den Ohren und zählt die Sekunden runter wie eine Trommel unter Wasser.

fünf … Sackgasse.

vier … Petunia bellt.

drei … Da ist jemand.

zwei … »Es ist Will! Es ist –«

… *eins.*

Ich erkenne ihn in der Sekunde, bevor alles wieder schwarz wird.

Und außerdem: eine Gestalt.

Bereit zum Sprung. Gebleckte Zähne. Angelegte Ohren. Lauernd. Vor Will. *Vor Will.* Und in diesem Moment ballt sich etwas in mir zusammen, so groß und so schnell, dass ich weiß, es können nicht bloß Worte sein, die zum Zögern oder Steckenbleiben neigen. Nein, das hier ist etwas anderes – etwas, das größer ist als jeder Stein, den mir dieses Schuljahr in den Weg gelegt hat, etwas, das nicht zulassen wird, dass irgendwer oder irgendwas meinem Freund wehtut – und das alles bricht jetzt in einem Schrei aus mir heraus, der die Dunkelheit durchbricht.

»NEIN! LASS IHN IN RUHE! ICH HAB KEINE ANGST VOR DIR!«

Ich denke nicht nach.

Ich *mache* einfach.

Ich stürze nach vorn, hole mit meinem Rucksack aus und lasse ihn mit aller Kraft niedersausen.

KAPITEL 50

Klonk!

Ich schreie.

Briggs und Sammie rufen hinter mir in der Dunkelheit.

»Bea!«

»Will!«

»Wo seid ihr?«

»Was ist passiert?«

Ich bin hingefallen und ein Stück über Kies und Gras gerollt. Jetzt krabbele ich auf allen vieren weiter und taste mich vor zu Will. Ich weiß nicht, warum sich mir keine Reißzähne in den Nacken bohren. Oder woher dieser dumpfe Laut gekommen ist.

Ich strecke die Hand aus und fühle etwas Weiches – ein Hemd!

»Will!«

Ich packe ihn bei den Schultern. Er bibbert vor Kälte. »B-B-Bea –«

»Leute! Hier! Helft mir mal!«

Petunia bellt immer noch, er rennt hin und her und schnappt andauernd nach meinen Knöcheln.

Dann sehe ich das schwache Leuchten von Sammies Handy auf mich zuwanken.

Briggs hockt sich neben mich. »Will, geht's dir gut?«

Ich lasse eine Hand auf Wills Schulter liegen und taste mit der anderen nach meinem Rucksack, als ich plötzlich etwas Kaltes, Hartes fühle. Wie ein Tischbein. Nein. Ein Hundebein. Nur aus Metall. Ich taste weiter.

»Das ist … das ist eine Statue. Der Hund ist nur eine Statue«, stoße ich hervor.

»Was?«, fragt Briggs. »Die Killerhunde? Du meinst, das sind alles bloß Statuen?«

»Dieser hier jedenfalls. Keine Ahnung.« Ich klopfe dreimal dagegen. *Klonk! Klonk! Klonk!* »Aber ist ja jetzt egal. Helft mir bitte mal, meinen Rucksack zu finden; da ist eine Jacke für Will drin.«

Will versucht wieder, etwas zu sagen, aber er zittert zu stark, und ich weiß nicht, was ich sonst machen soll. Ich fange an, seine Arme warm zu rubbeln, während Briggs durch die Dunkelheit auf uns zustakst. Endlich höre ich das Geräusch eines Reißverschlusses und die weiche Jacke landet auf mir. Sie ist klitschnass und riecht eklig süß. Die heiße Schokolade! Sie ist ausgelaufen. Bevor ich etwas sagen kann, schlüpft Briggs aus seiner Cabanjacke und gibt sie mir. Wenn ich auch nur eine Sekunde zum Nachdenken hätte, würde ich das sofort der Liste mit Dingen hinzufügen, die ich an Briggs toll finde. Die ich wirklich sehr, sehr toll an ihm finde. Die Jacke ist von innen noch warm. Ich versuche, sie so schnell wie möglich Will überzustreifen.

»Will, ist alles okay?«, frage ich. »Tut mir so furchtbar leid, dass ich zu spät bin. Hier, gleich ist dir wieder warm – ich muss nur noch – Manno!« Ich kämpfe mit der steifen Wolle. »Briggs, diese Knöpfe sind ja die Hölle!« Endlich habe ich sie bezwungen und klappe den Kragen hoch, damit Wills Hals bedeckt ist.

Will öffnet den Mund. »Sch-Sch-Sch –«

»Was ist? Tut dir was weh?«

»Sch-Schildchen.«

»Schildchen?«, pruste ich, irgendwo zwischen Lachen und Schluchzen. »Ach, Will. Ich weiß. Tut mir leid, aber das ist nun mal die einzige Jacke, die wir haben. Wie lange bist du denn schon hier?«

»W-weiß nicht«, antwortet er. »D-du warst nicht an der Mauer, d-dabei kommst du nie zu spät. Und dann ist mir eingefallen, dass du den Plan ändern wolltest – obwohl ich Nein gesagt habe. Aber vielleicht hab ich es auch nicht oft genug gesagt. Du v-verstehst Sachen ja nie, wenn man sie nicht ganz oft wiederholt.«

Ich nicke. Er hat recht. Ich bin das Mädchen, dem man alles *hundertmal* sagen muss. Ich sollte wirklich besser zuhören.

»Du wolltest, dass wir uns erst am Labyrinth treffen. A-aber da warst du auch nicht, und da wusste ich nicht, ob du den Plan vielleicht noch mehr geändert hast und schon mal vorgegangen bist. Und dann …«

»… war es auf einmal kein Labyrinth mehr«, beende ich seinen Satz. »Aber das ist gar nicht schlimm. Briggs, das Garn?«

»Hier. Ich muss nur kurz …« Ich höre, wie er den Faden einrollt. So lange, bis er sich strafft und wir ihm zurück zum Ausgang folgen können. »Es hängt irgendwo fest.«

Plötzlich stößt Petunia ein Fiepen aus.

»Oh nein …«, ertönt Sammies Stimme.

»Was denn? Was ist passiert?«, fragt Briggs.

»Tut mir leid«, sagt Sammie. »Petunia – er ist komplett in den Faden verwickelt. Er muss …«

Stille breitet sich aus.

»Ihr – Ihr wisst doch, wie wir hier rauskommen, oder?«, erkundigt sich Will.

Keiner sagt etwas.

Petunia jault.

Diesmal weiß ich, dass es keiner der Killerhunde ist, aber der Laut jagt mir trotzdem einen Schauer über den Rücken. Wir haben kein Licht. Es ist stockdunkel und kalt und wir befinden uns im drittgrößten Irrgarten des Landes.

»Bea?«

Ich antworte nicht. Meine Hand liegt auf meiner Brust und zählt die Schläge einer Zeile, die ich nicht aussprechen will.

Ich weiß nicht, wie.

(vier)

KAPITEL 51

Wir haben uns in einem engen Kreis auf den Boden gekauert. Sammie hält Petunia umklammert und ihr Handy verströmt kaum mehr Licht als ein Glühwürmchen. Briggs schlottert in der nassen Jacke, die er versucht hat auszuwringen.

»Ooo-k-kay«, nuschelt er durch klappernde Zähne. »Fassen wir zusammen: K-kein Garn. Kein Handyempfang. Sonst noch w-was?«

»Wir können nicht bis morgen früh warten. Meine Mom flippt aus«, erklärt Sammie.

An meine Mom will ich lieber gar nicht denken. Daran, dass sie nicht weiß, wo ich bin. Daran, dass ich nicht weiß, ob ich schon eine kleine Schwester habe. Oder ob es Mom und ihr gut geht.

»Will?«, frage ich. »Vielleicht fällt dir ja irgendwas über Irrgärten ein, das uns –«

Will schüttelt den Kopf. »Ich hab's dir doch gesagt, ich mag keine Irrgärten. Und jetzt mag ich sie sogar noch weniger. Das hier sollte ein Labyrinth sein. Ein Meisterwerk der Geometrie. Es sollte –«

»Ich weiß, ich weiß.« Ich vergrabe mein Gesicht in den Händen.

Es sollte perfekt sein. Warum sind nur immer alle so besessen davon, dass etwas perfekt ist? Mrs Rod meinte, sie hätte das perfekte Buch für mich aufgestöbert. Jenny Leland fand, dass meine Mutter perfekte Gemälde malt. Und selbst Dan Ross, dieses Spatzenhirn …

Moment.

Ich stehe auf. »Will.«

»Ja.«

»Du dachtest doch, dieses Labyrinth wäre perfekt.«

»Ist es aber nicht.«

Langsam drehe ich mich um die eigene Achse. Es ist dunkel, und ich kann nichts sehen, doch mir ist auch so klar, dass vor mir ein totes Ende liegt. »Was – Was, wenn es doch perfekt ist?«

»Was meinst du damit?«, will Sammie wissen.

»Erinnerst du dich noch, was Mr Clarke neulich im Unterricht erzählt hat?«, wende ich mich nun an sie. »Die Bonuspunktebombe?«

Sammie ist die Einzige, die mit mir in diesem Kurs ist. »Die mit ›Karate Kid‹?«

»Nein, die andere.« Ich schüttele den Kopf. »Will.«

»Ja.«

»Die beste Strategie, um eine Entscheidung zu treffen, ist, alle Informationen durchzugehen, die man hat, stimmt's?«

»Ja.«

Ich schließe die Augen und sehe gleich viel klarer.

Ich sehe Dan Ross' Irrgarten, genau wie vor ein paar Wochen, als ich auf Zehenspitzen davorstand. Mr Clarke hat uns erklärt, dass es ein perfekter Irrgarten sei und man nur einen Trick brauche, um den Weg hindurchzufinden. Aber wodurch wird etwas perfekt? Was hat Mrs Rod noch gleich über das Buch gesagt, das sie mir gegeben hat? Was hat Jenny Leland über Moms Gemälde gesagt? Was ist es für ein Gefühl, wenn eines meiner Gedichte einfach … genau richtig ist?

Meine Hand legt sich auf mein Herz.

Ba-bamm.

Ich mache die Augen wieder auf. Es ist immer noch stockdunkel, aber mit einem Mal kann ich trotzdem sehen. Und ich sehe alles.

»Verbundenheit«, murmele ich.

»Was?«, fragt Briggs.

»Die Wände. Der Irrgarten. Alles ist miteinander verbunden. Alles!« Ich drehe mich zu Will um. »Such dir eine Wand aus.« Mein Herz hat zu hämmern angefangen und meine Stimme zittert.

»Wieso?«

»Such dir eine Wand aus, Will. Vielleicht ist das hier ja ein perfekter Irrgarten! Wie der, den du zum Geburtstag bekommen hast, aber nicht mochtest, weißt du noch?« Wieder schließe ich die Augen. »Und wenn es einer ist – wenn wir jetzt von oben darauf runtergucken würden, könnten wir sehen, dass alle Wände miteinander verbunden sind. Und sich gegenseitig stützen. Was bedeutet, dass alles hier miteinander verbunden ist und dadurch –«

»… finden wir den Weg nach draußen.« Wills Stimme klingt schon viel fester.

»Dadurch finden wir den Weg nach draußen«, wiederhole ich. »Streck deine Hand nach der Hecke aus. Du musst sie die ganze Zeit beim Gehen berühren.«

Will nickt. »Wenn alle Wände des Irrgartens miteinander verbunden sind, heißt das, sie müssen auch mit dem Ausgang verbunden sein. Wenn wir also beim Gehen nie die Hand von der Hecke nehmen und nicht die Richtung wechseln, dann kommen wir irgendwann zum Ausgang. Und hier raus.«

»Bist du denn sicher?«, flüstert Sammie. »Dass dieses Ding genauso ein Irrgarten ist? Wie – Wie Dans?«

Ich zögere kurz, bevor ich antworte. »Nein.«

Schweigend bilden wir eine Reihe, strecken jeder die rechte Hand nach der Hecke aus und legen die linke auf die Schulter unserer Vorderleute.

Zuerst ich. Danach Will. Dann Sammie. Und Briggs.

Ich zittere, aber ich recke entschlossen das Kinn vor und starre in die Dunkelheit.

Ich weiß nicht, ob das hier ein perfekter Irrgarten ist. Ich weiß nicht, was vor uns liegt und ob ich die richtige Entscheidung getroffen habe. Alles, was ich weiß, ist, dass ich Angst habe – aber ich muss es trotzdem versuchen. Und das Gefühl von Wills Hand auf meiner Schulter sorgt dafür, dass ich noch etwas weiß: Egal, was passieren wird, ich bin nicht allein.

KAPITEL 52

Ich führe uns zum Ausgang.

Als wir das Labyrinth verlassen, ist das ganze Grundstück in Mondlicht getaucht. Die Wolken haben sich verzogen und vor uns liegt der Weg zurück zur Öffnung in der Außenmauer.

Ich drehe mich zu Sammie um und frage mich, was wohl morgen in der Schule passieren wird. Andererseits kann man wahrscheinlich nie genau wissen, was als Nächstes passiert. Man kann nur im Hier und Jetzt sein Bestes geben.

Sobald wir in den Teil des Parks gelangen, in dem es wieder Handyempfang gibt, ruft Sammie ihre Mom an, die uns innerhalb von Minuten abholen kommt.

Sie hat Tränen in den Augen, als sie mich sieht, und nimmt mich in den Arm. Dann lacht sie und umarmt auch Will und Briggs.

»Es geht euch gut, und ihr seid wieder da, und ihr seht so erschöpft aus, dass ich gar nicht mehr wissen will. Das solltet ihr lieber euren Eltern erklären, die habe ich nämlich alle angerufen. Ich habe zwar keine Ahnung, was ihr so spät am Abend noch in einem Park macht, der bei Sonnenuntergang schließt, aber ich verstehe schon.« Sie lächelt uns an, und während sie zum Auto geht, habe ich das Gefühl, ihre Hymne zu hören.

Als wir vor Wills Haus halten, sagt er etwas zu Briggs, was ich nicht hören kann. Aber ich sehe, wie Briggs nickt und ihm auf die Schulter klopft. Dann dreht Will sich zu mir um und meint: »Ich weiß, Anerkennung ist dir wichtig. Also *danke*, dass du mich gerettet hast.«

»Tja, ich habe eben eine Liste mit allen Informationen gemacht und bin zu dem Schluss gekommen, dass du, Will, es absolut wert bist, gerettet zu werden.«

»Du auch«, entgegnet er.

Ich lache. Dann jedoch höre ich schnell wieder auf, als ich sehe, wie ernst er mich anblickt.

»Bis morgen in der Schule«, verabschiede ich mich.

»Ja«, antwortet er.

Bevor Briggs vor seinem Haus aus dem Auto steigt, grinst er mich an. Und tippt sich an den Hut. »Auch für heute Abend hättest du Standing Ovations verdient«, sagt er, was mir etwas in Erinnerung ruft.

»Damals … auf der Poolparty …« Ich spüre, wie S neben mir die Luft anhält. »Das … warst du, der geklatscht hat, stimmt's?«

Doch Briggs grinst bloß weiter vor sich hin, steigt aus und winkt kurz zum Abschied.

Als wir schließlich am Krankenhaus ankommen, ist es, als hätte ich zwei verschiedene Sammies neben mir. Die eine, die seit dem letzten Ferienwochenende kein Wort mehr mit mir geredet hat. Und die andere, die zum Leland-Anwesen gekommen ist, um mir zu helfen. Sie hatte eine Garnrolle, eine Taschenlampe von meiner Übernachtungsparty in der Vierten und einen mittelgroßen Hund dabei. Wir haben uns gestritten. Aber wir haben auch Will gefunden. Und einen Weg nach draußen.

Sie macht den Mund auf, doch bevor ich mich versichern kann, welche Sammie sprechen wird, kommt ihre Mutter ihr zuvor. »Als ich deine Eltern angerufen habe, um ihnen zu erklären, dass du in Sicherheit bist, meinten sie, du sollst dich beeilen, damit du deine kleine Schwester kennenlernst.«

Und so sagt keine der beiden Sammies etwas zu mir.

Aber ich sage auch nichts.

Ich bedanke mich bloß bei ihrer Mom und renne los.

Bevor ich mich jedoch auf den Weg zum Zimmer meiner Mom mache, bleibe ich am Empfang stehen und gucke eine Weile zwischen den beiden Mitarbeitern, die hinter dem Tresen beschäftigt sind, hin und her. Schließlich entscheide ich mich für die Krankenschwester mit dem breiten Lächeln, anstatt für den finster dreinblickenden Pfleger, und frage: »Hätten Sie vielleicht ein Blatt Papier und einen blauen Stift für mich?«

Die Frau sieht sich um. »Papier ja, aber die Stifte sind alle schwarz.«

In dem Moment meldet sich der griesgrämig wirkende Pfleger zu Wort: »Ich habe einen blauen!« Er hält seinen Stift hoch und es ist einer dieser billigen, seelenlosen Plastikkugelschreiber.

Ich nehme ihn trotzdem und sage: »Danke. Der ist perfekt.« Denn der Stift ist hier, genau jetzt und in diesem Krankenhaus, in dem meine Mom und mein Dad und meine kleine Schwester auf mich warten. Ich habe eine leere Seite vor mir. Alles ist möglich.

Und ich habe mich endlich für einen Zweitnamen entschieden.

Dann bin ich in Moms Zimmer und umarme sie. Sie sieht schön und erschöpft aus. Ich kann gar nicht mehr aufhören zu grinsen, weil Starling so dicke, flauschige Haare hat, die ihr vom Kopf abstehen wie schwarze Flammen, und weil ihr Gesicht so rund ist, dass sie aussieht wie ein kleiner Buddha, und weil Mom und Dad schwören, dass ich noch mehr Haare hatte, als ich zur Welt gekommen bin, und mein Gesicht noch runder war. Ich gebe ihnen den Zettel. Zwar ist das Wort darauf nicht mit indigoblauer Tinte geschrieben und hat keinen Rahmen aus Sternchen, wie ich es mir vorgestellt hatte, aber es ist genau das, was ich ihnen jetzt geben will.

Einen Moment lang starren sie darauf und fangen dann beide an zu weinen. Das heißt, Mom rollt eine einzige, schimmernde Träne über die ebenmäßige Wange. Dad dagegen macht Schniefgeräusche wie ein kleines Kind und muss seine Brille abnehmen, um sich die Augen zu wischen.

Mom wendet sich mir zu. »Das ist genau der Name, den ich ausgesucht hätte, wenn er mir denn eingefallen wäre, Trix. Der ist …« Sie legt sich die Hand aufs Herz und unsere Blicke treffen sich.

ba-bamm, ba-bamm

»Starling.« Mom gibt meiner kleinen Schwester einen Kuss auf den Kopf. »Du hast jetzt einen Zweitnamen.«

Ich gebe ihr auch einen Kuss und flüstere: »Ich hoffe, er gefällt dir, Starling Blue.«

Wieder sehe ich meiner Mom in die Augen, und es ist, als wären wir zurück in ihrem Atelier, mit ihrem Gemälde, das bis zum

Himmel reicht, und als schwebte sie durch eine Welt voller Sternschnuppen und glitzernder Vögel; nur dass diesmal ich mit ihr schwebe.

… ich mag das Blau auch …

»Und dich mag ich auch«, flüstert Mom in mein Haar. Sie drückt mich so fest an sich, wie sie es mit meiner kleinen Schwester zwischen uns gerade eben kann. »Weißt du eigentlich, wie lieb ich dich habe, Trix?«

Ich nicke an ihrer Schulter.

Ich dich auch, ich dich auch.

KAPITEL 53

Heute ist Montag und ich bin auf dem Pfad.

Ich stehe an der Mauer.

Und warte.

Aber diesmal ist es ein anderes Warten.

Diesmal ist es ein Warten, bei dem man sich denkt, dass man vielleicht einfach gleich damit aufhört. Noch ist es nicht zu spät. Wenn ich jetzt gehe, komme ich sogar ein kleines bisschen zu früh zum Unterricht. Und genau dafür entscheide ich mich.

Ich laufe los. Komisch.

Ich kenne diesen Pfad so gut, bin ihn schon Hunderte Male gegangen, aber heute kann ich nur an eins denken: Je öfter man einen Pfad geht, desto mehr bekommt man das Gefühl, dass man mit allem, was einen an dessen Ende erwartet, fertig wird.

KAPITEL 54

Auf dem Gang treffe ich auf Mrs Rod, die sich mit Mr Clarke unterhält, lachend und kein bisschen schüchtern und unbeholfen. Sie wirkt eher, als rede sie … mit einem von uns. Ihre Sneakers haben heute leuchtend gelbe Smileys an den Seiten.

»Hallo, Mrs Rod! Hallo, Mr Clarke!«, rufe ich. Die beiden winken und kommen auf mich zu.

»Guten Morgen, Bea!«, begrüßt mich Mrs Rod. »Wie geht's dir? Wie kommst du mit dem Buch voran?«

»Ich bin durch«, antworte ich. Bevor ich mich auf den Weg zum Leland-Labyrinth gemacht habe, um genau zu sein. Obwohl es mir jetzt vorkommt, als wären seitdem Millionen von Jahren vergangen.

»Ach, wie schön.« Sie lächelt. »Und?«

»Sie haben doch gesagt, in dem Buch geht es ums Sein, stimmt's?«

Mrs Rod nickt.

»Also zuerst wollte sie einfach sie selbst sein. Aber dann hat sie deswegen Probleme bekommen. Hauptsächlich mit Leuten, die überhaupt nicht wichtig waren. Dann hat sie beschlossen, anders zu sein. Was einen Menschen, der tatsächlich wichtig war, glücklich gemacht hat. Aber *sie* war nicht glücklich.«

»Und jetzt?«, fragt Mrs Rod.

»Und jetzt, glaube ich …« Ich suche nach Worten. Dann habe ich eine Idee und sehe zu ihr hoch. »Ich glaube, sie hat sich entschieden, dass sie, selbst wenn sie den einen Menschen verliert, lieber wieder …« Ich lächele. »… lieber … Ach, Sie wissen schon.«

Mrs Rod nickt. Sie weiß schon.

»Aber ich kann irgendwie nicht aufhören, über den Erzähler nachzudenken.«

»Was ist denn mit dem Erzähler?«

»Es ist so schade, dass er nicht zu ihr stehen und für sie da sein konnte. Besonders weil ich glaube, dass er es wirklich bereut.« Ich blinzele ein paar plötzliche Tränen weg. »Ich glaube, manchmal haben Menschen einfach Angst und stehen unter solchem Druck, dass sie nicht wissen, was sie machen sollen. Aber ich finde, dass man sich durch Angst von nichts abhalten lassen sollte – von nichts, was wirklich wichtig ist.«

Mrs Rod nickt wieder. »Gutes Buch, was?«

Ich seufze. »Fast schon perfekt.«

Dann räuspere ich mich und wende mich Mr Clarke zu. »Übrigens, wo wir gerade von etwas Perfektem sprechen, ich habe es geschafft.«

»Fantastisch!« Er schüttelt mir die Hand, so übertrieben wie im Zeichentrickfilm, dreimal hoch, dreimal runter. »Ich hab's doch immer gewusst! Kein Nanosekündchen habe ich daran gezweifelt. Jetzt verrat mir nur noch eins: Wovon genau redest du?«

»Von der Bonuspunktebombe«, antworte ich. »Ich habe den Weg durch einen perfekten Irrgarten gefunden.« Ich achte darauf, jedes Wort ganz deutlich auszusprechen, um die größtmögliche Wirkung zu erzielen, und dann lache ich, als Mr Clarke die Kinnlade runterklappt. »Da war ein Trick dabei, genau wie Sie gesagt haben.« Noch bevor der Satz heraus ist, wird mir etwas anderes klar. »Und das hat mir geholfen, eine Lösung für ein ziemlich großes Problem in meinem Leben zu finden. Es hat mich wirklich weitergebracht.«

Mr Clarke gerät ein bisschen ins Stammeln. »Ach j-ja?« Dann beginnt er, an den Einbänden seiner Bücher zu knibbeln. Noch nie hat jemand eine seiner Bonuspunktebomben gelöst. Er sieht mich an und meint leise: »Danke, Beatrix. Als Lehrer versucht man immer, einen Weg zu seinen Schülern zu finden, eine Art Verbundenheit zu schaffen, aber …« Moment mal. Hat er etwa gerade feuchte Augen bekommen? Erwachsene sind echt seltsam.

Mir fällt auf, dass er sich nun auch noch den letzten Rest seiner Gesichtsbehaarung abrasiert hat, von der in der vorigen Woche noch ein schmaler Oberlippenbart übrig war. »Übrigens«, erkläre ich mit einer Geste auf sein Gesicht. »So gefällt mir Ihr Bart am besten.«

Im nächsten Moment ist Mr Clarke wieder ganz er selbst und schmunzelt. »Na, herzlichen Dank, junge Dame. Soso, das ist ja eine regelrechte Bonuspunktebombenpremiere! Was machen wir denn da? Sollen wir das Ganze aufschreiben und in Gold rahmen lassen? Oder …« Er mustert mich. Als hätte er eben etwas völlig Neues über mich herausgefunden. »Wie wär's, wenn du im Unterricht ein kleines Referat darüber hältst?«

Eine Sekunde lang starre ich ihn an.

Dann nicke ich.

»Dass ich das noch erleben darf, Miss Beatrix *Bruce*? Lee!« Er gibt nicht auf.

Ich lache. »Nur damit Sie Bescheid wissen, Mr Clarke. Ich habe überhaupt keinen Zweitnamen.«

»Keinen Zweitnamen? Na, da brat mir doch einer ’nen Storch! Wie soll es denn jetzt weitergehen? Womit soll ich mich bei Laune halten?« Er schüttelt theatralisch die Faust Richtung Himmel, dann lächelt er mich an. »Also … einfach nur Beatrix Lee?«

»Meine Eltern meinten immer, das würde reichen. Als kleines Kind war ich ziemlich sauer auf sie deswegen, darum haben sie mich den Zweitnamen für meine kleine Schwester aussuchen lassen. Sie ist gestern Abend zur Welt gekommen und heißt Starling Blue.«

Mr Clarke zwinkert mir zu. Erwachsene machen manchmal so seltsame Sachen. Zwinkern. Wahrscheinlich denken sie, das würde wirken, als hätte man etwas gemeinsam oder so. Aber ich finde, Mr Clarke lässt es einfach wirken wie … Mr Clarke.

»Tja, dann herzlichen Glückwunsch, dass du jetzt eine große Schwester bist. So, wenn du mich nun entschuldigen würdest, ich möchte Ms Rodriguez ins Lehrerzimmer begleiten, um ihren Koffeinhaushalt aufzufüllen. Außerdem haben wir gleich eine Konferenz, bei der darüber beraten wird, ob unser Softballteam in ein Krocketteam umgewandelt werden soll – wogegen ich mich mit Händen und Füßen wehren werde! Bis bald im Unterricht, Einfach-nur-Beatrix.«

Bevor die beiden sich umdrehen, wirft Mrs Rod mir noch einen *Blick* zu und winkt, und ich freue mich darüber, dass er heute nichts zu verkünden scheint, außer dass sie glücklich ist und auf dem Weg zu Freunden.

KAPITEL 55

Als ich zu Sozialkunde Doppelpunkt Völker des Altertums komme, bleibe ich kurz in der Tür stehen und spähe in den Raum. Ich bin früh dran. Sammie und Lisa und Liz und Allegra stehen in der gegenüberliegenden Ecke bei Dan Ross und ein paar anderen Jungs rum.

Ich gehe zu meinem Platz wie immer. Schiebe meinen Rucksack unter den Tisch wie immer.

Sammie rührt sich nicht. Sie sagt kein Wort.

Und als ich sie so stocksteif dastehen sehe, würde ich ihr am liebsten einen Füller mit Goldfeder oder zur Not auch einen billigen, seelenlosen Plastikkugelschreiber in die Hand drücken und sie zur nächsten Wand schieben.

Oder ihr ein blaues Buch mit einer grünen Strichmädchenfigur auf dem Cover geben.

Oder ihr eine Hymne suchen, zu der sie mitten auf der Straße zu singen anfängt.

Genau wie dieser eine Song auf meiner »Hör gut zu«-Playlist. Ein Song, den ich ausgesucht habe, weil ich ihr sagen wollte, dass sie eben nicht so stocksteif dastehen, Angst haben und die Hände verknoten muss. Weil es sich nämlich nicht lohnt, seine Zeit mit

Menschen zu verbringen, in deren Gegenwart man das Gefühl hat, nicht sagen zu dürfen, was man gern sagen will. Oder nicht sein zu dürfen, wie man gern wäre.

Ich denke darüber nach.

Ich denke immer noch darüber nach und hebe die Hand, um meine Kopfhörer abzunehmen.

Aber dann behalte ich sie auf und ziehe zum ersten Mal seit diesem Sommer das Ende des Kabels aus meiner Tasche und stecke es in mein Handy, und dann drücke ich »Play«, und obwohl ich den Song seit Ewigkeiten nicht gehört habe, weiß ich in der ersten Sekunde, dass es

mit einem Herzschlag beginnt.

bamm-ba dumm
bamm-bamm ba-dumm

Ich mache die Augen zu und lausche auf mein eigenes Herz, während ich darüber nachdenke, dass diese ganze Playlist von Anfang an eine Botschaft an Sammie war, mit der ich ihr so vieles sagen wollte.

Ich betrachte das Cover, das ich dazu entworfen habe.

HÖR GUT ZU.

Ich betrachte es und denke an etwas, was Will mir über Botschaften gesagt hat. Dass man gut überlegen muss, wem man sie schickt, weil Botschaften schließlich dazu da sind, dass jemand sie bekommt.

Dann drehe ich die Lautstärke auf, lehne mich zurück und höre zu.

Mr Clarke hat bestimmt nichts dagegen. Es wird noch ein paar Minuten dauern, bis er hier ist und der Unterricht beginnt, und dann sage ich ihm einfach, dass das hier meine Art ist, mich auf mein Referat über perfekte Irrgärten vorzubereiten.

KAPITEL 56

Will sieht zu mir hoch, als ich meine Eierschiffchen esse. »Wenn du mir alle Informationen gegeben hättest, wäre ich bestimmt selbst zu dem Schluss gekommen, dass das Leland-Labyrinth nicht unikursal ist.«

»Ich habe dir ja wohl Superinformationen gegeben! Ich bin die Königin der Informationen. Ohne mich wärst du nicht mal in die Nähe von diesem Labyrinth gelangt! Wer hat denn das mit der beschädigten Mauer rausgefunden? Und den Steinmetzen? Und – ach so, dann noch diese andere winzige Nebensächlichkeit: wie man wieder rauskommt?« Lächelnd beiße ich zu.

»Wir wären ja gar nicht erst reingegangen und hätten uns verirrt, wenn ich alles gewusst hätte. Hier, ich habe mal eine Liste mit Informationen gemacht, die du mir vorenthalten hast.«

»Will, das ist ja wohl ein Scherz, oder?«

Er guckt auf seine Liste. »Nein.«

»Ich hab nur –«

»*Punkt eins:* Das Allererste, was Jenny Leland dir über Mr Leland erzählt hat, war, dass er gern tüftelt. Beim *Tüfteln* kann er sich entspannen. Und weißt du, was für einen *Tüftler* die ultimative Herausforderung ist? Ein multikursaler Irrgarten.«

»Aber woher hätte ich denn –«

»*Punkt zwei*: Die Steinmetze, die er herbestellt hatte, sind *Griechen*. Steinbau Kanakaris. Er wollte die Hecken wegreißen und das Ganze in antikem griechischen Stil nachbauen lassen. *Antik. Griechisch.*«

»Was hat das denn mit –«

»Es ist ein Indiz dafür, dass er sich für das antike Griechenland interessiert, darum hätte ich sofort angenommen, dass er das Wort Labyrinth in seiner klassischen Definition benutzt, nicht in der modernen. Muss ich dir den Unterschied denn noch mal erklären? Die moderne Konnotation –«

»Ich weiß! Ich weiß! Aber ich habe ungefähr achtzehn Mal ›griechische Steinmetze‹ gesagt, als ich mit Jenny Leland telefoniert habe. Du warst doch dabei! Das ganze Gespräch drehte sich um griechisches Dies und griechisches Das. Was kann ich denn dafür, wenn du nicht richtig zuhörst?«

»Du weißt genau, dass ich ein exzellenter Zuhörer bin«, entgegnet Will. »Und du hast nie ›griechische Steinmetze‹ gesagt. Kein einziges Mal. Du hast immer nur von irgendeiner ›Stadt des Winds‹ und von ›windigen Handwerkern‹ geredet. Du hast mir nie erzählt, dass die Steinmetze Griechen sind und Mr Leland eine Mauer in antikem Stil wollte.«

Ach ja.

Stadt des Winds

»Ich glaube, der Name gefällt mir einfach. Ich überlege schon die ganze Zeit, ob ich mal ein Gedicht darüber –«

»*Punkt drei:* Wenn ich gewusst hätte –«

»Will!«

»Ja.«

»Beim nächsten Mal werde ich besser darauf achten.«

»Bei welchem nächsten Mal?«

»Na, wir müssen doch immer noch ein Labyrinth für dich finden, oder?«

»… ja.«

Ich warte nicht darauf, dass er mich fragt, und mache mir nicht mal Gedanken darüber, was er antworten könnte, sondern frage einfach selbst: »Darf ich dir dabei helfen?«

»Kennst du denn eins? Hast du schon recherchiert? Gibt es eins hier in der Nähe? Aber diesmal musst du mir alle Informationen geben. Du kannst ja eine Liste machen.«

»Mache ich. Versprochen. Und dann –«

»Und diesmal darfst du nichts auslassen.«

»Okay, Will, aber kannst du trotzdem bitte mal aufhören, mich ständig zu unter…«

»Ich unterbreche dich doch gar – oh.« Er fängt an, in seinem Ordner zu blättern, und ich weiß genau, wonach er sucht. Nach einer Liste. Um ihr eine weitere Information hinzuzufügen.

»Und, Will?«

»Ja.«

»Ich hab dir was mitgebracht.«

Ich schiebe eine Thermoskanne zu ihm rüber.

»Was ist dadrin?«

»Heiße Schokolade.«

»Warum bringst du mir die mit, wo du doch weißt, dass ich immer nur –«

Seufz.

»*Weil*«, antworte ich. »… weil es nun mal wichtig ist, Leuten seine Anerkennung zu zeigen … weil ich einfach nur gern mal Danke sagen will, und weil … du mein Freund bist.« Plötzlich fühlt sich meine Kehle eng an. »Du bist … immer für mich da. Ich weiß nicht, ob ich dir überhaupt klarmachen kann, wie viel mir das bedeutet.«

Einen Moment lang sagt Will gar nichts. Er rührt die Thermoskanne nicht an, aber er hebt den Kopf und sieht mir in die Augen. Witzig. Mir ist noch nie aufgefallen, dass er graue Augen hat. Dann guckt er wieder runter und meint leise: »Da sind keine Marshmallows drin, oder? Die mag ich nämlich n… Was denn?«

Als ich endlich wieder aufhören kann zu lachen, versichere ich ihm, dass die Schokolade marshmallowfrei ist.

KAPITEL 57

Ich glaube, langsam verstehe ich, warum Will seine Listen so mag.

Meine Liste mit Dingen, die ich an Briggs toll finde, ist schon ziemlich lang. Und jetzt habe ich noch etwas Neues, was ich ihr hinzufügen kann: Es sieht nämlich so aus, als müssten wir kein riesiges Grundsatzgespräch über das führen, was im und um das Labyrinth passiert ist. Über das versehentliche Händchenhalten, Fahrradfahren zu zweit und so weiter. Wir sind einfach bloß zwei Leute, die … zusammen etwas erlebt haben, was keine Erklärung braucht. Und ich muss mir nicht mal Sorgen machen, was er denken oder empfinden könnte. Denn das weiß ich alles längst. Weil er sein Herz auf der Zunge trägt.

Als ich Briggs in der »Broadside«-Redaktion sehe, gehe ich direkt zu ihm. »Du, ich hatte ja mal gesagt, ich würde keine Gedichte mehr für die Zeitung schreiben, weißt du noch?«

Er mustert mich hoffnungsvoll. »Jaaaa?«

»Na ja … vielleicht hätte ich doch was. Magst du Haikus?« Ich kenne seine Antwort schon.

»Ja. Total.«

»Ich auch. Aber eigentlich hatte ich an etwas gedacht, das zwar zum Teil ein Haiku ist, aber gleichzeitig auch … was ganz Eigenes.

Ein bisschen so, als würde man anfangen, ein Haiku zu schreiben, was aber nicht richtig klappt, sodass man es am Ende in etwas anderes verwandelt. Verstehst du, was ich meine?«

Briggs nickt. »Ich finde, es sollte genauso sein, wie du es haben willst.«

Das finde ich auch.

»Darf ich es mal lesen?«

»Du bekommst es als Allererster zu sehen.«

Briggs antwortet nicht, sondern schiebt bloß seinen Filzhut hoch, damit ich jeden Zentimeter seines lächelnden Gesichts sehen kann.

An diesem Nachmittag lege ich eine Nachricht ins Portal.

Hi.

Ich bin's, und ich weiß, dass du Bescheid weißt. Ich weiß nämlich auch Bescheid, und es tut mir leid, dass ich dir hier so lange nichts hinterlassen habe, aber ich musste mir erst über ein paar Sachen Klarheit verschaffen, und eine von diesen Sachen ist, dass ich mit dir befreundet sein will, egal, was passiert. Können wir uns am Mittwoch nach der Schule hier treffen? Ich habe etwas, was ich dir geben möchte. Etwas, von dem ich hoffe, dass es seinen Weg an eine ganz bestimmte Wand finden wird.

Liebe Grüße
Deine Freundin

An dem Abend im Leland-Labyrinth wollte ein Haiku in mir entstehen, aber ich wusste nicht, wie es weitergehen oder überhaupt zu etwas werden sollte. Jetzt weiß ich es, weil es nämlich gar kein Haiku ist. Sondern etwas anderes. Und trotzdem ist es *meins*, trotzdem schlängeln sich die Zeilen über die Seite wie ein verschlungener Pfad, umrahmt von Ranken und kleinen Zeichnungen. Es gibt keinen richtigen Namen dafür, einfach weil es etwas ganz Eigenes ist.

Ich möchte Danke sagen. Ich *muss* Danke sagen. Denn ich weiß nicht, ob mir ohne meinen geheimen Freund klar geworden wäre, dass ich wieder sichtbar sein möchte.

Der richtige Weg

Ich weiß nicht, wie
soll ich sein, wie ich nicht bin?
(Schon ein ganzer Takt zu wenig –
es ist schwerer als gedacht.)
Dann ist dies wohl was anderes,
das tanzt und sich windet und neue Wege findet.
Es steht nicht rum oder wartet wie dumm.
(Der Reim ist auch nicht perfekt.)
Nicht mal ein Irrgarten hält es im Zaum.
(Perfekt oder nicht – als wäre das Pflicht!)
Wenn jemand ihm vorschreibt, wie es zu sein hat,
dann schert es sich nicht darum.
Vielleicht ist dieses andere ja einfach bloß mein Ich,
und wenn ich in den Himmel schreibe, stört euch das doch nicht.
Bringt jemand mich vom Weg ab,
dann irre ich umher,
doch heute weiß ich endlich sicher ...

An dieser Stelle zeichne ich eine kleine Tür in die Hecke, in die ich die letzte Zeile schreibe.

... einen neuen zu finden, ist gar nicht so schwer.

Ich rolle das Gedicht zusammen. Es ist zu groß, um ins Portal zu passen, aber eigentlich möchte ich es meinem gar nicht mehr so geheimen Geheimfreund auch viel lieber direkt geben.

Persönlich.

Weil es wichtig ist, Danke zu sagen.

KAPITEL 58

Mittwoch nach der Schule warte ich an der Mauer.

Kaum zu glauben, wie oft ich in letzter Zeit hier gestanden und auf jemanden gewartet habe, der kommen und mir versichern würde, dass schon alles wieder gut werde und ich mir keine Sorgen machen müsse, und ich überlege, ob eine einzige Person allein eigentlich all das für einen tun kann.

Und dann, wie aus dem Nichts.

Genau wie schon das ganze Schuljahr über.

Ein Rascheln im Gebüsch, das Knacken von Zweigen. Aber diesmal lächele ich und halte Ausschau nach einem Farbschimmer an der Ecke, denn es gibt nichts Schöneres, als wenn die Person, auf die man gewartet hat, endlich auftaucht.

KAPITEL 59

»Petunia?« Ich ergreife ihn beim Halsband, damit er nicht abhauen kann. »Bist du ausgerissen? Wo ist denn –?«

Und dann steht Sammie vor mir.

»Hi«, sagt sie. Sie kniet sich hin und krault Petunia hinter den Ohren. »Ist er nicht ein kluger Hund?« Sie lächelt. »Ich habe ihm beigebracht, mich von der Schule abzuholen.«

Ich weiß nicht, was ich antworten soll, denn ich werde aus Sammie einfach nicht schlau, aber ich habe jetzt keine Zeit, mich länger mit ihr zu beschäftigen. Im Labyrinth haben wir ganz normal miteinander geredet. Aber dann, in der Schule, wieder nicht mehr. Ich muss sie irgendwie loswerden, bevor Briggs kommt. Schließlich brauche ich keine Zeugen, wenn ich dem nettesten Jungen, dem ich je begegnet bin, sagen muss, dass ich ihn sehr, sehr mag, nur dass ich nicht ganz sicher bin, ob ich ihn auf die Art mag, wie ich gehört habe, dass *er* mich mag, aber dass wir ja trotzdem Freunde sein können und ich, ach ja, zufällig ein Gedicht für seine Wand dabeihabe.

»Ich hab jetzt keine Zeit«, erkläre ich Sammie und recke den Hals, um an ihr vorbei den Pfad hinunterzugucken.

»Oh«, erwidert sie. »Aber ich dachte –«

»Ich warte auf jemanden.« Ich will nicht unhöflich sein, aber sie muss jetzt wirklich gehen. Sofort.

Sammie sieht mich an. »Ich weiß. Du – Du wartest auf mich.«

»Was, wieso?« Irgendwie muss ich dieses Gespräch zu einem Ende bringen.

Das heißt …

Wieso?

»Du hast geschrieben, dass ich herkommen soll«, erwidert sie. »Mittwoch nach der Schule. Wusstest du – Wusstest du etwa nicht, dass ich das war? Nur weil du geschrieben hast, du wüsstest es. Und dass du etwas für mich hättest. Für irgendeine Wand. Meintest du damit die Mauer?« Sie deutet auf das Portal.

Das kann nicht sein. Wie kann Sammie – Wie kann sie diejenige sein, die …

»Aber woher – woher wusstest du überhaupt –«

Sammie beißt sich auf die Lippe. »Als du nach Dans Irrgarten-Referat aus der Klasse gerannt bist, da bin ich – ich bin dir hinterhergerannt.«

Was?

»Echt?«

»Ja. Ich hab auch noch Ärger deswegen bekommen. Mr Clarke hat mir einen Riesenvortrag gehalten, von wegen, dass bloß einer den Anfang machen muss und dann ein Zweiter hinterherläuft, und bevor man weiß, wie einem geschieht, ist die ganze Klasse leer.«

Es dauert einen Moment, bis Sammies Worte ganz zu mir durchdringen, denn noch vor ein paar Tagen hätte ich alles dafür gegeben, sie genau das sagen zu hören. Jetzt jedoch bin ich bloß verwirrt.

»Aber als wir hier angekommen sind, habe ich mich versteckt. Weil … wir hatten einfach so lange nicht miteinander geredet, und meine Mom wollte, dass ich morgens mit Allegra und ihrem Dad zur Schule fahre, und in seinem Auto ist eben nur Platz für ihn und, na ja, uns vier. Darum konnte ich dich nicht fragen, ob du auch mitfahren willst, und ich wusste nicht, was ich machen oder sagen sollte, aber dann – dann hab ich dich mit der Geheimtinte gesehen und so. Wie damals in unserem Buchklub, und da wusste ich, dass die Nachrichten für mich waren. Waren sie doch … oder?«

Ich nicke.

Sammie schlingt die Arme um mich. »Ich wusste es!« Sie drückt mich fest an sich. »Dieses Schuljahr war echt die Hölle. Weißt du, Allegra – die will ständig alles bestimmen, und ich hab dich so vermisst, aber ich wusste nicht, ob du vielleicht sauer auf mich bist, und ich hatte einfach keine Ahnung, was ich machen sollte. Ich meine, wir gehören doch zusammen, wir hatten uns so viel vorgenommen, und ohne dich war es einfach nicht dasselbe.«

Ich stehe immer noch stocksteif da. Sie lässt mich los.

»Was ist? Was hast du?«

»Warum hast du denn nicht schon früher was gesagt?«, frage ich.

Sammie verknotet ihre Finger. »Ich hab's dir doch schon erklärt. Es war … kompliziert. Ich wusste nicht so richtig, wie, und … du hast ja schließlich auch nichts zu mir gesagt.«

»Wie kompliziert kann es denn sein, ein einziges Mal in *zehn Wochen* mit seiner besten Freundin zu reden? Und ich habe wohl was zu dir gesagt, auf der Poolparty. Da habe ich patschnass in deinem Wohnzimmer gestanden – vor Allegra –, und du hast kein Wort mit mir geredet! Hast du eigentlich eine Ahnung, was das für ein Gefühl war?«

»Na ja, aber … hast du mal darüber nachgedacht, was du *mir* manchmal für ein Gefühl gibst? Ich meine, tut mir leid, ich will nun mal nicht wie eine Verrückte auf der Straße rumtanzen, und dann höre ich eben nicht die richtige Musik und mag nicht dieselben Bücher wie du, aber das heißt doch nicht, dass ich mich deswegen schlecht fühlen muss.«

Ich mache den Mund auf und dann wieder zu. Mir war gar nicht klar, dass Sammie sich meinetwegen schlecht gefühlt hat. Wegen all dieser Sachen. »Das – tut mir leid. Aber warum hast du denn nie was gesagt?«

Sie verzieht das Gesicht. »Eigentlich ist mir das alles total egal. Ich will mich nicht mit dir streiten. Du fehlst mir. Und ich will, dass wir wieder … du und ich sind.«

Du und ich. Meine Augen fangen an zu brennen. Denn das hier ist meine Sammie. Meine beste Freundin. Meine *Person*. Was ist, wenn man tatsächlich noch mal von vorne anfangen kann, wenn die Dinge nicht so laufen, wie man das gern hätte? Was ist, wenn man wirklich eine zweite Chance bekommt?

»… ist einfach nicht dasselbe ohne dich«, erklärt sie wieder.

Ich nicke. »Ohne dich auch nicht.«

»Und ich – ich hab Allegra gefragt, ob es okay ist, dass du wieder zu unserer Clique gehörst.«

Eine Sekunde lang bin ich sprachlos. »Du hast sie gefragt, ob es *okay* ist?«

Sammie nickt. »Genau! Und sie hat Ja gesagt und dass sie eigentlich auch gar nicht mehr so viel gegen dich hat. Besonders in letzter Zeit, da warst du ja nicht mehr – na ja, du weißt schon …«

Ich starre sie bloß an.

»Du weißt doch, was ich meine …«

Ja, das glaube ich auch.

Ich glaube, ich weiß ganz genau, was sie meint: In letzter Zeit war ich nicht mehr das seltsame Mädchen, das …

in die Luft schreibt
auf der Straße tanzt
einfach lossingt
laut lacht
lebt … fühlt … Kopfsprünge macht.

»Da war ich nicht mehr ich.«

Sammie antwortet nicht gleich. »Warum klingst du denn jetzt so? Ich meine doch bloß, dass du ein bisschen –«

In diesem Moment kommen Will und Jaime den Pfad heruntergestapft, gefolgt von Briggs.

Jaime sagt gerade: »… ein uraltes Casio-Keyboard, Will. Dafür musst du kein professioneller Musiker sein. Darauf kann jeder spielen. Und darum geht es auch gar nicht bei der Band. Sondern darum, Spaß zu haben.«

Als Will mich sieht, bleibt er stehen. »Du hast behauptet, du würdest jeden Tag nach dem letzten Klingeln am Ausgang in der Mitte auf mich warten, und ich habe dir erklärt, ich würde nicht kommen, aber ich bin trotzdem hingegangen und habe gewartet, aber du warst nicht da. Und man kann nicht auf jemanden warten, der nicht kommt.«

Ich blinzele. »Was hast du gerade gesagt?«

Will seufzt. »Ich wiederhole: Man kann nicht auf jemanden warten, der nicht kommt.«

»Nein, nein, das weiß ich selbst.« Ich sehe ihn an. »Ich meine: Du hast auf mich gewartet? Will, du hasst doch Warten.«

Will hält kurz inne. »Aber ich *kann* warten.«

Mein Gesicht macht schon wieder so was Merkwürdiges. Irgendwas, das sich anfühlt, als würde ich viel zu breit grinsen. Oder vielleicht ist mein Grinsen auch genau richtig breit. Ich weiß es nicht. Ich glaube auch nicht, dass es wichtig ist.

»Hi, Sammie«, begrüßt Briggs sie. »Hi, Petunia, du braver Junge! Das hier ist Jaime.«

Sammie nickt Jaime zu.

»Hi«, antwortet Jaime. Dann sieht sie mich an und greift nach ihren Kopfhörern. »Tja, ich … muss dann mal weiter.«

Sie geht einfach? Briggs sollte etwas sagen. Schließlich ist er derjenige, der ständig allen erklärt, wie wichtig es ist, miteinander zu reden. Dass es nur besser werden kann, wenn –

»Jaime!«

Moment mal. Wer war denn –

Jaime dreht sich um und sieht mich an.

Oh.

»Ich …« Ich wechsele einen Blick mit Briggs und er nickt mir zu. »Ich … hätte da vielleicht ein paar Ideen für die Band … ein paar richtig legendäre Songs und so.«

»Wirklich?« Ein winziges Lächeln erscheint auf Jaimes Gesicht.

»Ja, und wenn – wenn du mal Zeit hast, solltest du vielleicht meinen Dad kennenlernen.«

»Oh. Äh ja, das wäre bestimmt … super.«

Ups. »Nein, ich meine nur, weil mein Dad – er hat ›Skys Abenteuer‹ geschrieben. Er ist –«

»ICH WERD VERRÜCKT!«, schreit Jaime los. »*Dein Dad* ist *Steve Lee?*«

Sie wendet sich Briggs zu. »Wusstest du das? Warum hast du mir nichts davon erzählt?«

Briggs zuckt mit den Schultern. »Ich glaube, weil ich eher dachte *Ich werd verrückt! Seine Tochter ist Beatrix Lee?*«

Ich lache und grinse Briggs an. Er grinst zurück.

»Jedenfalls«, erklärt er dann, »hat Will vorgeschlagen, dass wir von jetzt an zusammen gehen. Zur Schule und zurück, meine ich.« Er lächelt. »Jaime ist nur mitgekommen, weil sie neidisch ist, dass sie nicht auch am Pfad wohnt – aua!« Er springt lachend zur Seite, als Jaime nach ihm boxt.

»Wenn ich morgens ganz früh mit dem Fahrrad zu dir fahre, kann ich auch mit euch den Pfad nehmen«, merkt sie an. Sie zeigt nach rechts. »Wo geht es dahin?«

Ich folge ihrer Geste. »Da geht es … überallhin. Wohin man will.«

»Cool«, erwidert sie. »Das sollten wir mal auskundschaften. Wie wär's, Leute, seid ihr dabei?«

Briggs schenkt mir sein Hundertwattlächeln. »Wie sieht's aus? Kommst du mit auf Entdeckertour?«

Ich nicke, obwohl wir beide wissen, dass jeder, der in der Nähe der Pfade aufgewachsen ist, sie in- und auswendig kennt. Genau wie wir wissen, dass ein Pfad jedes Mal, wenn man ihn geht, ein neuer Pfad ist.

»Kommst du mit, Sammie?«, fragt Briggs.

Sammie.

Sammie ist ja auch noch da. Sie hat die ganze Zeit zugehört und kein Wort gesagt. Ich drehe mich zu ihr um. Aber ich weiß selbst nicht, was ich sagen soll. Eine endlose Minute lang starren wir einander an.

Dann schüttelt sie den Kopf.

Dreht sich um und geht.

Und ich kann nichts tun, außer dazustehen und ihr hinterherzusehen. Wie sie den Pfad hinuntergeht. Wie sie mich und die Lichtung und unsere Mauer und all die Dinge zurücklässt, die uns, solange ich denken kann, zu einem *Uns* gemacht haben.

»Ist alles in Ordnung mit ihr?«, fragt Briggs. »Sollen wir warten, ob sie zurückkommt?«

Ich schüttele den Kopf und die Welt verschwimmt vor meinen Augen. Dann mache ich einen Schritt auf die anderen zu. Und stoße dabei mit dem Fuß gegen etwas.

Ein Fläschchen. Gefüllt mit Zitronensaft und drei Tropfen Wasser.

Ich hocke mich hin und hebe es auf.

Und starre lange darauf.

Man kann Bücher über alles Mögliche lesen. Es gibt Geschichten über Menschen in schwierigen Situationen. Cartoons, die erklären, wie man unsichtbare Tinte herstellt und wie lange es dauert, bis jemand einem ein Streichholz bringt. Aber das Beste ist, dass man, wenn man ein Buch fertig gelesen hat, anfangen kann, sich selbst über einiges klar zu werden. Über Dinge, die vielleicht ganz ähnlich sind. Oder auch vollkommen anders. Und ich glaube, auch mir ist gerade etwas klar geworden: Egal, wie verzwickt die Situation sein mag, man hat immer selbst ein Streichholz dabei – man muss nicht darauf warten, dass jemand anders es mitbringt.

Aber manchmal hilft es.

Ich stehe wieder auf.

»Geht schon mal vor«, sage ich. Dann renne ich Sammie hinterher. »Sammie!«, rufe ich. »Warte!«

Ein Stück vor mir hält sie an und dreht sich um. Als sie sieht, dass ich allein bin, kommt sie auf mich zu, aber Petunia erreicht mich zuerst. Winselnd springt er um mich herum und schnappt nach meiner Jeans.

»Du bist mir nachgelaufen!«, meint sie. »Ich wusste, dass du – Was gibt's?«

Ich brauche einen Moment, bevor ich antworten kann, denn ich bin ziemlich außer Puste.

»Ich wollte dir nur sagen, dass … wenn du willst … Wir …« Ich deute hinter mich in die Richtung von Will, Briggs und Jaime und sie versteift sich. »Wir wollen uns morgens alle an der Mauer treffen und zusammen zur Schule gehen.«

Sie antwortet nicht.

Ich hebe mein zusammengerolltes Gedicht auf. »Das hier … ist für dich.«

Sie bewegt sich immer noch nicht und sagt kein Wort, also drücke ich ihr den Zettel in die Hand und warte ab, bis sich ihre Finger darum schließen, bevor ich mich umdrehe und gehe. Ich weiß nicht, was als Nächstes passieren wird, und vielleicht wäre jemand anders ihr nicht nachgelaufen, aber das ist mir egal. Ich bin die Einzige, die meinen Weg geht, und ich bin die Einzige, die ihn bestimmen kann, und dieser Weg ist meine einzige Möglichkeit, *ich* zu sein. Und ich kann einfach niemandem, der das Gefühl hat, in einer Sackgasse gelandet zu sein, den Rücken kehren, ohne ihn wissen zu lassen, dass es einen Ausweg gibt.

Als ich zurück auf die Lichtung mit der Mauer komme, bleibe ich stehen und drehe mich einmal um mich selbst, atme langsam und seelenruhig die Luft dieses Ortes ein, an dem so viel passiert ist, während ich dagesessen und gewartet habe. Ich lausche, doch ich höre keine Schritte, keine knackenden Zweige und auch kein Blätterrascheln. Ich bin allein, aber es fühlt sich anders an als vorher, und vielleicht liegt das daran, dass die Person, auf die ich die ganze Zeit gewartet habe, endlich aufgetaucht ist.

»Ich komme!«, rufe ich und laufe hinter Will, Briggs und Jaime her.

Als ich um die Ecke biege, lächelt Jaime mich an und zeigt auf ihre Kopfhörer. »Bea, *schnell*!«, ruft sie mir zu. »Ich glaube, das hier ist der Anfang von was absolut Genialem!«

Lachend eile ich zu ihr, setze meine eigenen Kopfhörer auf und nicke, als sie mein Kabel in ihren Dual-Adapter steckt. Das Lied, das gerade läuft, ist so laut und fröhlich und albern, dass es jede Faser in meinem Kopf und meinem Körper und meinem Herzen erfüllt, und dann erfüllt es den Wald und die ganze Welt und den Himmel, und wir können nichts dagegen tun – wir fangen an zu rennen, schneller und schneller und schneller, und vielleicht können Briggs und Will mit uns mithalten, vielleicht auch nicht, aber das ist okay, denn wir tanzen und lachen und stürmen den Pfad hinunter, bis ich das Gefühl habe zu fliegen, und ich weiß, ich *weiß*, wenn ich jetzt nur für eine Sekunde die Augen schließen würde, könnte ich sehen, wie hinter mir ein leuchtender Regenbogen erstrahlt.

Songs

»Changes« – David Bowie *(der Eisenbahnsong)*

»Let's Go Crazy« – Prince *(der Kopfsprünge-in-Taiwan-Song)*

»Free to Be You and Me« – The New Seekers *(der Badebomben-im-Pool-Song)*

»Nobody's Fool« – Avril Lavigne *(der Girlpower-Song)*

»Groove Is in the Heart« – Deee-Lite *(Jaimes »Horton hört ein Hu«-Song)*

»Brick House« – The Commodores *(S' Moms Tanzsong)*

»Ballroom Blitz« –Tia Carrere *(S' Moms Rumhampelsong)*

»Unwritten« – Natasha Bedingfield *(S' Moms Hymne)*

»The Middle« – Jimmy Eat World *(Beas »Irgendwann wird es wieder besser«-Song)*

»Control« – Janet Jackson *(Jaimes Marmeladensong)*

»Where Does the Good Go?« – Tegan and Sara *(der letzte Wegtanzsong der TV-Ärztinnen)*

»Candy Girl« – New Edition *(der Süßigkeitenladeneröffnungssong)*

»The Way I Am« – Ingrid Michaelson *(Beas-Eltern-/ Familien-Schmusesong)*

»O-o-h Child« – The Five Stairsteps *(der Im-Auto-zum-Krankenhaus-Song)*

»Brave« – Sara Bareilles *(Bea hört gut zu)*

»Hold On Tight« – Electric Light Orchestra *(der Mit-Jaime-auf-dem-Pfad-Song)*

Danksagung

Wenn man über ein Mädchen schreibt, das all seine Freunde verloren hat, werden einem plötzlich die Menschen, mit denen man sich selbst Tag für Tag umgibt, viel bewusster. Beas Liebe zu Gedichten, ihre künstlerische Ader, ihre Verbundenheit zur Musik – für das alles habe ich die Inspiration bei genau diesen Menschen gefunden. Ich bin den wundervollen Leuten in der Kinderbuchbranche auf ewig dankbar.

Ich danke von Herzen meiner Agentin, Sarah Davies, von Greenhouse Literary.

Meinem Team bei Little, Brown Books for Young Readers: Alvina Ling, Lisa Yoskowitz, Allison Moore, Hallie Tibbetts, Marcie Lawrence, Victoria Stapleton, Jenny Choy und allen anderen, die an diesem Buch mitgearbeitet haben.

Der Society of Children's Books Writers and Illustrators für ihre Unterstützung und Inspiration. Kinder- und Jugendbuchautoren dieser Welt! Werdet Mitglied bei der SCBWI!

Ohne die Hilfe so vieler Freunde, die mich mit Informationen und neuen Kontakten versorgt haben oder mir einfach kurz vor Abgabeterminen den Rücken freigehalten haben, hätte Bea niemals ihren Weg auf diese Seiten gefunden. Ein besonderer Dank geht an das von mir hochgeschätzte Vierergespann aus den Mitarbeitern der Cold-Spring-Harbor-Bibliothek, dem Radiosender WOMG, den Kidlit Authors of Color und Lynda Mullaly Hunt. Ich danke Margo Rowder dafür, dass sie mich Konstantine Anthony vorgestellt hat, der mir so bereitwillig wie aufschlussreich darüber berichtet hat, wie es ist, mit dem Asperger-Syndrom aufzuwachsen und selbst ein Asperger-Kind großzuziehen. Will zu erschaffen, war eine lehrreiche Erfahrung für mich. Von meinen Recherchen ist mir besonders Rebecca Burgess' Cartoon »Understanding the Spectrum« (theoraah.tumblr.com/post/142300214156/understanding-the-spectrum) im Gedächtnis geblieben. Ihre Darstellung des Autismus-Spektrums als facettenreiches, farbenfrohes Rad – im Gegensatz zu dem vereinfachenden linearen Schema, das die meisten Menschen im Kopf haben – verdeutlicht auf wunderbare Weise, wie unterschiedlich Menschen sind – und gleichzeitig, wie sehr wir einander ähneln. Diese Erfahrung hat mich umso mehr davon überzeugt, wie wichtig es ist, mich stetig weiterzubilden und als Autorin weiterzuentwickeln und anderen ein Gespür und Verständnis für all die komplexen und einzigartigen Menschen zu vermitteln, mit denen wir uns diesen Planeten teilen.

Und da ich gerade von komplexen und einzigartigen Menschen rede: Tausend Dank an meine Familie, Peter, Jaz und Tiger. Die drei großen Lieben meines Lebens.

Natürlich magellan©

FSC
www.fsc.org
MIX
Papier aus verantwortungsvollen Quellen
FSC® C083411

Wir pflanzen Bäume
Für unsere Umwelt
www.magellanverlag.de

Gedruckt auf FSC®-Papier
Lösungsmittelfreier Klebstoff
Drucklack auf Wasserbasis
Hergestellt in Deutschland

1. Auflage 2018

Die Originalausgabe erschien 2017 unter dem Titel *The Way to Bea*
bei Little, Brown and Company, New York.
Little, Brown and Company ist Teil der Hachette Book Group, Inc.
Used with permission of Pippin Properties, Inc. through Rights People, London.
Aus dem Englischen von Sandra Knuffinke und Jessika Komina
Umschlaggestaltung: Christian Keller unter Verwendung
von Motiven von iStock / LisaAlisa_ill, Voysla und Daria Dombrovskaya
ISBN 978-3-7348-4717-2

www.magellanverlag.de

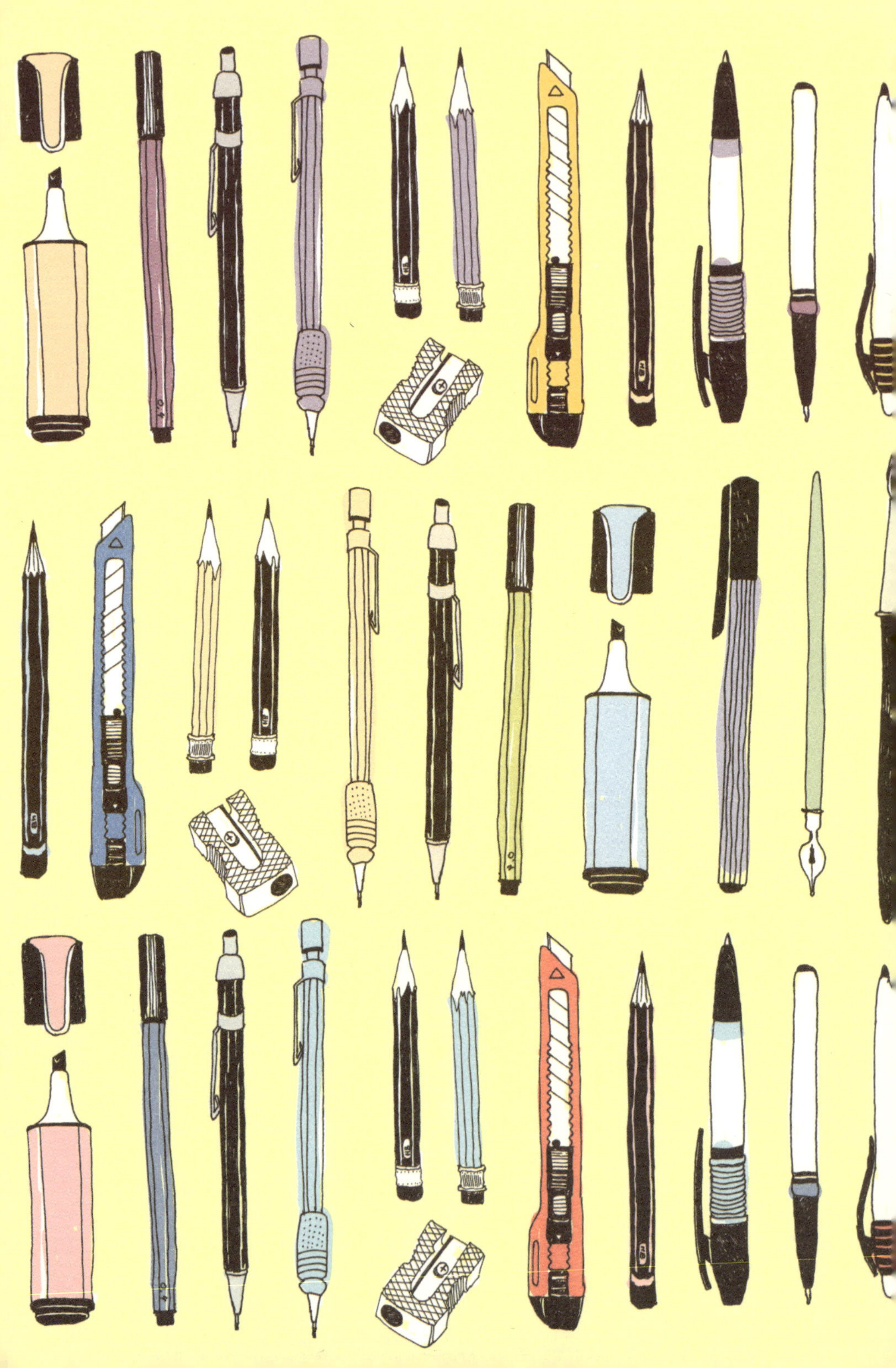